RONALDO DURAN

TER FILHOS

Vitrine Cultural

TER FILHOS

Ronaldo Duran

TER FILHOS

1ª. Edição

Vitrine cultural

2018

Copyright© Ronaldo Duran

Desenho gráfico e capa

Vitrine cultural

Foto da capa

www.pixabay.com

Revisão

José Carlos Ducatti

1. Ficção – contos

Dados Internacionais de Catalogação na Publicação (CIP)
(Câmara Brasileira do Livro, SP, Brasil)

Duran, Ronaldo
Ter Filhos /Ronaldo Duran. – 1.ed. – São José dos Campos, SP: Vitrine cultural, 2018.

ISBN 978-85-67588-02-5

1. Contos brasileiros 2. Crônicas brasileiras
I.Título.

18-12758   CDD-869.3
                                         869.8

À Lívia,

Que bom sair do meu mundo. Achar-me na direção de outro ser...

Que bom estar responsável por sua instrução.

Que bom chegar ao lar depois de um dia de trabalho, e encontrar uma pessoa, que me sorri, que faz birra, que depende de mim, me acolhe.

Nunca ponha em dúvida o amor que sinto por você.

EU CURTO O METRÔ

TENHO MENOS de um ano em Sampa. As histórias que ouvia em Jaboticabal me faziam temer a capital. As imagens que passavam por minha cabeça a partir dos comentários eram aterrorizantes.

Nos prédios residenciais e nos estabelecimentos comerciais, as paredes pichadas com rabiscos que só pessoas envolvidas com gangues de rua ou com facções criminosas podiam traduzir. Eu não conseguia ver arte naquilo. Era horrível. Quem pichava sempre, claro, com o discurso de que precisa expor sua arte. Mas eu me perguntava se suas casas fossem alvo da pichação teriam eles a mesma ladainha?

Nas sarjetas, lixo atirado a esmo, ainda que a prefeitura invista milhões do orçamento anual na compra e manutenção das lixeiras e na contratação e pagamento dos salários de coletores.

Por falar nas lixeiras, quanto vandalismo. Raro a manhã que eu não encontrava pelo caminho para o trabalho uma cesta de lixo arrancada, destruída. Parece que o vândalo tem ódio feroz à limpeza.

Ainda no item vandalismo, que pena dava ver os orelhões. Ora os aparelhos e fios arrancados para serem vendidos em ferro-velho ou em qualquer mercado negro, ora as cabinas barbaramente chutadas e depredadas. Vândalos, quando muito, só dão importância ao orelhão quando há uma urgência e não encontram um em condição de realizar a ligação.

Encostados rentes a muretas, muros ou paredes, e posicionados em trechos de grande movimento de pedestres, eu vejo mendigos a esmolar.

Como a mendicância se ramifica, haveria o tipo de pedinte que se recusa a ficar na rua com a mão estendida. Esse irá cobrar dos motoristas que estacionam na rua. Para garantir um lugar para o carro, o motorista será obrigado a pagar duas vezes: para a zona azul da prefeitura e para o *vigilante* avulso.

Trânsito dos infernos, e trens lotados.

Mas o tempo foi passando, e a calmaria me envolveu. Estaria adaptado? Talvez.

Leciono francês. Volta e meia, me agarro nas barras de ferro do metrô. Uma escola no Belém, outra no Paraíso. As aulas particulares no Vergueiro. Na Paulista, três empresários que querem dominar o francês até o fim do ano. Lá vou eu. A bem da verdade, manipulo as condições para que eu dependa apenas do metrô. Tomar ônibus em São Paulo é tão pior ou igual a dirigir o próprio veículo na Marginal Tietê.

Adoro o que faço. Dar aulas está na alma. Nas férias em Paris, eu dou aula de português para meia dúzia de francesas. No Brasil, me realizo. Difícil ficar rico na profissão. Dá para quitar as despesas. Vou vivendo como boa parte do povo brasileiro.

No interior, nas conversas saudosistas de paulistanos, a capital era pintada com cores cosmopolitas. O tédio sendo facilmente rechaçado pela diversidade de bares, restaurantes... Só que minha lógica é caseira.

No metrô, porém, eu consigo partilhar parte desta agitada diversidade paulistana.

No metrô, por vezes, o cansaço me abate após mais um dia de trabalho. Se eu posso, descanso num assento. Se não, o jeito é ir sacolejando em pé. De uma ou outra maneira, sempre ocorre algo que chama atenção. Jovens colegiais em algazarra. Sessentões vencidos, ar de tristeza. Ou vivazes octogenários, querendo sorver os últimos goles de vida. Judeus, ateus, cristãos, garotinhas, tias...

De repente, uma pessoa me encara. Traz um olhar interesseiro. Nada que beira à vulgaridade. Um traço de paquera repentina, fugaz. Eu disfarço a timidez. São necessárias várias consultas ao seu semblante, com dissimulada indiferença, para eu confirmar o interesse.

A pessoa gostou de mim. O olhar a denuncia.

Meu ego infla. Não vou atrás dela. Tenho família, um cônjuge em casa que eu amo. Mas é muito bom saber que se é objeto de desejo.

A estação chegou. Lanço o último olhar e a pessoa me corresponde com o suspiro: *"fica mais um pouco"*. Me agito.

Eu curto o metrô e suas surpresas que sacodem o tédio. Esse é o lado bom de Sampa. Entrei no vagão com depressãozinha no meu encalço. Saí pisando em nuvens.

A CONFIANÇA

SERÁ QUE confiei cegamente na minha tia? Não. Preciso crescer e assumir a responsabilidade pelas minhas escolhas. Minha tia nenhuma culpa teve. Eu a usei como desculpa para poder sair de casa. Queria mudar meu destino, escapar de pai, mãe, vacas magras, poeira, pouca água, fome.

A seca que açoitava o lombo como vara de marmelo. Eu queria sair da miséria.

Antes, cheguei a procurar fazer com que minha teimosia se resignasse, visse que ali era meu lugar, próximo dos meus. Que se a situação está ruim é preciso tentar mudá-la com todas as forças antes de aceitar abandonar a luta.

Assim, tentei mudar a situação. Procurei me nutrir da fé que diz que um dia a sorte chega.

À medida que o tempo passava, a esperança ia murchando, murchando...

A carne foi fraca. Fugi, deixando para trás a família e uma história.

São Paulo era o oásis. Contei com passagem e primeiras despesas.

Quando cheguei de mala e cuia na capital paulista, os braços de minha tia não estavam tão abertos. Não dá para fingir cortesia na hora de dividir o que é já pouco para a própria sobrevivência. Acenei com a intenção firme de arrumar emprego para diminuir a dependência. Ah, eu sairia no dia seguinte. Arrumaria qualquer coisa.

No dia seguinte estaria caminhando pelas grandes avenidas. Cada entrada de metrô, cada poste ou parede que tivesse afixado um aviso de *'precisa-se de funcionário'*, eu tomava nota do endereço e seguia em perseguição ao local. No peito, a afobação para achar a empresa. Perguntava às pessoas apressadas nas ruas, que me davam pistas certas, confusas e mesmo erradas sobre que caminho tomar.

Evitava ir de ônibus ou metrô, não porque tivesse medo de me perder. Era o dinheiro curto que me obrigava a preferir andar. Esquadrinhei boa parte das avenidas do centro antigo de São Paulo. Passei pela Sé, República, Consolação.

Levei dois, três, quatro meses. E nada. A lógica do *'com experiência'* me excluía durante as entrevistas ou mesmo no momento que deixava o currículo com a recepcionista.

Como ter experiência se não me davam chance de trabalhar?

A situação apertou. Ressabiada com a experiência de manter parentes retirantes, minha tia pediu para que eu retornasse à minha terra. Ajudou-me com as passagens.

Na rodoviária, desisti. Resolvi me dar mais uma chance. O que levava no bolso, eu paguei dois ou três dias de pensão. Depois foram as pulseiras, roupas para convencer a proprietária a me deixar mais um pouco. Sem pensão, com a roupa do corpo, estava na rua. Dormia durante o dia em banco da praça. Temerosa de ser molestada, eu andava a noite inteira.

Senti fraqueza. Prostituição? Cederia eu aos vários convites recebidos na noite? Poderia pagar o aluguel e me alimentar se cedesse.

Nada, à fraqueza eu não cedi. Culpa de minha criação. Não passei fome. Pedia nas padarias, restaurantes. Depois do primeiro ano vivendo na rua raros os homens que aguentavam chegar perto de mim.

De repente, uma situação nova. Uma mulher e um pneu furado. Eu sentada na calçada, ela xingando o pneu. Eu, quieta. Ela chutando o pneu. Eu ofereci para trocar. Enquanto eu fazia o serviço, ela puxou conversa, como para diminuir o nervosismo, falando de sua vida azarada. Contei sobre a minha. Escutou com paciência rara. Pneu trocado, ela sorridente, me ofereceu para ir para sua casa, casa de família.

Cadeados e grades. As irmãs e mãe com medo de serem roubadas. Nem liguei. A louça suja, as roupas espalhadas. Fiz faxina na casa. Quando chegaram do trabalho, me elogiaram. Surge vaga de recepcionista na empresa onde uma das irmãs trabalhava. Levaram-me.

Fui admitida. No primeiro dia, uma burrada. O patrão me perdoou, forçado pelos apelos das colegas. Invocaram a tal falta de experiência. Provei que era capaz. E me superei.

Hoje casei com um fornecedor da empresa e tenho dois filhos.

Tudo isso graças à confiança depositada em mim pela mulher que troquei o pneu e, sobretudo, pela minha insistência em saber que quando se decide mudar um destino e se luta com afinco, se é capaz de saltar os obstáculos para alcançar a meta.

A DISPUTADA

O DITADO DIZ que temos cinco minutos de fama. Em termos de relacionamento afetivo, sinto que meu momento é agora.

Não me lembro de outro período que eu tenha sido contagiada por essa motivação que estimula a conversar com quem quer que seja, de ter habilidade de expor meu pensamento de modo claro, de não ficar encabulada à toa ou temendo que o que eu digo possa virar objeto de sarcasmo ou deboche.

No meio de amigas, despertou mais segurança para expor minhas ideias e sugestões. Quando se recusam a ouvir, me questionam ou fazem caretas para uma opinião, já não tomo como afronta. Encaro que apenas estão exercitando o direito de não concordarem com algo que não compreendem ou não aceitam. Afinal, todos têm esse direito, inclusive eu.

E diante dos rapazes? Como a situação tem mudado. Não significa dizer que virei mais atirada, sedutora. Porém, não dá para negar que dentro de mim a autoconfiança transforma minha fisionomia. Meu papo parece mais atraente, visto que me vejo rodeada por sujeitos que antes sequer notavam que eu existia.

Claro, é bom nunca esquecer que nem sempre tive essa desenvoltura.

Tive neuroses na adolescência. Parecia que todas as minhas amigas se davam bem com os garotos e eu não. Na época, lutava desesperadamente para me esquivar da posição de segura-vela.

Aos dezenove anos, pintou a primeira paixão. A vida do lado dele era a mais bela, fascinante, encantadora. Longe, me sentia pior que estar na pele de paciente terminal. Bastava ele se afastar, para eu me perder em meio a um vazio que sufocava.

Nós nos enamoramos. Um namoro de seis anos. Faltou o casório para coroar a paixão.

Mas a paixão fugiu do altar antes de nós. Boquiabertos, nos estranhamos. Os nossos interesses ficaram diferentes, conflitantes. Esquisito, eu parecia falar português e ele russo. A desconfiança melindrava nossa relação. Passávamos à condição de estranhos. Eu até quis racionalizar: que não me via tão cedo na situação de casada, com filhos. Nada. Era desculpa para não admitir a frustração do fim do amor.

Demos passaporte livre um para o outro. Fiquei assustada.

Aos 28 anos, ah, é complicado querer ficar sozinha. Não só pelos abraços no banco traseiro do Astra, pelas beijocas quentes trocadas numa pizzaria da moda, pelos corpos aconchegados numa noite de inverno, ou ter que ficar sozinha na balada. Era algo mais sublime.

Era a cumplicidade que encontramos no parceiro que nos ama e que dá razão para essa curta estadia na Terra. Que banal seria se a vida se resumisse a dormir, ir ao banheiro, almoçar. Que sem graça seria a existência sem amor.

Tem que haver um cara que valha a pena, é o que penso.

Talvez por parar de me preocupar em ter alguém, que eles apareceram.

Há dois meses, conheci um professor de História da Arte no ônibus São Paulo-Caçapava. Ele vai duas vezes para a USP. Além de professor, é pintor, e que talento. O papo dele encanta.

Além do professor, há mais dois caras que parecem disputar minha atenção. Um rapaz lindo, de cair o queixo, bancário, que todos os dias eu vejo na volta para casa. O outro é um alto funcionário do Ministério da Fazenda. Todos estão atrás de mim.

Olha meus cinco minutos de fama aí.

Os três me fizeram proposta.

Um de forma velada, dois de maneira escancarada.

Quem eu devo seguir? Sou todo torpor. Seria tão mais fácil se houvesse apenas uma possibilidade porque mais de uma dá nó na cabeça. Qual instinto vai prevalecer em mim: o da grana, o da sensibilidade ou o da beleza? Todos eles têm um pouquinho das três qualidades, embora cada um se destaque numa delas.

Pra que encanar? Posso escolher nenhum dos pretendentes pelo simples motivo de que nem tudo que reluz é ouro. Porém, só pelo fato de ter tido a oportunidade destas opções já me satisfaz. É excelente remédio para curar qualquer trauma da adolescência.

Não quero dar golpe. Quero viver de minha profissão, sem depender do dinheiro alheio. Mas não abro mão de estar ao lado de um cara legal, de uma agradável companhia.

À FRENTE DE SEU TEMPO

AO REDOR da mesa cirúrgica, éramos cinco. Todos iam com as máscaras no rosto. Os instrumentos perfeitamente dispostos em cima da pequena mesa ao lado. Aparelhos que regulam os batimentos cardíacos mostram que o paciente está pronto – já sob o efeito da anestesia.

Mais uma cirurgia à frente. A terceira nesta semana.

Como na maioria das vezes, um assunto vem à tona e serve para relaxar a tensão que é estar diante da tarefa de cuidar do corpo alheio.

Numa cirurgia, independente do grau de risco, requer-se que a vigilância seja mantida.

Não raro encontramos, na prática médica, acidentes irreversíveis que levaram o paciente a óbito, provocados por excesso de confiança durante a realização de cirurgia de risco leve ou médio. Deve-se, portanto, estar atento quanto ao risco de um assunto empolgante desviar a atenção requerida para a tarefa. É preciso manter um olho no peixe e outro no gato.

E que tal ficar mudo, apenas centrado na tarefa? Se há profissionais que conseguem essa façanha, eu tiro o chapéu. Tem dias que eu me coloco esse objetivo. Das vezes que fiquei mudo, surgiu a tensão parecida com a que eu experimentava na época da residência.

A conversa me dá confiança para seguir fazendo o que gosto. Me ajuda a entrar no automático do mesmo modo que o motorista fica atento à estrada ao prosear com o amigo ou parente no banco de passageiro.

Claro, nem sempre a conversa é agradável.

Hoje, por exemplo, deixei-me envolver por uma questão pueril. Uma das anestesistas, passando dos 52 anos de idade, quis pôr na dúvida o emprego que fiz da expressão *ficar*.

Olha, se eu abri minha vida particular foi tão somente para relaxar da tensão que se arrastava há um bom tempo diante da complicada cirurgia que tínhamos diante de nós. Foram seis horas na luta incansável para realinhar o rosto de um motoqueiro.

Se fato é que raras são as vezes que se entra mudo e sai calado do centro cirúrgico, tampouco ele serve de palco para acalorada discussão. O ambiente costuma pedir justamente o contrário: concentração.

"Sim, fui uma vítima", comecei na intenção de distrair o povo. "O primeiro beijo que levei foi uma doação. A menina, sabendo da paixão de longa data e comovida com minha cara de cachorro pidão, me beijou. Não, ela não me disse estas coisas de supetão. Havia falado a uma amiga, a qual por sua vez me contara."

O caso soou como anedota e provocou risos na equipe.

"Apaixonado, ainda fui tirar satisfação com a Marisa, a doadora do beijo, mas ela me tratou com frieza", continuei.

"E confirmou o que eu achava fofoca. Vendo meu desapontamento, amoleceu: me desculpa se te dei falsas esperanças. Eu *fiquei* com você. Eu nunca falei em namoro".

No clima de brincadeira, ainda que no manejo firme do bisturi, finalizei: "é duro ter sido usado".

A anestesista questionou o termo, "acho que você está fazendo confusão. A expressão *ficar* é de agora, anos 2000, usada pelos jovens".

Eu que costumo levar na brincadeira, rebati. "O quê? Ela me enganou? Ou ela estava à frente de seu tempo, quando usou *o ficar* faz uns vinte anos? De qualquer modo, se não havia *ficar* na época, então fui enganado. Eu saí no prejuízo, ela deveria ter sido minha namorada."

Sim, uma fala confusa até para mim que a recordo agora. Não me espantaria que fosse sem graça, destituída de sentido para quem a ouvisse. Mas sabe a cabeça da gente, né? Enrosca em cada passagem insignificante.

O que estava na disputa nada tinha a ver com um saudosismo do primeiro beijo na adolescência. Era sim uma briga disfarçada de gerações. Aos trinta e oito anos, eu tentei soar moderno? Pode ser. A anestesista igualmente pueril procurava diminuir a distância entre nós? Queria ela provar que nem era tão idosa nem eu tão novo? Talvez fosse isso.

Vai ver foi um mal-entendido entre amores-próprios ameaçados. Será que insistir no debate sobre ninharias por ter dito o que quis e ouvido o que não queria?

De qualquer forma, preciso parar de levar a coisa para o lado pessoal, se não vou acabar me refugiando no silêncio, o qual sempre me incomodou quando estou cercado por pessoas.

A MENINA DO ÔNIBUS

ESTAVA ELE à espera há uns bons minutos. Pessoas indo e vindo. Do banco de plástico duro, o rapaz mirava a pressa que se traduzia nos esbarrões esporádicos entre pedestres no terminal de ônibus de Campo Grande, bairro da zona Oeste do Rio de Janeiro.

"Motorista, motorista" – grita uma senhora para que ele espere um pouco, apontando para a mulher que vem acelerando o passo como pode, visto que segura na mão direita a grande sacola e na esquerda a mãozinha da filha de uns oito anos, a qual se esforça para acompanhar o ritmo materno.

Quando a mãe finalmente entra no ônibus, agradece ao motorista que, talvez pelo cumprimento sincero, desfaz a cara feia, por estar atrasado.

O terminal de ônibus conta com pequenas lanchonetes. De onde estava sentado, o rapaz podia ouvir os fregueses pedirem suco de laranja, limão, manga ou uva. Na verdade, a maioria dos sucos se tratava de refrescos feitos com pó diluído na água. Os sucos de frutas naturais eram mais caros, portanto, menos solicitados.

Ele mesmo quando ia para Cascadura, Méier ou centro da cidade costumava caçar as promoções de *'compre um salgado e ganhe um refresco'*. Mas quando circulava no bairro, evitava gastar. Exceção feita na hora do intervalo na escola que estudava à noite. Sendo o dinheiro curto, nada de gastar à toa. Como estratégia para fazer frente à tentação das estufas, antes de sair de casa, fazia um reforço na geladeira ou despensa, só para não correr o risco de o estômago roncar na hora errada.

O adolescente aproveita para passar o tempo ouvindo conversas paralelas. Numa das caixas de som, uma música da banda preferida. Nesse ano de 1986, houve ótimos acontecimentos em sua vida. Uma delas foi encontrar a primeira namorada há seis meses.

Ela, um ano mais velha. Empregada num escritório, todo dia tomava o fretado rumo a Avenida Rio Branco no centro da cidade, por volta das seis horas da manhã. E retornava lá pelas dezenove horas, no mais tardar às 20h.

Para muitos, uma vida sofrida. Contudo, em relação aos milhares de cariocas cujo transporte para o centro da cidade limita-se aos desconfortáveis trens lotados, ela estaria na qualidade de pessoa privilegiada, seguindo para seu trabalho em sua poltrona aconchegante.

Apesar de somente um ano de diferença, a menina manejava a relação como líder, pessoa que tem o controle da situação, experiente.

Para ela, ele era interessante, por ser simples, sorriso verdadeiro, corpo atraente, fala empolgante. Ela gostava de estar ao seu lado.

Quando se conheceram? No clube, domingo à noite. Ele empolgado no rock nacional, ela querendo relaxar. Coincidindo em gostos, trocaram ideias. E ficaram juntos. A partir de então, marcaram de se encontrar no terminal rodoviário de Campo Grande. Ainda não era um namoro oficial. Era para se conhecerem e trocarem afagos.

Embora independente, ela se sentia balançada na relação fortuita. A experiência de outros namorados e agora na tarefa de iniciar com um rapaz que pela primeira vez se envolvia com uma garota, a fez gostar da posição de condutora.

O estudante, vivendo à custa dos pais, nem por isso mais feliz, via na menina um apoio para adentrar na fase adulta e provar que é capaz de libertar-se da dependência financeira e de mil outras inconstâncias que perpassam por sua cabeça.

Ela era mais que um corpo acolhedor, lábios sedosos. Tinha a paciência de escutá-lo, indicando caminhos para solucionar ou contornar conflitos que o perturbavam.

Mas a relação acabou. Ela disse que tinha arranjado um namorado, coisa assim. Ele não se lembrava muito bem. O fato é que pediu para que não a esperasse mais no terminal. Que dureza! Agarrado que estava àquela menina e à segurança de poder ter uma pessoa para chamar de sua.

Como era garoto, sofrera, desesperara-se, porém, superaria o baque. Numa noite, uma colega da rua o achou legal e trocam ideias e carinhos.

"Que bom ter alguém... A melhor cura para o amor que termina é a disposição para o outro amor que inicia," repete a frase que ouvira e gostou, enquanto pega na carteira a foto 3x4 da nova namorada.

A MULHER DE QUARENTA ANOS

LEVEI QUASE três horas papeando com o florista. Era para ser uma visita rápida, não mais do que meia hora. Tinha eu tempo de sobra, mas também tinha a intenção de passar por outros lugares antes de retornar para casa.

Quando se decide pôr em prática uma curiosidade há muito adiada, é difícil se preocupar com o tempo.

Aquela floricultura eu conhecia a meses. Por causa das eventuais passadas que eu dava pela calçada, sabia que a loja tinha dias bem movimentados. Porém, a pressa nunca me dando tranquilidade para adentrar.

Quando vi, havia concluído a busca pela gravata e o novo par de meias, tomado o metrô e saído na minha estação. O relógio no meu pulso autorizava o passeio na floricultura.

A iniciativa saiu melhor do que eu podia imaginar. O senhor estava menos atarefado naquela terça-feira à tarde.

Fiquei tonto com as minúcias. O senhor parecia uma enciclopédia ambulante. Ele sabia tudo sobre flores, formatos, cores, origens. Os cuidados requeridos. A quantidade de água, de terra. O ambiente adequado para sua conservação. Quantos tipos de rosas, pétalas, cravos.

Estarrecido, eu matutava até onde pode ir o cérebro humano? Que genial capacidade para organizar e classificar.

No caminho de casa, trazia a cabeça enfiada numa empreitada semelhante a do florista. Nada tinha a ver com flores, a não ser que se considere a mulher como uma flor.

Ganho a vida como comissário de bordo. Vivo nas nuvens. Deixo-me seduzir como uma criança que acredita em Papai Noel. Ao classificar as mulheres quanto à idade no quesito *acolhimento*, eu considero a de quarenta anos a melhor opção.

A mulher jovem está mais preocupada em lamber o próprio ego do que dar carinho.

Basta olhar como desfilam as moças na rua. Que vidro de carro, de vitrine é poupado do exibicionismo de seu traseiro? Boa parte do tempo procurando nos homens o olhar cobiçoso.

Amar é verbo reflexivo para a jovem: ela se ama.

Namorá-la é como tolerar artista pop, que quer dez mil toalhas e pensa que é semideus dando ar da graça nos palcos brasileiros.

Pouco percebe o cara ao lado.

Esquiva-se dos beijos, dos carinhos, como uma gata manhosa. Jamais está satisfeita. Ora quer ser adulta e veste-se como tal. Noutro momento, dá na telha mergulhar numa rebeldia, e vem o shortinho, a calça *teen* e ideias mimadas.

A mulher de quarenta anos, ou acima, é diferente.

Acolhe-me como a um filho. Nutri-me. Dá a impressão de que o homem é indispensável em sua vida.

Se ela se mostra caprichosa numa rápida recaída, logo estará pronta para comandar um exército de pequenos detalhes como a casa, o orçamento doméstico, a vida regrada, a escola dos filhos.

No amor não há igual. Se a jovem tem o corpo desejado à primeira vista, somente a mulher de quarenta anos leva o homem ao nirvana.

Tudo bem que há exceções. Mulheres de quarenta anos com mentalidade de garota. Moças prodígios com atitudes de *maduras*.

E a etiqueta social? De onde aprendeu a falar, a sentar-se, a andar e a gesticular de maneira que me deixa de queixo caído?

Abro a porta do apartamento. Está cheirando a perfume. Hoje foi dia da faxineira, contratada por minha namorada. Deve ter saído há meia hora, visto que agora são 18 horas. Gosto de rever meu apartamento. Ser comissário de bordo dá a sensação de que cada vez que viajo posso não voltar para casa.

Graças à mulher de quarenta anos, meu apartamento tem este aroma de limpeza, ao ter indicado a faxineira e fiscalizar seu trabalho. Há compras na geladeira e roupa lavada.

Vou tomar banho e me vestir para que eu não faça feio hoje à noite diante dela. Vamos jantar na companhia de seus filhos adolescentes.

Talvez a vida de trintão solteiro esteja com os dias contados.

A NADADORA

"SORTUDA, HEIN. Ei, parabéns. Você merece." São frases que colho a caminho do pódio. Os olhares e gesticulações também somam como manifestação de simpatia e admiração. Sem contar os gritos que me deixam ora assustada ora encabulada. Braços me envolvem a cintura, mãos que afagam meus ombros desnudos, todos sendo gestos de carinho genuínos.

Do banco que estava sentada ao lado das várias competidoras, até o pódio, as passadas parecem desajeitadas. Por mais que me esforce, pareço um peixe fora d'água quando chamam meu nome pelo alto-falante para que eu me encaminhe pela multidão de olhares.

Pode ser que fico sem jeito porque fora da piscina e se estiver um dia quente como hoje, os pés descalços encontram um chão não muito agradável. E se colocar as sandálias nem assim a autoconfiança em andar aparece. Definitivamente eu não serviria para desfilar em passarela.

De pé no pódio, a medalha que recebo logo que inclino a cabeça é a sexta na categoria profissional. Meu olhar ora se perde nas pessoas pelas arquibancadas ora procura a minha equipe técnica nos bancos, quando consigo desviar os olhos do familiar que acaso estiver acompanhando a apresentação.

Convido as amigas para uma comemoração, tipo soltar grito de guerra, abraçar bem apertado, pular agarradas em grupo e distribuir palavras de incentivo. Comedida, a farra tem tempo certo para terminar. Porque o que eu curto é ficar com a família.

Toda vez que levo a medalha para casa tenho a sensação de ser uma impostora. De não ter merecido sua posse. Melhor, de ter arrancado de quem a desejou mais.

O que sempre quero é poder nadar. Dessa sensação prazerosa não abro mão.

A relação com a piscina começou meio às avessas.

A origem humilde de minha família me privou de aulas de natação na infância. O mar, eu achava lindo, mas apenas para olhar. Nada de enfrentar ondas.

Com 18 anos, tudo mudou.

Um rapaz, que era a paixão de mais de dois anos, me traiu, e na festa de aniversário dele! Não durante a festa, pois eu estava lá. Foi depois, quando ele havia me deixado em casa.

A dor aguda me forçou a sair da cidade, dar um tempo.

Refugiei-me na casa de uma tia na cidade de Ubatuba. Tinha um quintal enorme, uma piscina. Ainda que não tivesse, o mar estaria bem à frente.

Numa certa tarde, comecei a dar braçadas. E não consegui parar mais. Era com muita delicadeza que a tia me arrancava da água para comer, tomar banho e dormir. Do contrário, eu me esqueceria lá, nadando, nadando.

O universo conspirou a meu favor.

Passeando no calçadão, a tia encontrou um primo. Nada menos que o treinador de natação no clube de Ubatuba. Ele ficou sabendo de meu interesse em ficar na cidade. Ofereceu uma vaga de ajudante.

Em menos de uma semana de contato, o treinador mudou de ideia e me convidou para me treinar, caso eu aceitasse.

Aceitei, pois vivendo mais na água que o ajudando com os afazeres, não aceitar poderia significar ter que deixar o clube.

Nadava dez ou doze horas por dia. Nesse tempo gasto, incluía os alongamentos, treinos físicos. Odiava alongamento, exercícios fora da piscina. Eu ia meio que obrigada.

Um ano depois, estava participando de torneios. No máximo que chegava era no terceiro lugar, no começo.

Levei um susto da primeira vez que cheguei à terceira posição. É tão espremido o tempo, a distância é tão apertada, que você só sabe se ganhou quando toca na extremidade da piscina e levanta a cabeça. Nas chegadas em primeiro lugar, o espanto não foi menor.

Profissionalizei-me. Ganhei um emprego raro.

E, sobretudo, superei o trauma da traição.

Estou super satisfeita na vida afetiva. Meu namorado também é nadador profissional. O duro é quando, por causa dos torneios, ficamos a quilômetros de distância um do outro.

A PIANISTA

A SEMANA CULTURAL seria parte da recepção que os veteranos tramaram para agraciar os calouros. Havia diversas atividades espalhadas pelos três períodos do dia letivo. A aula inaugural se resumiria a um bem-vindo emitido pelos professores que se prontificaram a participar da recepção.

Ainda que fosse somente uma comemoraçãozinha, o impacto era aumentado pela emoção de passar a frequentar a universidade. No rol, haveria atividades para todos os gostos. Jogos lúdicos, coral de canto, passeio pelo centro da cidade para citar apenas atividades da agenda.

Em vez de se munir de tesouras e latas de tintas, os veteranos do segundo ano optaram por atividades que teriam um cunho mais de acolhimento do que de intimidação. Nada de vozes gritando insultos e constrangimentos de alucinados nos ouvidos dos calouros para imprimir medo ou pânico.

A iniciativa espalharia amor e ódio pelo campus, rachando opiniões: uns aplaudindo e outros detestando a tentativa de mudança de atitude.

"Coisa de fresco, de veado" certos alunos da engenharia vociferavam o incômodo por não conseguirem conceber outra forma de recepção aos calouros que não fossem as palavras de baixo calão, as ofensas gratuitas, o matar formiga no grito, deixar carecas os meninos, tingir a pele das meninas, ver humilhado o semelhante através de chavões que ouviram quando entraram na faculdade e que consideram o máximo de sabedoria.

Graças aos céus, fazia parte da turma da *psico,* pensou consigo o calouro.

Já bastavam os problemas como se estabelecer na cidade, ficar pela primeira vez fora de casa e outros inúmeros que o jovem ao sair de casa pela primeira vez enfrenta para morar numa cidade distante. Definitivamente, o que menos faria falta era ter meia dúzia de bobos humilhando-o em vez de dando apoio.

Ela havia lhe sorrido antes. A estudante era sua veterana. Pelo modo de falar, de se mostrar atenta às palavras dos calouros, de se interessar de modo genuíno pelo outro, acabou cativando-o.

O alvoroço que tudo aquilo representava sequer o fez prestar atenção nela de outra maneira que excedesse o simples nível da simpatia.

Na sala 1, que também servia de auditório do campus, estava tomada de calouros. Todos sentados nas poltronas. Os veteranos circulavam pelos corredores, próximo do palco ou em cima deste acertando detalhes de som, atendendo aos professores que estivessem à mesa a palestrar diante da atenta plateia.

Em seguida viria a apresentação musical. O recinto sofreu modificação. Agora, era um piano e duas cadeiras que tomavam atenção no palco. Ela se sentou ao piano e tocou. Que maravilha. Ele que era roqueiro radical na sua Caçapava, ficou boquiaberto.

Tá, os despeitados o magoaram quando num show em São Paulo disseram: "Pô, cara, deve ser complicado ser roqueiro no meio de caipiras".

De fato, o sertanejo é a cantiga da região, mas tinha sim amigos roqueiros, festas roqueiras, locais roqueiros, e só ia a São

Paulo para ver um show internacional. Fora isso, o Vale oferecia o que ele precisava em termos de rock.

Vendo os lindos dedos deslizarem sobre as teclas, o empenho da menina veterana, a graciosidade, ficou assim tonto. Empolgou-se.

Ela era linda? Encantadora? Sim, sim, sim.

Longe do biotipo de uma modelo. Era miúda, baixinha, fisionomia comum.

Contudo o rosto espelhava uma tranquilidade, uma paz. Era tudo o que ele estava precisando nesse tumultuado momento de chegada ao meio universitário, jogado numa cidade desconhecida e a quilômetros do ninho materno.

Ele que nunca tinha visto alguém tocar piano ao vivo. Ele que não morria de amor pelos clássicos, a partir daquela noite compraria Vivaldi, Bach e Chopin.

A intenção com os clássicos não seria impressionar a menina. Queria somente promover um ótimo fundo musical quando pensasse na pianista, e rabiscasse durante cinco ou seis madrugadas e fins de semana as primeiras poesias, compondo a coletânea intitulada: A Pianista.

ABDOMINOPLASTIA

UM DITADO antigo a sacudia mais que a tensão pré-operatória. Trata-se da frase que ouvia quando criança: *'quem não tem o que fazer, inventa'*. Na época, ficava irritada quando a avó disparava essa frase para ela, toda vez que a avó ficava contrariada quando ela se envolvia em atividade que teria pouco ou nenhum retorno prático.

Se no tempo de adolescente se aborrecia com aquela fala, hoje, é sua consciência que repete o sermão. Para ser sincera, ela mesma tinha a nítida impressão que a vontade que a motivara para estar ali prestes a ter o estômago rasgado era fútil, coisa de quem não tem o que fazer.

Mas agora não daria para recuar.

Por que recuaria? Basta lembrar o que motivou o firme desejo de mudança.

Que se recorde, nunca tivera um corpo escultural. Contudo, depois da gravidez, a situação de sua barriga se complicou. Se aos vinte anos tinha orgulho de colocar um biquíni ou qualquer peça que deixasse a barriga à vista, mal chegou aos trinta para a decepção ofuscar o prazer de ir à praia.

Torturava-se.

À praia, quando acontecia de ir, tinha poucas opções. O maiô se impôs de vez, sem espaço para os shortinhos, muito menos para os biquínis. A cintura ainda vinha rodeada de uma toalha, que a moda chama de canga.

Entrar na água, que tormento. Tinha que tirar a canga e, envergonhada, ir-se timidamente enfrentar olhares. Se as ondas estivessem tranquilas, a entrada seria relaxante, pois poderia abaixar-se, molhar os braços, e buscar posição que lhe fosse confortável.

Mas nem sempre o mar estava para peixe. Quando via, a força da água a atingia, frustrando os seus planos, perturbando o ritmo que desejava dar ao mergulho.

O alívio vinha quando submersa. Com o pescoço acima da água estava mais natural. Naquela condição, todas eram iguais: jovenzinhas esbeltas e mulheres mais fofinhas.

A tortura não parava por aí. A presença do marido igualmente a oprimia.

Ele procurava ser super gentil.

"Imagina! Você não está gorda. Pelo contrário, está no ponto". Estas palavras amenizavam, mas nem de longe resolviam o problema.

Ele a ama. Nota-se.

Mas era homem, insistia ela. Como não ver que os olhos dele, quase sem querer, seguem os ventres mais salientes que desfilam a beira-mar? Punha a mão no fogo por ele, que jamais seria traída. Como impedir, contudo, o estrago da comparação, ainda que não admitida ou sequer percebida pelo marido, diante das outras mais atraentes.

Por vezes sentia que era injusta com seu corpo e com seu marido. O primeiro sadio, sempre a manteve longe dos médicos. A sua saúde a possibilitava inclusive fazer caminhadas e andar de bicicleta como modo de garantir exercícios diários. O segundo, homem carinhoso, honesto e incentivador, tudo de bom.

Por que então a insegurança a perturbava.

O que a fazia sofrer era a impressão de que não era atraente suficiente para si nem para seu marido. Esse pensamento a perturbou tanto, tanto, que não teve jeito. Apelou para a cirurgia.

Não foi de uma hora que decidira aderir à ideia, claro.

Havia anos que ouvira falar na abdominoplastia. Outros tantos anos passou conjeturando se deveria ou não se submeter. Pesquisava e sondava riscos e benefícios. Concluiu que a balança tendia favoravelmente no seu caso.

"Se nesta altura da vida eu não puder investir em algo que me fará sentir melhor comigo mesma, do que valeu anos de trabalho e empenho?", tinha sido a palavra final para tomar a coragem.

Após a cirurgia, ela vai para o quarto. Um grande corte à altura da cintura, de uma ponta a outra, dá mostra que a intervenção cirúrgica profunda e agressiva requer um bom tempo de repouso.

Com a cabeça ainda dopada, horas mais tarde despertaria com a sensação do dever cumprido.

ABRIGO

COM O GUARDHA-CHUVA, subo a Rua Augusta. O fretado sai às 18h. A chuva é de parar o trânsito e estou preparado para ficar horas esperando o ônibus. Em Caçapava, jamais tive a medida exata da frase: '*o trânsito parou por causa da chuva.*'

É uma relação esquisita que a cidade tem com o tempo chuvoso. Tenho a impressão que é típica de São Paulo, quem sabe de qualquer metrópole. Não que se esgote no trânsito, mas acredito que a partir dele é que vem o tom da diferença.

A quem culpar?

O motorista impaciente que não percebe a pista molhada e segue na alucinação, e quando vê não deu tempo de frear e acertou a traseira do veículo à frente? Imagina que engarrafamento uma simples batida provoca na Avenida 23 de maio.

Ou seria culpa dos porquinhos da cidade que insistem em jogar lixo na rua, lixo este que será empurrado para os bueiros, entupindo-os e com isso alagando avenidas que já estão saturadas de carros?

Hoje, estou com sorte. Consegui tomar o metrô rápido e descer em instantes na estação que pego meu fretado.

Nas avenidas, o tumulto é menor que o esperado. Antes das dezoito e trinta estou sentado confortavelmente em minha poltrona. Conforto fruto da previdência. Quantas vezes eu entrei no ônibus pingando por teimar em não carregar um guarda-chuva na pasta? Várias.

Dia morno na imobiliária. Hoje, satisfiz uns chorões. Inclusive, um me agradeceu, pois escapou de pagar pesada multa pela rescisão do contrato de locação.

A estagiária entrou de licença gestante. Por milagre uma amiga sua se prestou a ocupar o lugar por cinco meses. Ótimo. Do contrário, tomaria mais tempo gastar horas no cartório para reconhecer firma, depositar cheques e outros detalhes que, embora menores em um escritório, travaria o trabalho se a estagiária estivesse ausente.

Da janela do ônibus, o caos parece ser generalizado.

A chuva cessou, a água escorrera para os bueiros, passagem permitida. Agora, é vencer o nervosismo reinante nos condutores que esperaram mais de meia hora para sair do lugar e querem a todo custo recuperar o tempo perdido.

Checar números, fazer ligações do celular? Nada disso, não estou com pique para trabalhar no ônibus neste momento. Sinto-me esgotado.

De repente, uma imagem me cativa. Um senhor empurrando uma carroça, que ora serve aos camelôs ora aos catadores de papelão. Traz aspecto empobrecido que contrasta com as pessoas de sua idade que estejam nutridas e asseadas.

Parece ser catador de sucata. Digo parece porque a carroça é coberta por um enorme plástico preto o protegendo da chuva. Ali vejo uma menina, mirrada. Esperta, animada, mas mirrada. Conversa com o pai.

Um mundaréu de veículos ensandecidos entupindo a avenida.

Na calçada, pai e filha conversam. O pai, pobre, igualmente mirrado. No rosto, o desgaste do tempo, insuficiente nutrição. Mas um quê de ânimo. "Pobre vive de teimoso", disse certa vez a faxineira da imobiliária.

O que conta é que o ônibus teima em permanecer parado e eu me noto atraído pela imagem, hipnotizado. No meu ônibus, tantos trabalhando, com o celular, com o *notebook*. Lá, nos carros, muitos ouvindo música, tensos. Parece que todos, inclusive eu, estão anestesiados, indiferentes à cruel realidade daqueles dois seres humanos.

A miséria que bafeja o mau cheiro em nossas fossas nasais nos faz virar a cara para o lado contrário, evitando saber sua causa. E, assim, não se precisa tentar mudar a situação.

Inconscientemente, esperamos o cara detrás ou da frente tomar a atitude solidária. Seguimos para casa, deixando que o problema daquele pai e filha enrolados na miséria seja resolvido por *alguém*.

Mas o *alguém* está com pressa e passa a bola para *ninguém*.

O ônibus começou a andar, fico perplexo com meu comodismo. Após vinte minutos que o ônibus segue rodando, meu corpo e a indignação amolecem.

Durmo.

AMOR PLATÔNICO

NADA MELHOR do que o tempo para nos despir de crenças, valores que antes guiavam nossa atitude e em certo momento passam a ser obsoletas.

Sabe aquela certeza que se tinha na adolescência? Vira pó na fase adulta.

Óbvio que outras tantas permanecem: umas adaptadas à idade madura, outras nem tanto, mas existindo por força do hábito.

Na minha adolescência, tinha horror à palavra amor platônico. Nada contra a expressão. Até caia bem ler novelas ou romances do século 19 nos quais predominavam essa história.

Se eu ficava aborrecido é porque sentia incômodo em estar preso nesse tal de amor platônico, sem achar condições de pular para um mais de carne e osso.

E mais irritado eu ficava quando alguém vendo meu desejo por uma menina dizia "sonhar não custa nada", que para mim na época era mais uma maneira de traduzir o amor platônico.

Não tinha namorada fixa, tampouco era popular entre as garotas. Sempre deixado de lado nos bailes, nas festinhas.

Se eu gostava do sexo oposto? Claro. Não via a hora de chegar próximo de uma garota, torcendo para que ela aceitasse meu papo. Aí podíamos dar uma escapada e correr para um lugar mais isolado. Papear, beijar.

A sorte é que ela me abandonava. E raro eu não ficar plantado. Os amigos (da onça) azarando e eu chupando o dedo. Olhando de cima dos meus trinta e poucos anos, é até cômico. Mas nada tem de engraçado estar na pele de um adolescente que se sente diminuído. Só mera nostalgia forçada.

Para não pirar, e mesmo por não beber nem usar droga, a dança me servia como válvula de escape. Ainda bem que estávamos na década de oitenta, onde pular à moda Arnaldo Antunes era tido como tolerável.

A dança me ajudou a desencanar, diminuir a pressão em conquistar uma namorada. Quando fiquei mais relaxado, não é que a sorte soprou a meu favor.

A primeira namorada chegou.

Sabe um mordomo ou um garçom exímio na arte de servir? Este era eu para com ela.

Umas amigas até brigavam comigo.

"Acorda bobo, ela está te usando", diziam.

Pena que ela é quem acabou com o relacionamento.

Depois vieram mais. Atordoava-me a profusão, a rotatividade, me sentia como que incapaz de manter uma menina que me fez sonhar por dias e que na pracinha do bairro eu pedi em namoro. Eu queria me agarrar a ela, e ela fugia.

Sequer sabia que estava inaugurando o que meu filho chama de *ficar*.

Apesar do sofrimento gerado pela perda, tinha a alegria de uma nova conquista.

A alegria e desencanto de cada conquista serviram para retirar os mitos, as fantasias que envolviam a figura do amor, da mulher em meus anos juvenis. Vai ver que é por isso que hoje em dia quando encontro uma mulher que força os meus olhos em sua direção, penso no quão cômodo é o amor platônico.

Atitude abominada anos atrás, agora me chega como síntese dos percalços amorosos, sinalizando a comodidade que é estar na posição de espectador, apontando as vantagens de não se envolver carnalmente.

As vantagens são as mais variadas. Nada de sofrimento, de ser humilhado, ciúme, exclusividade. Conta bancária protegida, livre de cerceamento, liberdade de ir e vir conservada, sem *aliança* de qualquer espécie. Sem bafo de cerveja, ronco, impurezas que exalam do corpo enamorado.

Seria esta uma encanação de médico legista? Ou se tivesse outra profissão eu pensaria diferente? Acho que não tem nada a ver. Há tantos médicos legistas por aí que se permitem se apaixonar. As frustrações acumuladas é que me impedem de ver o encanto que pode resultar de um amor genuíno.

Em minha opinião, porém, o amor platônico é tão prático: quando acaba, nada de xingamentos, humilhações, desdém, palavras de baixo calão, ameaças.

AOS 16

"OLHA COMO ESTE menino está espichando", diz uma amiga da mãe.

Quer ver o rubor tomar conta da face do garoto de 16 anos, basta ele ouvir frases do tipo *que rapagão bonito* escaparem da boca de senhoras que visitam a casa materna. Quando sua mãe recebe visitas em casa, ele fica o menor tempo possível à vista.

Aparece na sala de estar, cumprimenta as visitas, raramente trocando duas ou três frases, e, ao se despedir da mãe, inventa uma desculpa para ganhar a rua. Prefere dar privacidade à sua mãe com os visitantes.

Na ótica de quem é jovem e sabe pouco dos compromissos que terá na fase adulta, considera sua agenda cheia.

Na maior parte do dia, racha de estudar para conquistar aquela vaga tão sonhada na escola da Marinha. Nas horas de lazer, o passatempo favorito é o futebol com os amigos.

Até aos quinze anos dedicava-se mais a futebol. Tinha a esperança de que um dia fosse jogador profissional. Nada diferente do sonho que povoava a cabeça de grande parte dos garotos de sua condição social.

Acordou do sonho quando, pela primeira vez, não passou no teste que garantia fazer parte do elenco de jogador juvenil. A idade avançada barrara novas chances.

Impedido de vestir a camisa do time do bairro, ele investiria na carreira militar.

O que o irrita nesses últimos tempos é um sentimento contraditório: enquanto as amigas da mãe lhe elogiam, as meninas parecem nem saber que ele existe como *homem*.

Para piorar, ele começou a ter *sonhos molhados* à noite no qual figura uma vizinha como protagonista.

A maioria das vezes, o sonho que ele tem é a mera reprodução do visual que ela aparece na rua: shortinho, blusinha, pernas bem atrativas, rosto lindo, e um quê de sensualidade à altura da fantasia do adolescente sacudido pelos hormônios.

Mas num sonho tal, ela estava vestida de camisola no quintal de casa enquanto o rapaz a espreitando gulosamente por cima do muro. O marido apareceu e lhe viu e veio armado de um facão para tirar satisfação. O rapaz teve sorte que o sonho acabou assim que o *macho* derrubou a porta de sua casa com uma pesada.

"Ah, esse negócio de ficar cobiçando a mulher do próximo! Nada a ver", disse para si. Mas os malditos hormônios ainda perturbavam.

Uma válvula de escape surgiu sem que ele se desse conta. Uma revista Veja, com uma mulher rindo, os lábios carnudos, os longos cabelos. Sim, a primeira vez que se aliviou.

Doeu pra caramba. Pensou que teria rebentado o membro e que o pequeno sangramento lhe denunciaria para mãe, amigos, vizinhos. "Tô ferrado!". Tremeu mais pelo possível vexame que pela dor insuportável. Jurou nunca faria novamente. E como era rapaz de frequentar igreja, antes de comungar, quis confessar.

"Pequei", disse.

"Sozinho ou acompanhado", pergunta o sacerdote no confessionário, separado por um biombo, no que o garoto responde *"sozinho"*. As ave-marias e pais-nossos abrandariam a culpa.

Passados os dias, estava lá novamente. E doía. E se culpava. E confessava. E tornava a se aliviar. As tormentas hormonais o perseguiram.

O rapaz, contudo, era determinado. Procurava afastar as ideias lascivas. Decidido, aplicava-se para o concurso da Marinha.

Corria por horas a fio, sob o sol da tardinha ou debaixo de torrente d'água das chuvas de verão. Na praça que contava com barras de ferro ou no campinho do bairro, encontra recursos para os exercícios musculares. Visava alcançar bom desempenho nas provas de aptidão física.

Quanto à preparação para os exames teóricos, malhava na resolução dos exercícios de física, matemática, química, português.

No fim do ano seguinte, colheu os louros por tamanho empenho. Seu nome estava lá estampado na lista dos aprovados da Marinha Mercante.

Que legal! A Rosinha, 15 anos, sorriu. O pai, bravo, concordou. Começaram a namorar.

"Pô, até que enfim arrumei uma gata", desabafo só compreendido por um garoto que há anos gosta de mulher, mas que nunca teve a chance de experimentar...

AOS 24

"O QUE É que eu estou fazendo? Ele tem 16 anos", disse para si. Para ela, a idade era um empecilho para a união do casal. Havia mais um complicador que a perturbava: estar separada há pouco mais de um ano e ter um filhinho de três.

O ex-companheiro definitivamente havia caído no mundo. Não que tivesse deixado de manter contato. Afinal tinha o filho. De vez em quando ele dava de aparecer para ver a criança. A família dele era mais frequente. A frequência do contato não trazia aborrecimentos.

Tinham entendido que eram incompatíveis um com o outro. Ela queria alguém que pudesse ser mais carinhoso, menos distante. Ele queria ter de volta a liberdade para sair à noite, ir à praia, enfim, retornar à vida de sem compromisso que tivera antes de morarem juntos por dois anos.

Diante do comportamento infantil da parte dele, ela havia se decepcionado com os homens. A decepção a motivou a manter afastamento de qualquer pessoa que considerava ser um possível enrosco, desperdício de tempo.

Depois de meses solitária, notou que a maternidade não apagou a vontade de contato masculino. Estava na flor da idade. Natural ser balançada pela necessidade de companhia.

Quando conheceu o rapaz de 16 anos considerava-o um amigo, um confidente. Amiga da mãe dele, elas trabalharam juntas. No início, ela dava atenção ao filho mais por consideração à mãe.

Passara a frequentar a casa da amiga para fugir da complicada relação com o ex-marido, das brigas, da gritaria, dos conflitos, pois à época ainda estava no processo de separação.

No sofá da sala, ela diante do jovem.

Ele tinha um modo de conversar tão avançado. Era solícito, companheiro. Sem querer se percebeu gostando mais da fala do estudante do que da mãe.

A consciência disparou um alerta.

Tudo bem, não negaria que os braços e coxas fortes do rapaz lhe buliam os instintos. Sequer negaria o sentimento de se sentir protegida quando caminhavam lado a lado na rua.

"É apenas uma criança crescida", tentou dissuadir-se da ideia tentadora.

Pouco adiantou.

A perturbação instalara-se quando teve um sonho no qual beijava o rapaz.

O que diria sua família se esse relacionamento ocorresse? Seria arrasada pelo ex-marido, ridicularizada pelos vizinhos. Seria fustigada pelo rótulo de sedutora de menor.

Tomou uma resolução: afastar-se. Seria fácil. Como entrou um dia na casa dele, podia deixar de ir lá quando bem entendesse. Ele, garoto tímido, logo a esqueceria, pensou. Acreditava que a timidez o impediria de lhe procurar.

A estratégia funcionou por algum tempo.

Impelida pela saudade de ouvir sua voz, seus planos, ideias, ela fraquejou.

Sem se perceber, estava numa tarde a prosear com ele. O convite veio de supetão: *"quer ir ao motel?"* Sentiu-se segura para convidar. Sabia que ele tinha maturidade suficiente para não vulgarizar o convite. Ele a entendia.

Poderiam ter ido ao motel e começado uma relação duradoura. O que impediu foi um entrave. Embora compreensível e maduro, ele era garoto dependente financeiramente. Morreria de vergonha em ter que pedir dinheiro a sua mãe para uma situação dessas.

Como tinha ideia fixa de que a entrada do motel quem deveria pagar é o homem, ele respondeu que não tinha dinheiro no dia marcado para a resposta.

Ela podia pagar. O que aconteceu de sua parte foi ter caído em si: levar um menor para o motel? Estaria louca? Podia ser presa. E logo desfez o mal-entendido.

Aproveitando um suposto desconforto emocional, sumiu definitivamente de sua frente. Meses passariam sem se verem.

No clube que frequentava, ela conheceu um rapaz de 19 anos, forte, simpático e que acolhera bem seu filho.

Certo dia, ela passeava com o namorado carregando a criança no ombro. Lá adiante avistou a antiga paixão. O jovem jogava bola com os colegas. Ainda tiveram tempo de trocar um olhar. O último...

BICHO DE ESTIMAÇÃO

ONTEM ME aconteceu algo diferente. Deixando de lamentar as minhas queixas eternas, percebi alguém além de mim, de meu umbigo, digno de observação. Meu tormento é querer ganhar uma comissão mais gorda nas transações comerciais que faço como representante. Para dar entrada num carro novo, numa casa, montar o lar, casar e ter filhos.

Já conto tantos planos frustrados. Queria ter podido continuar estudando, me especializar para ter acesso a uma carreira mais estável e promissora.

A vida vai nos empurrando para frente. Como não sou de ficar choramingando pelos cantos, descobri uma maneira de compensar a interrupção da carreira ou da perseguição de um emprego com maior status.

Entrar na área de vendas e quem sabe com tino para os negócios, ganhar tão bem ou mais quanto os doutores. Daí eu achar interessante o mergulho na atividade de representante comercial.

Meu ritmo passou a ser alucinado para melhorar meu padrão de vida. Talvez por isso quando percebo alguém que padece por assunto que eu chamaria de ninharia, fico abismada.

Tenho 30 anos, sou formada em comércio exterior e porto-alegrense. Tenho um namorado dentista, que vive me enrolando em tomar a iniciativa de proposta mais séria, mas que no fundo eu nem ligo. Não quer me pedir em casamento, mas se o fizesse talvez eu não aceitasse, pois ele está no começo da carreira, e ganha muito menos que eu.

E ela, a pessoa cujo ritmo de vida me incomoda? É minha colega de departamento e há anos na empresa. Meses atrás eu me perguntava o que houve de errado com ela que está há mais de 20 anos nesta atividade e não galgou cargo de chefia?

"Só pode ser falta de ambição ou ter pouco talento para se impor no mercado competitivo", este julgamento saiu tão automático de minha cabeça que fiquei chateada.

Procurei tirar isto da cabeça. Afinal, são poucos os que mandam e um montão que se submetem. E quem disse que quando eu tiver a idade dela eu estarei numa posição melhor? Os nossos planos podem falhar. Nada é tão fácil como os livros de autoajuda pregam.

À sua mesa, tem uns três ou quatro vasos de plantas.

Esquisito, raro as mulheres mais velhas não terem apego às plantas. O que me chama mais a atenção é a dedicação quase insana que devota aos seus cachorros: um casal de vira-latas com três filhotes.

Digo insana por que sequer me vejo dedicando um quinto desta atenção para minha mãe ou namorado. E para me livrar de remorsos, minhas colegas seguem o mesmo caminho. Amo meus pais e adoro meu namorado, mas longe de mim um comportamento como da minha colega da mesa ao lado diante de seus cães.

Certo dia, ela estava transtornada. O cachorro estava passando mal ou indisposto, e ela se debulhava em lágrimas.

O seu devotamento me transtornou. Se ela tivesse parte desta energia para os negócios? Ela é separada do marido, característica que partilha com boa parte das mulheres de mais de 50 anos no ramo.

Talvez por não ter filhos nem netos, toda sua maternidade seja canalizada para os bichos de estimação. Ela sorri quando eles sorriem, sofre quando eles sofrem. Na sua agenda diária, as necessidades dos cães são prioridade.

Um envolvimento assim chega a me cansar.

Eu nem penso em devoção animalesca. Quando criança, tive um gato que muito me apeguei. E parei por aí.

Da entrada na faculdade para cá seria impossível lidar com cachorro e sua sujeirada de fezes e xixis espalhados no corredor do quintal, ou com as marcas de patas no chão da cozinha, na sala e, pior, em cima da cama. A gritaria que fariam para perturbar meu sono. Suas necessidades de comida, vacina, que atrapalhariam minha agenda ou tempo de lazer.

Não, isto não é para mim.

Será que um dia eu estarei assim: dependente de um bicho para me fazer companhia? Tomara que não. Farei de tudo para as relações familiares não malograrem? Se casada, manter marido e filhos atentos à necessidade da família. Se solteira, mergulhar na carreira.

BIQUINI

FALTA POUCO. Em vinte minutinhos mais, estarei diante do mar.

Nas curvas, vejo as primeiras imagens de Caraguatatuba. É o mirante. Sobre a mureta à minha direita, o céu e o mar se encontram. Lá embaixo dá para ver as casinhas e o beira mar. A natureza transborda através de árvores, vegetação densa e rasteira, areia e vento.

Do espelho do retrovisor noto o motorista apressado com sua SD10 querendo passagem. Dá vontade de pedir para que passe por cima, visto que o cara nem respeita que estamos numa descida íngreme e que à minha frente segue uma fila de veículos, todos atrás do caminhão. Ainda que o alucinado jogue farol alto em cima de mim, desta vez nada de eu arriscar a levar multa ao ir para o acostamento somente para satisfazer o capricho de ultrapassar do bonito.

Para relaxar, ergo o retrovisor para a luz deixar de me perturbar e repouso minha visão na bela paisagem ao redor, sem me distrair da tarefa de seguir com a máxima cautela o movimento serra abaixo.

Fora esse trecho de serra, a pista está ótima, pouco movimentada, apesar do feriado.

A Páscoa é um dos poucos feriados que a rodovia dos Tamoios não fica insuportável. Eu que o diga. Sou praieira de carteirinha. Curto sair do estresse. Preciso mergulhar na água salgada, sentir meus pés na areia, a bruma lambendo meu calcanhar, a batata da perna e minhas coxas.

Quando fora d'água, me acabar na água de coco, sorvete, suco, queijo frito. Acabar é modo de falar. Fico atenta à minha forma no quesito alimentação regrada. Longas caminhadas no calçadão ajudam manter a condição física.

Esse hábito de descer ao litoral quando sinto vontade é desde o tempo de namoro. Ele foi quem, numa quinta-feira, me trouxe para cá.

Antes eu vinha somente nas férias em família no mês de janeiro.

Foi tipo travessura. Estávamos trabalhando, e saímos para almoçar. Quando deu na louca de me convidar para irmos para Caraguá em vez de enfrentar o trampo à tarde. Pensei que estivesse brincando. Logo ele tão centrado. Por isso não me opus, achando que fosse brincadeira. Quando passamos Paraibuna, percebi que não era blefe. Descemos. Ficamos pela primeira vez a sós.

Nosso caso acabou, mas o prazer em descer para o litoral permaneceu.

Daquele dia em diante, passei a ver a praia como fonte de repor energias. Trabalhando num escritório de venda de maquinário, no estresse diário de bater metas, eu torço quando um feriado pinta.

Eu mereço.

Gosto do meu corpo. Adoro meus biquínis. Longe de ser presunçosa, mas é tão bom ver que os outros apreciam também.

Recebo olhares dos garotos, dos homens e das mulheres. As mulheres exibindo no rosto uma inveja ora elogiosa ora despeitada. Os garotos buscando o desconhecido. E os homens? Muitos deles, malícia pura.

Nem ligo. Curto os olhares. Curto a brisa batendo em meus cabelos. Desfilar no calçadão, ao contrário de andar nas avenidas em São Paulo, é precioso e relaxante.

Sendo morena, o sol me é um grande parceiro.

Óbvio, me cuido. Nada de insolação, bancar a linguiça assando ou banana à milanesa. A arte de aproveitar a praia é conhecer limites.

À tardinha, visto o shortinho, a sandália, após tomar uma chuveirada, e coloco os brincos. Vou caminhar, quando não caçar uma cachoeira na companhia de uma galera. Acampar faz parte do repertório.

Solitária ou acompanhada eu desbravo áreas novas. Tenho um quê de exploradora.

À noite, quando não acampo em lugar exótico, dou uma volta no shopping ou na orla da cidade. Um show de rock ou pop anima. Bebendo pouco ou nada de álcool, estou inteiraça para aproveitar a praia de manhã cedinho no domingo.

Em termos de custo-benefício, a diversão é barata e serve para recarregar a bateria.

Minha referência é Caraguá, mas sempre dou um pulo em São Sebastião, Ubatuba e adoro passear nos points de Ilha Bela.

CALÇA ESCURA

ESTILOS DE ROUPA são os mais variados. O que faz as pessoas escolherem esta ou aquela vestimenta é intrigante.

Há os que preferem tecido mais vivaz – também chamado de espalhafatoso. E é impossível ficar indiferente quando esse sujeito aparece ao nosso lado. Se nas revistas ou na TV pode parecer irreverente, no dia a dia esse estilo soa pedante, excêntrico.

Há os moderados, que se vestem de maneira moderada, que de tanta moderação quando arriscam adotar qualquer peça que seria aceitável em 99% das pessoas, transmitem a clara impressão de que podem estar atravessando crise ou não atinando bem do juízo.

Para escolher um estilo e seguir sua tendência deve haver a identificação da personalidade com o pano e o corte. O formato do corpo conta, mas não é essencial. É fácil notar quantas pessoas usam um short ou calça ou camiseta muito abaixo ou bem acima do seu número, e mesmo assim se sentem confortáveis.

Grosso modo, é sentir-se bem com o que nos faz enfiar uma calça jeans apertada para realçar o bumbum saliente. Lá em Sertãozinho tenho colegas que adoram uma calça apertada. Moda caubói? Pode ser.

De minha parte, me encanto pela calça social.

No início, era por ser o traje típico do pessoal na igreja. Depois, veio o conforto. O jeans apertado, que esquenta pra caramba em dias de sol? Nada a ver.

O tempo foi passando, quando vi, me acostumei. As idas à igreja estão cada vez mais raras, mas a fé na comodidade da calça social permanece inabalável.

Há dois inconvenientes para a calça de pano leve. Se você calhar de estar excitado, é como estar vestindo short.

Nada tenho de exibicionista, de querer provar que sou viril. Fico bem sem-graça quando a ereção involuntária surge. É um sufoco para camuflar. Apesar de saber que a excitação é algo natural, entendo também a etiqueta, a conveniência, que me faz ficar sem graça.

O segundo inconveniente se refere ao membro companheiro. Culpa das idas ao banheiro. Após urinar, a calça fica marcada. Tomo o maior cuidado. Não tem jeito: é chacoalhar o companheiro e respingos mancham a calça.

A situação será mais fácil quando eu me acostumar. Afinal, em poucos minutos o tecido está seco. E nada tem a ver em fazer xixi na calça, ora bolas, ainda não cheguei no tempo da incontinência urinária. Trata-se de situação corriqueira, que fazem meus colegas rir de mim quando conto minha preocupação.

Para muitos, seria encanação ridícula, quase sem importância. Mas basta sair do banheiro, para eu pensar que todos estão olhando os minúsculos pontos molhados, por causa do tecido mais claro, como as calças de tom azulado, amarronzado ou bege.

Se algo nos incomoda, logo buscamos estratégias para driblar a perturbadora situação. E comigo não seria diferente.

Na hora de lavar as mãos, e verificando estarem os pingos ali, jogo de propósito gotas de água para passar a ideia de que todos os pingos foram provocados por água cristalina.

Por vezes funciona. Mas é, de qualquer maneira, desanimador circular com a calça molhada.

Usar pano escuro é a melhor solução. Infinidade de tons indo do neutro a escuro se alojando no armário.

"Que inveja das mulheres", certa vez me peguei a pensar, por elas se enxugarem com o papel higiênico. Nós homens, até nisso saímos perdendo.

"Eureca! Aí está a solução", gritei. Enxugar-me. Que ótimo.

Beirando aos cinquenta anos, e vivendo de consultorias em RH, achei a ferramenta que me permitiria usar calças de cores sem a inconveniência dos pingos.

Comemorei, satisfeito de ter descoberto o atalho para o conforto.

Persuadiria meus dois filhos homens para seguir o mesmo caminho? Nem tanto. Claro que não vou fazer que sigam meu comportamento. No máximo, dar sugestão caso queira. São muito jovens para ficarem cismando com assunto que pode bem passar como insignificante.

O que importa é que essa estratégia me reduziu a tensão e deu colorido no guarda-roupa.

CELULAR

CERTAS INVENÇÕES humanas são mais um desperdício de tempo, grana e paciência do que um bem útil. O que dizer dos controles remotos do DVD e da televisão? Para que tantos botões se eu só uso cinco: o de ligar, desligar, abrir, carregar e tocar. Da televisão: ligar-desligar, trocar de canais e abaixar-aumentar o volume.

Lembro-me o primeiro contato com o controle remoto. Para não dizerem que eu era bicho do mato, me prontifiquei a ler o manual, seguir item por item, buscando a utilidade de cada um. Aquilo foi me esquentando a cabeça de tal modo que meia hora depois eu joguei o treco para o lado e fui eu mesmo enfiar o dedo no botão da televisão para desligá-la.

Essas coisas tecnológicas devem ter sido projetadas para pessoas como meu neto que desde que completou sete anos de idade recebeu seu videogame. O garoto consumia horas diante daquela máquina, e que destreza tinha nas mãos.

No início, cheguei a ter a impressão de que meu neto adoeceria, por falta de sol ou de atividade física. Até que aos dozes anos passou a dividir o tempo gasto na máquina com brincadeiras ao ar livre com os amigos. Fiquei contente quando vi o moleque correndo atrás de pipa e jogando bola.

Não que todos os adultos sejam como eu. Tenho conhecidos que são verdadeiros amantes de novidades tecnológicas. Quando surgem dificuldades, logo solicitam ajuda de seus netos ou filhos para lhes ensinar os macetes do aparelho recém-chegado.

Apesar de eu ter sido do tempo do onça, como uns bestas lá na repartição me rotulam, eu nada tenho contra a modernidade. Quem visualizou o benefício da chegada do microcomputador ao nosso atendimento no SUS? Eu, com mais de 50 anos, ao passo que jovens recém-saídos das fraldas colocavam empecilhos quanto à utilização.

Tudo bem que uma década atrás me antipatizei com a máquina de escrever elétrica. E teimava sempre em bater meus ofícios na minha velha Olivetti de guerra. Vai ver seja pelo fato de eu ter queimado a primeira que chegou à repartição, por causa da voltagem errada.

Hoje, aposentado, confesso não ter morrido de amores quando do meu primeiro contato com o celular. Achei invasivo, o tijolo que berrava a cada chamada. Era 1995, quando tive contato com a novidade. Eu estava com sessenta e um anos bem-vividos. Sim, tinha direito a torcer o nariz. E o fiz.

Mas no fundo, como diz meu neto balbuciando psicanálise, eu, inconscientemente, teria medo do novo, não queria admitir que aquele treco tivesse igual ou maior poder do que o telefone convencional.

Lembro-me de ter emburrado, fechado a cara para tal intruso. Sou da turma do bem. Eu não iria lutar para sua expulsão da casa, mas me esquivaria de ficar a paparicar.

Dizem que o tempo cura tudo: até a dor de cotovelo.

Certa vez eu estava passando ao lado do banheiro e vi, melhor, ouvi o celular tocar. Pensei que alguém esqueceu o treco lá dentro. De repente, minha neta atende a chamada. Era uma amiga. E... Conversavam.

A situação rotineira para alguns, a mim soou extremamente fantástica. Poder atender a um telefonema no banheiro.

Digo isto porque o que me causa mais incômodo é estar à espera de um telefonema importante. E, sozinho em casa, na exata hora que eu estou no banheiro, *pensando na vida*, ter que me afobar que nem um louco, me atrapalhar com o papel higiênico e a maldita descarga, enquanto o aparelho não para de tocar lá na sala. E sair correndo porta afora, esbarrando nos móveis, para chegar ao telefone, por vezes com a canela doendo de eventual topada. E tudo para quê? Para o infeliz ficar mudo. Ligação perdida.

"Ahhhhhhhhhhhhhhhhhhhhhhhhh, que droga!"

A engenhoca teria o poder de me livrar deste aperto. Agora, poderia *pensar na vida* e atender ao chamado, sem o menor constrangimento.

Restou me curvar aos pés do senhor celular. Fizemos as pazes quando percebi sua utilidade, aliás, como acontece com quase toda novidade que surge ao meu redor.

Hoje, em 2001, já faz parte de minha vida. Eu sequer saberia viver sem este grande amigo de bolso.

C'EST JOLIE, LA SOCIOLOGUE

SE EU BOCEJO, é culpa do calor. Pode parecer implicância de europeu, mas não é. Para minha defesa, escutei a frase: *"o calor está castigando* várias vezes nestes três dias em São Paulo."

Quando eu ouvia de meus orientandos, que eram daqui, comentar sobre o intenso calor que fazia em determinados dias, ainda que prestasse à devida atenção, havia um quê de ceticismo. Passava por minha cabeça que estivessem aumentando a história, para impressionar. Ou uma maneira de dizer que se o francês se incomodava com o frio o brasileiro também sentia o mesmo com o calor.

Agora, nunca mais vou subestimar quem falar sobre o clima brasileiro, nem que exageram com relação aos mosquitos.

Como tudo tem seu lado bom, o clima tropical traduz-se no colorido e leveza das roupas, com as mulheres em seus vestidos, saias, blusa e shorts e os homens – geralmente na hora de lazer ou na condição de estudantes – enfiados em suas bermudas e camisetas.

As praias são bem diferentes do que eu imaginava. Não dá para compará-las nem mesmo com as do sul da França, que são famosas por atrair milhares de banhistas nas férias de verão. E para aqueles que não são fãs, como eu, de andar descalço pelas areias pode arrumar local privilegiado à beira mar, sentado à mesa de um quiosque ou simplesmente passear pelo calçadão, de preferência sob as sombras das palmeiras.

Andar pelos Parques públicos é uma alternativa para as pessoas que estão longe de ter o acesso cotidiano ao litoral. O Parque do Ibirapuera é uma boa dica.

A I Jornada Paulista Sobre Crianças Abandonadas fornece um panorama da realidade brasileira. Recebi o convite de um de meus ex-orientandos e quis retribuir a gentileza de ter tido vários alunos brasileiros nos meus mais de dez anos de livre docente na Sorbonne.

Pesou também a emoção que é visitar a terra dos mitos Florestan Fernandes e Milton Santos, para citar apenas dois professores cuja produção escrita me agradou.

Definitivamente, o calor me amolece.

De repente, ela se levanta. Caminha para frente da plateia. É sua vez de expor.

Ela me toma a atenção de uma forma pouco comum.

Não sou assexuado, mas raramente noto o corpo de uma expositora. Levo muito a sério meu trabalho, e que me lembro, jamais faltei com respeito para com minhas colegas de profissão. Mas ela me abraçou a alma. Talvez a pele morena? Ou o gingado do corpo? Quem sabe a sensualidade despretensiosa em sua fala?

Vai ver é culpa de Jorge Amado.

Há uns seis meses, adentrei na leitura do genial baiano, caprichoso porta-voz da cultura brasileira, a qual é mistura ímpar entre negro, índio, branco e asiático.

Seria a moça que vejo personificação de Gabriela Cravo e Canela?

Esquivo-me do meu tradicional mau-humor foucaultiano, dando um tempo até para o gramscinismo que domina meu pensamento nos dias normais.

A blusa vermelha combina com os delicados sapatos, o penteado, a calça que cai como luva em suas belas curvas. Diante dela eu prefiro ser positivista em vez de negativista.

O Brasil me encanta. Nunca o encarei como turismo sexual. Longe disso. Gosto de sua gente. Simpática, acolhedora.

Estou me sentido mal. Ela se esforçando para apresentar o trabalho científico, que deve ter tomado noites inteiras e, com o incentivo pouco dado no Brasil, dá para imaginar como sofrera para formar-se. E eu aqui olhando suas curvas.

Sinto-me desonesto. Tento desviar o olhar. Centrar-me nas tabelas estatísticas, na explanação acurada. Que nada. Minha visão é arrastada para ela. A situação é incômoda.

Ela é a Iracema tão bem cantada por José de Alencar.

"C'est jolie, la sociologue." Obrigado Brasil, por brindar a humanidade, ao fazer com que a beleza esteja de mãos dadas com a aridez sociológica. *"La jeune femme, c'est une lune éclatante. Je m'écorche mon coeur."*

A apresentação terminou. Não ousei olhar para suas nádegas. Quero, sim, guardar a imagem vivaz de sua exposição, sentada ou em pé, esbravejando sobre a injustiça social, sem sufocar seu ser feminino.

CONVICÇÃO ANORÉXICA

DE SURPRESA, a professora de geografia nos convocou para instalar o datashow na sala de vídeo. Iria ser mais um filme. Nem me opunha. Afinal, os filmes que trazia sempre eram bem-recebidos.

Caminhamos para a sala de vídeo. A coordenadora pedagógica, depois de abrir a porta, entregou as chaves a nossa professora com a estrita recomendação de que logo que fosse terminada a atividade, ela as deixasse na secretaria, se não se vissem mais naquela manhã.

"E para vocês nem preciso dizer que zelem pela sala" – falou a coordenadora antes de girar nos calcanhares e voltar para o corredor.

Ao entrarmos, meia dúzia dos mais agitados alunos começou a fazer algazarra em meio à escuridão. Quando as luzes foram acesas, vimos as cadeiras amontoadas a um canto.

A galera arrumou as cadeiras em forma de U.

A algazarra cedeu espaço para o silêncio.

O nome do filme: Terra.

Tratava-se de um curta-metragem, montado a partir de várias fotos que volta e meia recebemos de e-mails dos amigos ou *spams*. A miséria como pano de fundo. Crianças nas ruas, mal vestidas, seminuas, famintas. Pessoas catando comida nos aterros sanitários. Guerra, injustiça social.

Bem, o filme é de virar o estômago dos mais sensíveis.

A mensagem do filme era clara: faça algo para melhorar o mundo.

Mas como? Faltou dar a sugestão.

Obviamente que um ambientalista acharia mais que oportuno fazer menção à industrialização desenfreada que mata flora e fauna nos rios e que corrobora para os lixões. A geografia, além das questões ambientais, pode ater-se na concentração de capital, caso a vertente seja mais econômica.

Na minha cabeça, as imagens fizeram estrago bem maior.

O retrato da criança africana, definhando, assistida por um urubu, que parecia esperar que a pobrezinha caísse para que ele pudesse abrir-lhe as entranhas, ah, me desabou.

Talvez tivesse outros problemas em mim que não pude identificar, mas com certeza a cena foi a gota que faltava para o balde de minha estabilidade emocional transbordar.

Entrei numa depressão.

Quantos filmes mais impactantes eu já tinha assistido e nem por isso caí na depressão?

Este foi implacável. Retirou-me a vontade de comer. Parece que com essa atitude eu me penitenciava por meu sentimento de culpa diante da criança sucumbindo à fome.

Nós, cidadãos, sempre querendo pôr no governo ou em qualquer pessoa, menos em nós mesmos, a culpa pelos males do mundo. Raro admitir que nós sejamos parte do governo, ou, no mínimo, que quem governa só o faz porque nós autorizamos. E ficamos livres da culpa.

Seria frustrante admitir que a situação esteja ruim mais por nossa acomodação do que por causa da sem-vergonhice de quem governa. Pois se admitíssemos teríamos que ir à luta.

Na hora que percebermos o quanto nos deixamos guiar e o quanto poderíamos fazer para melhorar situações que nos soam injustas, teremos abalado a estrutura de nosso comodismo. Como resultado, a mudança começa a ser possível.

A galera na escola estranhou. Logo eu internada por anorexia. Eu sempre contra a exploração da imagem da mulher, estaria agora preocupada com minha própria, com medo de engordar?

Se eu tivesse tido tempo diria a eles que foi uma convicção cidadã que me levou à greve de fome.

Fui uma adolescente de 17 anos irracional, confesso. Existem vários modos de lutar. Escolhi o mais nocivo? Não foi bem uma escolha.

Primeiro me abateu a depressão.

Em seguida, vieram os enjoos e vômitos assim que eu ingeria qualquer alimento.

De quebra, a falta de vontade de viver, a figura esquelética diante dos espelhos que apareciam no meu caminho. De repente, a internação hospitalar, o soro, os pais sofrendo. Agora, eu aqui sem saber se eu escapo ou não desta.

DE QUEM É A CULPA?

CRESCI NA cidade do Rio de Janeiro. Aos 14 anos, já tinha aprendido as noções básicas de evitar a chance de ser assaltado. Para começo de conversa, relógio e anéis deveriam ficar em casa. O vestuário deveria obedecer à concepção de modesto, não-chamativo. As estratégias eram dicas apanhadas aqui e ali da boca da malandragem.

Nem por sonho atravessar lugares proibidos quando escurecesse. Pouco importa que o caminho ficasse mais longo. Na adolescência, praia sim. Mas as baladas se restringiam às lanchonetes ou casa dos amigos no bairro. Ninguém esquece que o Julião foi baleado por ter acompanhado a namorada a uma lanchonete no bairro vizinho e o confundiram como rival.

Passei na faculdade de medicina. O ideal de salvar vidas havia me impulsionado a ser aplicado nos estudos e determinaria meu empenho na vida profissional.

Ir morar nos arredores do Maracanã, seria mais tranquilo? Nada. As festas nas repúblicas rolavam soltas, mas na hora de voltar para casa era uma verdadeira operação de salvamento. Sempre incentivando a galera a dormir amontoada na república em vez de correr risco.

Vanessa e Perla foram estupradas pouco depois das vinte e duas horas por terem insistido em voltar sozinhas para Niterói.

Formado, casei.

Trabalhando no hospital Miguel Couto, passei a tirar bala de corpos de crianças, jovens, idosos. Balas perdidas, ou recebidas à queima-roupa durante assaltos.

Eu sofria. Colegas meus radicais, olhando crianças e idosos ensanguentados, diziam que a pena de morte deveria ter sido implantada há muito tempo, inclusive para adolescentes infratores.

"São frutos das desigualdades sociais. Eles atiram e matam, mas ninguém nunca os ajudou ou cuidou deles," era o que eu dizia.

Meu filho nasceu. Alegria.

Aos cinco, já sabia esquivar-se de assalto. A ordem expressa era jamais reagir.

O fatídico dia chega. Num assalto, bandidos vociferando ódio. A maldade na alma. Levaram o carro. Jogaram a babá e meu filho no rio, para não deixar pistas, assim confessa os bandidos, um menor e um adulto, após serem presos.

A população se irritou com o assassinato. O presidente chamou-os de vítimas das circunstâncias, mas se fosse um de seus netos?

De quem é a culpa? Do governo que não promoveu educação, profissionalização e emprego para os jovens e famílias em risco? Das classes ricas que concentram renda? Da classe média acomodada? Da falta de humanidade e desvio de personalidade de marginais? Da falta de querer progredir pela educação e valores da classe pobre?

Nas entrevistas, minha mulher e eu emudecemos. Nada adiantava apelar às autoridades. O problema e a culpa são sempre do outro, no caso nosso, de nós as vítimas.

O menor em um ano estava solto nas ruas. Se o sistema cobra do adolescente no máximo três anos de privação de liberdade, seja por uma ou várias vidas arrancadas, aquele que tiver bom comportamento institucional sairá em menos tempo. O preceito socioeducativo diz que a medida de internação tem que ser breve.

A insanidade me lançou ao seu encalço.

Uma semana depois de ser posto livre pelo sistema de justiça, baleou um senhor de 70 anos em nova tentativa de assalto.

Eu o segui... Achei-o numa favela fumando maconha... Já não fumará mais, nem matará mais, não nesta existência.

Odiei-me: treinado para salvar vidas, foi a primeira vez que tirava uma de modo intencional. Será que conseguirei salvar vidas depois de ter arrancado aquela? O bandido adulto condenado a trinta anos de prisão não escaparia também de minha fúria.

Graças ao nosso sistema de justiça, ele logo será beneficiado com abrandamento da pena. Antes da morte do adolescente, eu estava disposto a esperar o tempo que fosse para acertar as contas.

Não dá para esperar. Lá está a delegacia e vou me entregar.

TER FILHOS

QUE TURBILHÃO de pensamentos a invadia no momento em que deitou na maca que a levaria para o centro cirúrgico. Lá fora, na sala de espera, a família e o marido. Todos ansiosos, todos preocupados, todos solidários.

Em momentos como este é que as pessoas costumam surpreender. Ficou espantada com a tensão que se apoderou do marido. A cada minuto o homem ia checar como ela estava, ver se precisava de alguma ajuda, se estava com fome, sede, desconfortável na posição em cima da cama ou no sofá da sala de estar.

E ela que pensava que ele continuaria com seu estilo indiferente, centrado em si, muitas vezes surdo para as brincadeiras e comentários ao seu redor. Que nada. Era o mais preocupado, excedendo em zelo até a própria mãe dela.

Contudo, nenhuma pessoa estaria tão esquisita quanto ela naquele momento. A carga de sentimentos que a sacudia mesclava-se com os medos tão comuns face à palavra parto e à alegria de trazer um ser ao mundo. E se lhe faltasse oxigênio? E se houvesse um incidente cirúrgico que impedisse a criança nascer de modo saudável?

No caso dela, dois seres, duas meninas.

E se desse algo errado? E se complicações de qualquer natureza pusessem em perigo a vida das pobrezinhas? A cada momento, via-se balançada por novos medos.

Que dor no peito sentia a cada vez que pensava nisso. E se ela viesse a falecer? Os médicos, a equipe, todo mundo diz que não, que é imaginação.

Mas impossível não é, sabe ela muito bem. E se ela estivesse incluída na pequena porcentagem que morre durante ou em decorrência do parto?

Ela força que ele prometesse. O marido teria que cumprir o juramento que fizera ao longo de toda a gravidez: de que cuidaria das crianças se a mãe viesse a faltar.

Ele ria. Às vezes, chorava emocionado, negando a possibilidade. Mas acabava prometendo.

Num momento desses é que invejava as amigas que puseram silicone, que sofreram cirurgia plástica. Teriam a vantagem, pensava ela, de levar numa boa a tensão pré-operatória, por serem experientes.

É a primeira vez que passa por essa tensão. Tudo bem, visitar pela primeira vez o ginecologista não fora nenhum parque de diversão. Porém, nada se compara com o que está sentindo agora.

A maca rola pelo corredor. Que estranho ser carregada.

Ao lado, a enfermeira que puxa prosa: "Como está nossa mamãe?"

Ela esboça um sorriso.

Buscou ficar mais disposta, desencanar da preocupação.

Quando ficou completamente nua, coberta com a camisola branca, tendo que deitar na mesa cirúrgica: "ai, que frio na espinha", ela se arrepiou.

A mãe sempre dizia que mulher é mais forte que homem. Agora, sabe que a mãe não estava inventando. Se o marido geme com um cortinho no dedo! Imagina tivesse ele que parir?

As horas passavam e ela meio aérea.

Vinham volta e meia imagens de diferentes períodos da gravidez.

O dia que enjoara e tivera que adiar uma reunião importante no trabalho. A vez que o marido correu que nem louco, largando compromissos em outra cidade, tomando chuva, e dormindo no aeroporto, para descobrir, quando chegando a casa, que ela tivera apenas um mal-estar.

Das últimas férias na praia, dos passeios no fim de semana no shopping, do não poder dirigir, da dieta inflexível, do maléfico cigarro deixado de lado, do extremo cuidado que o marido tinha com ela, do fazer amor de ladinho na madrugada.

De repente, uns gritos agudos.

De repente, os choros das deusinhas suas filhas.

De repente, mãe.

Que alegria. Agora é trabalhar para sustentá-las. "É tão bom ser responsável por alguém que depende muito de nós", sorriu emocionada ao ver a cara das filhas pela primeira vez.

DENTISTA

TUBE BEM que nunca fui metido a valentão. Mas ser tão covarde a ponto de ter calafrios em ouvir o nome do dentista, é dose. E pior, estraga qualquer reputação masculina.

Com quase quarenta anos de idade não tremo mais quando tenho que tomar injeção ou fazer exame de sangue. Na última vez fiquei espantado com minha postura autoconfiante. A enfermeira tirando sangue, e eu numa boa. Desenvolvi a estratégia de fechar os olhos, no geral; quando estou bem relaxado, basta somente virar o rosto para o lado oposto e focar, por exemplo, nas paredes, nas pessoas que circulam no corredor. E pronto, o serviço terminará antes do que eu esperava.

Claro, não vale incluir nesse rol o tormento que é a preparação para uma cirurgia em hospital. Coragem tem limite.

Agora com o dentista é diferente. Se eu chegar ao consultório odontológico e for atendido de imediato a situação é mais confortável, pelo simples motivo de não ter dado tempo para minha mente perceber o que julga perigo. Quando ela percebe, já foi.

A situação se complica quando é necessário ficar um bom tempo na sala de espera. E dependendo do tamanho do espaço, o desconforto será maior se eu puder captar o zunido do aparelho em sua atividade de limpeza ou puder visualizar as agulhas que servem para injetar a anestesia.

Quais estratégias para aliviar a tensão são possíveis num ambiente hostil como esse? Bem poucas. Mergulho na leitura que trago de casa ou que colho nesta ou naquela revista que fica à disposição para os pacientes. Às vezes, fixo na secretária atarefada em agendar, atender telefone, recolher pagamentos e anotar na agenda do profissional.

O meu medo de dentista é um divisor de água.

Tem gente que tem como marco o primeiro beijo. E eu tenho o primeiro e (graças aos céus) o último desmaio aos quinze anos no dentista.

Ela, a dentista, linda e compreensível, alegou que eu estava fraco, tipo pouco alimentado, e a anestesia por vezes provocava queda de pressão. Pensou ela, imagino eu, que seria traumático para mim se eu tivesse a certeza da própria covardia desde tenra idade.

Entretanto, eu a admitiria pouco tempo depois de me graduar em Educação Física.

Desde que tomei consciência, passei a visitar o dentista de modo mais regular. Antes, eu ia arrastado pela dor de dente atroz.

O convênio odontológico serviria também de incentivo para a frequência, visto que, embora pagar doesse menos que o medo, assim mesmo limitava as idas.

Como é a visita ao dentista?

Chego à recepção. A atendente me sorri. Geralmente são trinta minutos adiantados.

Armo-me com leitura, a fim de não ver o tempo passar. Na minha vez, sigo como um boi para o matadouro.

Uso de máxima civilidade com a dentista. Ela me sorri. Eu idem, ainda que um pouco forçado.

Os olhos vasculham o ambiente, enquanto fico deitado na cadeira à espera que ela se aproxime. Basta que ela toque na minha boca, pronto, fecho os olhos e por nada deste mundo os abro até que ela diga que eu posso me levantar.

Houve vezes, talvez motivado pela beleza desta ou daquela dentista, que arrisquei um abrir de olhos, porém, a broca ligada desestimula qualquer libido. E logo fechava os olhos, pedindo em silêncio perdão por olhá-la com sentimentos carnais.

Ah, nisso o mais feio homem se compara a mais bela mulher: ser dentista. Eu os temo igualmente.

O motorzinho é um capítulo à parte.

Não raras as ocasiões em que me fez gemer mais que mulher em hora do parto. Já pensou se meus recrutas descobrem este lado do seu sargento *linha dura*, seria complicado manter a disciplina.

O que eu estou falando?

Se descobrissem meu medo, constatariam que todos têm fraqueza, e que a minha é o dentista, armado de anestesia e broca impiedosa.

DESPEITADA

SE ESTACIONAR durante a semana na parte valorizada da cidade já é aquele sufoco. Sábado à noite, seria esperado alvoroço triplicado no entorno de qualquer estabelecimento como restaurante, lanchonete e teatro. Mesmo assim quando se constata aquele trânsito é de se incomodar com o tumulto de carros.

Seriam várias voltas pelo local, até que fosse avistada ou apontada, pelo manobrista, a vaga ansiosamente procurada.

Das primeiras vezes que teve que manobrar para estacionar, foi um suadouro. Primeiro o estreito espaço da vaga. Segundo, outros motoristas impacientes que queriam continuar zanzando atrás da própria vaga, mas que tinham que perder tempo enquanto ele suava a camisa para encaixar o veículo no local e, só depois, dar passagem.

A anormalidade do trânsito deve-se à crescente procura pela Vila Pizzaria. Antes, contava poucos frequentadores. Há um mês, começou a dificuldade no estacionamento, sempre cheio.

O que vale é não ter investido horas no cabeleireiro à toa, pensou a relações públicas, que deixou de trabalhar alguns anos atrás, dedicando-se à vida de dona de casa.

O marido, antigo engenheiro da Sabesp e atualmente consultor de empresas, a mantém com relativo conforto.

Num bairro valorizado de Franca, ela se desdobra para manter a forma, bela e sadia, além de administrar os três funcionários que a casa conta.

A agenda é lotada.

Academia de ginástica, salão de beleza, shopping, e pet shop para o gato de estimação.

Mesmo em meio a esse alvoroço, por vezes, sente-se vazia. Lamenta-se por não ter tido outra opção de carreira. Outras vezes, teme o que o futuro lhe reserva.

Aos trinta e sete anos podia ter tido filhos. Na maior parte do tempo, se contenta com a ideia de que um filho complicaria o seu ritmo de vida.

Mulher que aprendeu a trabalhar cedo, hoje ela mantém a lojinha de roupas de grife no calçadão. Graças ao marido e meia dúzia de clientes assíduas, consegue arrecadar o suficiente para pagar as despesas do empreendimento. Tem pouca ambição nos negócios. Mantém a loja mais por passatempo.

O que mais poderia perturbar sua cabeça? A necessidade de perfeição física.

À mesa do Vila Pizzaria, quem a observa quase se cega quando ela sorri, devido à brancura dos dentes, fruto da pesada limpeza e clareamento. De costas, passaria por uma menina de vinte anos. Cabelo comprido, a calça jeans de cós baixo, sapato plataforma.

Nada concorre mais em chamar a atenção do que seus silicones realçados pelo decote da blusa e pelos mililitros abundantes. Os homens, naturais apreciadores do peito feminino, perdem em curiosidade para as mulheres presentes. O que lhes importa é o belo formato.

Toda essa maratona para agradar o maridão? Esta é sua missão número 1. Manter seu casamento.

Esta noite, no entanto, uma cena a perturbou severamente.

Um casal a sua frente.

Não apenas pelo aspecto pitoresco, simplório da mulher beirando aos cinquenta anos. Ela sempre respeitou a limitação alheia. O que a incomodou muito foi a simplória mulher, vestida como uma mãe tradicional, de mãos dadas com um rapagão. Pior, beijando-o, trocando carícias e afagos.

Houve um nó em sua cabecinha de menina-senhora mimada. Estaria despeitada?

Ela que se torturava, desdobrando-se em cirurgias, horas no salão de beleza, para manter o casamento com o marido vinte e dois anos mais velho. Enquanto isso, a dona à sua frente, com um garotão a tiracolo.

"Vamos embora?", solicitou ao marido.

"Por quê? Mal chegamos?", inquietou-se este.

"Hoje não estou me sentido muito bem. Desculpa, vai".

"Tudo bem", disse ele.

E rapidamente pediu para que o garçom cancelasse o pedido.

DIRETOR FORA DO PRESÍDIO

FÉRIAS É sempre bom. Já vale por não ter que se levantar cedo. Segundo, por fugir da rotina de ser despertado no susto pelo relógio ou, por medo de voltar a dormir após ter acordado às 4h da manhã, ficar evitando de fechar os olhos. Apreciar o café da manhã e almoço com a família seria o prazer a mais.

No caso dele, que exercia cargo de confiança, também ajudava ter o direito de desligar-se do trabalho. Na maioria das vezes – quando a situação financeira permitia – optava por visitar uma cidade distante como maneira de ficar longe do alcance das emergências que pudessem requerer sua presença.

Mas se o bolso restringisse a distância, se tivesse a sorte de estar à beira-mar, já se daria por satisfeito. Para isso que depois da casa quitada, tanto sacrifício eu fiz para conseguir juntar o dinheiro suficiente para financiar o apartamento sem a ajuda da Caixa Econômica Federal, visto se tratar do segundo imóvel no nome.

Na orla, é só aproveitar. A diversão sai bem mais barata. Pode-se achar uma prainha pouco movimentada, ou descobrir cachoeira enquanto se caminha ao lado de vegetação silvestre.

Minha cabeça está mais tranquila. Como saí de férias, tenho certeza de que cada dia será meu e sem surpresas.

Diferente do feriado, que a qualquer problema que desse na unidade tinha eu que correr para tentar solucionar. Faz parte das atribuições um bocado de assinaturas, requisições e pareceres sem os quais a unidade não anda quando a situação piora.

Quem mandou querer ser diretor?

Saí do prédio e fui buscar mistura para acompanhar o arroz e a salada preparados por minha mulher.

Que bom o ar do litoral. A agitação é legal.

À porta do restaurante, minhas pernas bambearam.

Um jovem trajando calção longo, camiseta regata e boné, me aborda.

"Olá diretor", disse o jovem.

Percebi que se tratava de um ex-presidiário, no máximo, aos 24 anos de idade. Eu cumprimentei, da maneira mais natural possível, como sempre faço quando estou a serviço. Perguntou-me se eu estava passando as férias, e um estranho riso me deixou perplexo.

Procurei camuflar o incômodo da situação.

Era a primeira vez que eu me deparava com um ex-detento, assim, na rua, trocando ideia. Ele cercado de seus amigos.

Fiquei aliviado quando ele disse para seus camaradas que eu era *sangue bom*. Foi como um sinal para eu seguir meu caminho, que não queriam nada comigo.

O incidente me desconcertou.

Se me queimassem a tiros nada seria de estranhar. Nada de atípico. Nós diretores de presídio somos como inimigo público número 3, perdemos somente para o juiz que o condenou e a vítima que o denunciou.

Há, de certo, colegas de profissão, que têm o dom para passar para o primeiro lugar na lista de desafetos de um presidiário. Incorporam uma atitude de verdadeiro tirano. A causa? Pouca habilidade em lidar com a própria ansiedade ou ser inadequado para o cargo que ocupa.

O diretor violento, bruto, esquece que a *'cadeia não é eterna'*, expressão bastante em voga na boca de detentos quando querem intimidar-nos.

Eu faço meu melhor. Sou enérgico, mas mostrando ao detento que sigo a lei e não um capricho. Cumpro o que a instituição me exige, e jamais deixo me levar por achaques, atitudes grosseiras a quem quer que seja.

Respeito um detento como respeito a mim mesmo. A justiça já o puniu: privando-o da liberdade. Cabe a mim contribuir com cumprimento decente da pena.

Ser justo, ético, carismático, não significa ser trouxa nem conivente com o erro.

No meu presídio não tem preso desfilando com celular, *fazendo o corre*, ameaçando vítimas dentro ou fora da prisão, ou continuando com a vida criminosa debaixo de meu nariz.

E se quiserem acertar as contas por isso que o façam, eu é que não abro mão do estilo.

ENQUANTO ISSO, LÁ EM BRASÍLIA...

ESTUDO ECONOMIA na UnB. Nesse momento, sentado num dos bancos da biblioteca da Faculdade, reflito sobre uma situação que vem prendendo a atenção.

O conteúdo do pensamento pode parecer sem sentido, visto que eu deveria estar focado no texto de Max Weber que o professor cobrou para a prova semestral que será realizada na próxima quinta-feira. Quanto ao texto, não é um dos mais áridos; ao contrário, o assunto me atrai. Gosto da linguagem, por parecer tão atual à realidade brasileira, embora tenha sido escrito no contexto da sociedade alemã de fins do século 19.

Não tenho que me queixar das condições objetivas que me cercam. Na mesa que eu estou, o espaço é todo meu. Na biblioteca, poucos estudantes circulam. A calmaria reina.

Escolho este horário por ser estratégico. Depois do almoço, raros os que correm para cá. Eu mesmo, quando não tenho exame logo depois do almoço, prefiro tirar um cochilo nalgum canto arborizado, com pouco movimento, longe inclusive da agitação do Centro Acadêmico.

Mas hoje estou disperso, com vontade mais de refletir na vida do que em cima do texto.

Aos vinte e três anos, nunca perdi o prazer de fazer música. O entusiasmo transita da composição ao arranjo instrumental. Quando entrego minha voz para o canto, que coisa incrível. Parece tão distante a entonação e timbre que emito quando estou cantando que por um momento chego a estranhar a mudança.

Há seis anos sou vocalista de um grupo. Todos os integrantes são velhos conhecidos. Iniciamos bem jovens.

No entanto, neste momento algo me perturba. Ao mesmo tempo, este algo me incentiva a buscar justificativa para meu mergulho na música. Quero provar para mim que não é mero modismo. É mais uma espécie de chamado interior, uma vocação.

Talvez por isso eu queira improvisar um desabafo, uma defesa em prol da liberdade de expressão.

Na verdade, o que me motivou foi a chateação que tive quando ouvi uma socióloga, inteligente, mas pouco sensível à causa do rock, repetir um chavão de que *"como em Brasília tem pouco ou nada para se fazer, o jeito é montar uma banda."* Bem, se esta é a realidade para uns, não é para todos, muito menos para nós.

Minha discografia é uma história à parte, tenho-a desde os dezesseis anos. O que interessa é que nela aprendi quanto foi difícil para Renato Russo, Dinho Ouro Preto e muitos outros amigos impulsionarem o rock nacional. E o maior inimigo de uma banda de Brasília é, de início, os críticos de Brasília.

Muitos veem na iniciativa uma fuga da realidade, uma excentricidade de filhos da classe dominante em exibir-se, passar o tempo.

Nada de melodrama. Temos as rosas e os espinhos pelo caminho. Nada de desconsiderar a questão mercadológica, os interesses capitalistas na geração coca-cola.

A espinha dorsal da crítica está na aparente incompatibilidade em manter os ideais de melhoria social, de passar uma mensagem legal para que o homem viva melhor consigo e com o outro, de lutar contra os malefícios do sistema convivendo com a grana e fama recebidas. Vários atores sociais não se conformam com o sucesso dos cantores, muito menos das bandas de rock.

Hoje, temos dificuldades, mas imagina no tempo do Aborto Eletrônico?

Sem o apoio da mídia, às vezes até ridicularizados. Era tempo dos ensaios na garagem, dos shows improvisados ou vigiados pela ditadura. Devemos muito a esses desbravadores.

E Brasília deve ter orgulho de sua safra.

O nosso grupo começou fazendo *cover* dos ícones.

Íamos tocar em festas, baladas. Como a concorrência é acirrada, foi espanto quando surgiu o convite para tocarmos nossas músicas. Rolou até a produção de um CD.

Mas as vendas foram insignificantes para a gravadora aceitar bancar a produção de outro. Agora, vivemos basicamente de shows em universidades, casas noturnas.

O grupo, contudo, está realizado. Viver do que se gosta de fazer é privilégio de poucos. O baterista, médico, e o baixista, defensor público, largaram de vez as respectivas carreiras para se dedicarem à banda.

A batalha no momento está sendo para entrar no circuito nacional.

ENTERRADO VIVO

NÃO FOI POR falta de gritar. Nem sei como consegui tirar o algodão da boca e do nariz. Do contrário seria impossível achar fôlego para reagir. Quem sabe a magreza tenha ajudado nos movimentos que meus braços e mãos, ao encontrar espaço, puderam fazer para retirar os tampões.

Com o som que a terra fez ao cair sobre o caixão, meus olhos foram abrindo-se lentamente. Como a sensação de sonolência era extrema, a primeira impressão que tive é que estava envolvido num pesadelo.

Não que pesadelos fossem frequentes em minha vida, mas já registrei uns de tirar o fôlego e deixar a má impressão por horas a fio. Antes de despertar desta vez, fui alvo da mesma sensação de quando eu procurava escapar do perigo promovido pela situação que parecia não oferecer alternativa. Durante a aflição, quando já dava por certo meu fim, por passe de mágica eis que acordo às voltas com a escuridão.

Pena que desta vez, não era pesadelo. E eu já não teria a sorte de despertar em cima da cama e de se aninhar a alguém do meu lado ou, de um salto, correr para o interruptor e acender a luz do quarto.

Nada. A realidade trazia um terror ainda pior.

Literalmente estou espremido. A simples visão do esquife é de desmaiar os que têm fobia por espaço fechado. Imagina enfiado nele, com sete palmos de terra por cima?

Juro que voltei a mim logo que a primeira pá de terra caiu sobre o ataúde. Se naquele momento tivesse tido tino, usaria toda a energia para fazer barulho. Provável que algum choroso lá em cima pudesse estranhar os sons atípicos.

Nessas horas que me arrependo de não ter sido sepultado nas caixas. Sei, elas são reservadas para os pobres, os que não têm jazigo de família e em três anos terão que ceder espaço para outros igualmente mal acolhidos pela sorte.

Até nisso, ser de classe média me prejudicou.

O susto descomunal.

Dentro da cova. A escuridão total. As mãos me guiando. Muitas pétalas, rosas, envolvendo meu corpo. E que vontade de fazer xixi. Desaguei. Que incômodo.

Contudo, mantive-me firme na tentativa insana de abrir o caixão.

Todas as forças nas mãos, e nos pés. Que féretro solidamente vedado. Ainda que tivesse aberto o caixão, que diria das camadas intransponíveis de terra acima?

O que teria me acontecido? Por que vim parar aqui?

Lembro-me de estar berrando como de costume lá na Bovespa, quando senti um aperto no peito. Depois veio a escuridão.

Tudo bem que o trabalho na bolsa de valores estressa. Mas sou super calmo. Muitos dos meus gritos são mais cálculos do que reação instintiva. *"Um poço de paciência,"* dizem os colegas.

Tudo bem que a morte não escolhe hora para bater à nossa porta e nos convidar para partir, sob pena de nos arrastar pelos cabelos se nos recusarmos a segui-la de boa vontade.

Mas eu, tão novo! Agora que tinha achado o amor de minha vida. Que ia começar a dar uma pensão para minha mãe, cumprindo a promessa sempre adiada do tempo de menino. Entre mim e a realização desses sonhos há a tampa pesada do ataúde e um bocado de terra indiferente.

O ar rarefeito. Os sentidos falhando.

Chorei desesperado. Rezei dezenas de pai nossos e avemarias, eu ateu roxo desde os vinte anos.

Quem sabe se eu procurar dormir...

A morte não deve ser tão ruim. Minha avó morreu, e muitos outros que eu admirava.

Talvez o desconhecido seja o que assuste. Mas quem sabe a morte seja um sono bom, um descanso oportuno...

A cabeça embaralha as ideias. A tosse me perturba. Os sentidos fraquejam. A força que vai sumindo, sumindo, sumindo...

Valeu vida. Ganhei menos do que eu desejava, e mais do que eu merecia. A razão vai sumindo, sumindo, sumindo...

ESPANTO

"RENASÇA COM AS manhãs", era a música que tentava manter na cabeça, depois de ter descido do carro.

A manhã de agosto estava bela. Sem chuva nem frio. Um clima agradável. O sol banhando tudo ao redor. Até as pessoas que seguiam para o trabalho em lojas, bancos, escritórios, supermercados ficavam mais lindas quando banhadas pelo sol.

Subiu a rampa da instituição.

"Bom dia professor", no que ele responde outro bom-dia com um sorriso.

Era professor de filosofia.

Antes de concluída a graduação, ele passara por um bocado de bicos, de serviços informais a empregos sem qualificação. Dada a experiência laborativa, os alunos perguntavam: "professor, o que o senhor ainda não fez?" De pronto ele respondia: "não roubei nem matei".

E os livros da escola? Sua consciência o perturbou. Ele procurava justificar que todo o conhecimento absorvido nos livros repassava aos alunos. Se o Estado investisse em livros para o professor, não precisaria tomar *emprestado*. Ou se houvesse aumento de salário podia destinar a compra deles sem sentir o impacto no estreito orçamento doméstico.

Não satisfeito com o raciocínio, o professor jurou que na próxima semana iria à escola e os devolveria à bibliotecária.

Hoje é dia de seminário.

Na verdade, serão três dias, sendo hoje o segundo.

Gostava da metodologia. O aluno deixava de ser mero ouvinte e subia ao palco. Virava protagonista em sala de aula. Momento mais que oportuno para o professor verificar se o conceito do tema que expôs durante longas semanas fora internalizado pelo aluno.

No seminário, se a tarefa é difícil para quem deve expor, tampouco é mais tranquila para quem avalia.

Quem se aplica para realizar uma apresentação quer no mínimo a nota máxima, sendo passível de se irritar com quaisquer critérios que o prive da nota esperada.

Nesse embate, há o mal-estar entre aluno e professor.

No entanto, o mestre adorava ver a emoção, gerada pelas atividades, estampada no semblante dos pupilos, a energia no falar, os exemplos elencados e os debates com paixão. O aluno que se destacava na exposição oral era aquele que se apaixonava pelo tema.

Fora o critério de avaliação, havia mais um inconveniente, sentido apenas pelo professor de filosofia.

Era o espanto que o consumia. O problema é que às vezes a mente rebelde do mestre divagava. E acabava deixando de focar o aspecto acadêmico para se pegar mirando detalhes sem nexo no aluno.

Quando acontecia a divagação, ele só via bocas batendo. Caras gordas, magras, pintadas, ossudas. Mãos agitadas. Pernas longas, curtas, salientes, tímidas, retraídas. Olhos tesos, tensos. Os corpos grandes, fortes, gordos, miúdos, baixinhos. Com as carteiras enfileiradas uma atrás da outra ou em formato de U traziam os estudantes atentos.

A imagem causava certo desconforto para o mestre como se ele estivesse diante de extraterrestres ou bonecos ventrículos a executar papéis programados.

O mestre sacudia a cabeça para espantar os pensamentos inoportunos.

Nas aulas expositivas, ele ficava mais tranquilo. Passeava os olhos em toda sala sem fixar em alguém. Chamava, por vezes, a atenção do estudante que estivesse bancando o engraçadinho ou disperso, mas nada além desse aspecto rotineiro.

Com a cabeça a mil com o conteúdo a ser transmitido, no entanto, raramente tinha tempo para se atentar em aspectos anatômicos. Embora houvesse alunos que se destacassem, provocando uma olhada mais detida, no geral, o mestre voltava ao tema sem dificuldade.

Por mais que tentasse esquivar-se desses pensamentos confusos, nada adiantava quando era seminário.

"É a desvantagem do seminário", acabava por concluir, "o importante é aproveitar os aspectos positivos." E quando finalmente relaxava, conseguia retornar à postura atenta de jurado que foca o desempenho do artista para que a nota conferida seja a mais fidedigna.

EU SOU MESMO

ANTES DE ficar famoso eu me assemelhava a um ex-alcoólatra evitando beber. Cada dia, o *só por hoje* saltava da boca, tentativa de continuar fazendo arte sem reconhecimento.

Não foram tempos nada fáceis. Primeiro, exigia tempo. Como no caso de qualquer atividade que demanda concentração, a minha consumia horas de empenho. Para tal, a necessidade de isolamento. Na cabeça, a ideia fixa de alcançar a perfeição, de criar algo inusitado e que atraísse positivamente os olhares.

Mas tempo é dinheiro. E o artista tem pouco senso não só empresarial. Às vezes lhe falta mesmo o bom senso, que pode levá-lo a virar sanguessuga da família, endividar-se ou, nos casos radicais, morrer à míngua.

Devido às horas desperdiçadas na arte, faltava tempo para buscar qualquer ofício que garantisse o pão de cada dia. Um caos. Mas no caso de o sujeito ser empregado, ainda assim o tempo consumido na arte, o chamado hobby, há de trazer algum tipo de prejuízo para a família.

Há um mês pintou a sorte grande.

Chamaram-me para uma bienal. Gostaram do que viram. Saiu convite para outras. De repente, o professor de Artes de escola pública de Lins figurava nos principais meios de comunicação.

Tudo joia? Nem tanto.

Viria outra fase complicada.

O famoso paga o tributo da fama criada pela mídia: a vida escancarada, sem o mínimo de privacidade.

Modéstia à parte, eu sou do tipo escolado. Leio de tudo, principalmente a bibliografia dos famosos pintores.

Quando a mídia me jogou no porão das interrogações íntimas eu estava preparado. Sabia o que queriam. Daria ibope eu dizer que era pai de família exemplar, que não bebe, não cheira nem pula a cerca? Nada.

O sensacionalismo barato quer mais. Infernizar-me-ia a vida até fuçar inverdades para brilhar por algum tempo.

Debochado, logo que me perguntaram se eu era gay, disse que sim... Acrescentei que saíra com várias mulheres, gostava de coca, a branquinha, além de ser fiel amante do álcool.

Os jornalistas ávidos registraram tudo.

Diante de mim, minha mulher e três filhas ficaram boquiabertas. Desconcertadas. Atitude não compartilhada antes. Elas nada sabiam. Nem eu achei que teria coragem para a brincadeira.

Mas tive. E não me arrependendo. A mídia agora terá seu quinhão. Nada de ficar xeretando minha vida para cavar verdades duvidosas.

Duas semanas atrás, um repórter sério perguntou por que eu falei que era gay e viciado se vasculhando minha vida nada encontrara. Respondi simplesmente: satisfiz o senso comum. O estereótipo de que artista tem que ser gay, ou mulherengo ou viciado ou tudo isso junto e mais um pouco.

Falei o que acho que esperavam ouvir. Tentativa de livrar-me dos interrogatórios impertinentes no futuro.

Em casa, sob a mira dos olhares espantados de minhas filhas e mulher, ouvi a pergunta: por que disse aquilo?

Retruquei: "e se fosse verdade? Valeria menos por isso?" No que me abraçaram, provaram que não. Depois expliquei as razões. As meninas em vez de irem contra as amigas que me chamaram de gay, entraram no jogo a ponto de afirmar o amor incondicional para com o pai.

Um jornal me chamou de mentiroso, disse que eu queria atrair mais fama ao fingir que era gay. Ainda contra vontade, virei polêmica.

Temos muito que evoluir. Em vez de dar tanta importância à preferência sexual, que tal lutar por uma sociedade menos desigual, com menos bandidos impunes e valas a céu-aberto e um salário mínimo vergonhoso e uma divisão de riqueza mais equânime.

Acredito nas novas gerações de jornalistas, e igualmente muito nos jornalistas não-sensacionalistas e, sobretudo, éticos.

EX-TIME DO CORAÇÃO

ELE ESTAVA apressado. Tinha que jantar antes das 20 horas. Esforçava-se para seguir o conselho do médico com quem teve consulta na semana passada. O gastrocirurgião sugeriu dicas para combater a irritação. Acreditava que as dicas eram valiosas para manter uma dieta alimentar que não agredisse o estômago, ao mesmo tempo, que evitasse uma privação espartana que em muitas vezes fazem o paciente abandonar o tratamento depois de uns poucos dias.

Além de fazer bem para a flora intestinal, seguir as dicas trazia outros benefícios que poderia comprovar em dois a três meses.

"Jantar cedo diminui as tensões, os maus sonhos, as insônias" – no consultório, o médico ia enumerando as vantagens de não ir com o estômago forrado direto para cama, principalmente se fossem alimentos de difícil digestão.

"Entendo."

"O esforço que seu cérebro e coração fazem para metabolizar uma quantidade de alimento desse porte pode explicar o cansaço que se produz no dia seguinte, além de provocar sobressaltos que o façam levantar na madrugada. O resultado pelas horas de sono mal aproveitadas será sonolência, dor de cabeça e possível mau humor ou indisposição para o trabalho."

Assim, ele se sentiu motivado em não deixar a lista com as valiosas dicas enfiada nalguma gaveta do armário de madeira que tem na sala de estudos ou dentro do saquinho que carrega papeladas e que fica alojado na pasta executiva. Merecia lugar que estivesse à vista, e a fixou na geladeira.

O arroz cozinhando no aparelho de micro-ondas, poucos minutos para apitar que estava pronto. Em seguida, descongelaria o feijão. Mistura? Salsichas. Adorava um fumegante arroz com feijão preto, tanto que se não tivesse mistura estaria de bom tamanho.

Estava fazendo a digestão há uma hora e meia, sentado no sofá da sala. Vendo televisão, no intervalo da novela da esposa, veio o anúncio do jogo Vasco da Gama e sei lá quem.

Vasco foi seu time da adolescência. Foi criado na cidade do Rio de Janeiro, lá no bairro da Tijuca.

Um lampejo de saudosismo e espanto atravessou a alma. Saudade pelos momentos apaixonados.

Lembrou das brigas insanas com colegas de rua, a maioria flamenguista. Se o Flamengo ganhava do Vasco, ele servia de chacota. Se o Vasco ganhasse do Flamengo, ele corria o risco de levar uns tabefes porque a maioria dos torcedores flamenguistas era como a maioria dos torcedores corintianos: não aceitam que os outros torcedores façam a eles o que eles fazem aos outros torcedores. Há exceções, claro.

"Babacas há em qualquer torcida, inclusive no Vasco", era o que ele, agora fiscal da prefeitura, pensava.

O espanto vinha da indiferença diante do ex-time do coração.

"Como pude mudar tanto?", questiona-se, ao comparar o tempo que ficava contando os dias para o time jogar, com hoje que só por acaso calha de ouvir falar dele nos intervalos da TV.

Não achava estupidez ser torcedor. Não agora que estava homem maduro.

Acredita que o torcedor de futebol, ou de qualquer esporte, é pessoa sadia, que encontrou um meio de extravasar energia e divertir-se ao mesmo tempo. O importante é não exagerar, não praticar atos criminosos.

Ele é que perdera o pique de torcer. Nada a ver depender sua felicidade ou tristeza da vitória de onze pessoas, que sequer sabiam que ele existia.

Nem tinha paciência para chegar à repartição e compartilhar das brincadeiras de torcedores zoando uns com outros por causa da derrota ou vitória do time no fim de semana. Via como desperdício de tempo e energia.

No fim de semana, gostava sim de pegar o carro, levar a filharada para o litoral e tomar banho de sol. Se estivesse na cidade de São Paulo, preferia ir com o filho mais velho andar de bicicleta num parque próximo de sua residência.

Escovou os dentes. Despediu-se da mulher e dos filhos que ainda estavam acordados, e foi para cama. Amanhã teria muito que fazer no escritório.

EXPLOSÃO

"OH, CARA, acorda! É tua vez", meu parceiro no truco grita. Volto a mim e colaboro na partida. Estávamos em quatro. Numa das três mesas de plástico da copa, que servia bem, depois de forrada com a toalha. Na hora da janta ou almoço, ali era que a maioria se encontrava.

Nem os dois baldes de lixo enormes – com restos de comida, de marmitex, copos descartáveis, que somente seriam esvaziados no dia seguinte pela equipe da limpeza –, incomodavam os participantes. Toda atenção era concentrada nas cartas e na sequência de quem jogaria.

Porém, de minha parte a concentração oscilava.

Não foi a primeira vez que me chamou a atenção. Eu estava meio avoado. Como prevendo que algo ia acontecer. Tudo bem, se eu falasse *olha, acho que vai acontecer algo terrível*, ele ia me zoar: "alôoo, só para te lembrar, somos bombeiros".

Sei lá, deve ser cisma do tempo de pequeno, quando ouvia minha avó contar casos. Tipo um pai de família que não queria ir trabalhar por causa de uma sensação, um calafrio e acabou sendo atropelado.

Sacudi a cabeça. Queria fixar minha atenção na jogada. Se fosse para dar vexame, podia ter deixado outra pessoa jogar com o meu parceiro.

Nada a ver ficar esperando pelo pior. Na profissão que escolhi o pior é a norma e a gente desconfia do dia tranquilo. Daí um jogo de futebol, truco ou churrasco ser uma maneira de diminuir o pensamento de sempre ficar esperando o pior.

Teve uma vez que entrei em crise de consciência. Pô, tanta profissão e fui justamente escolher esta, que não remunera tão bem e que arriscar a pele é um exercício constante.

Sou formado em Educação Física, podia ser professor. Quem sabe, entrar como técnico da Receita Federal. Tudo, menos pôr meu pescoço em risco. Quanto à adrenalina, podia buscar em outra atividade que não fizesse do risco a regra.

Em meio a estas encanações que pesavam desfavoráveis a abraçar essa profissão, tive meu dia de ao *mestre com carinho*, dia em que percebi que se eu podia ter qualquer outro ganha-pão, talvez não me realizasse tanto quanto neste, o de salvar vidas.

Foi de uma hora pra outra que tive esta certeza? Claro que não. Precisou o lance do perigo inesperado.

Um prédio em labaredas, na periferia, quatro andares. Dentro, uma senhora negra com o neto de sete anos. A filha havia saído para ganhar o sustento da família. De repente, o fogo tomou conta de tal maneira, que seria impossível para a senhora sequer abrir a porta e ganhar o corredor.

Eu ali os retirando das garras do fogo implacável.

A tragédia me fez um bem danado. O quê? Sim. Percebi a vocação junto com minha missão de salvar vidas. Tá, a grana curta. O salário é pouco. E me obriga a ser econômico, controlar o impulso consumista quando a TV diz o contrário por imagens sedutoras. Tarefa difícil.

Porém, se eu estivesse na Receita Federal, se todos os bombeiros estivessem em profissões mais rendosas, como a de médicos ou juristas, quem salvaria aquela senhora e o neto?

Hoje. Eu aqui em Congonhas, que loucura! Do truco às pressas para o aeroporto. O avião lá dentro. Pessoas pulando do prédio. A droga da escada que não dá para todos. Explosão.

"Cara, toma cuidado", gritei pro meu colega de truco.

"Pô, se eu não subir o sujeito pula", ele berrou de lá.

E fomos pra lá.

Salvamos um, dois, três...

"Cara, tu está louco, isto não dá. A parede vai desabar", adverti.

"Tem horas que a gente tem que arriscar... eles vão morrer tostados".

Meu colega sequer teve tempo. A parede desabou.

Com uma moça ensanguentada nos meus braços, corri para fora, para salvá-la. Meu coração queria voltar para meu amigo sob os escombros, meu racional, no entanto, dizendo salva esta pessoa que está nos teus braços por que ele já cumpriu a missão dele na Terra.

FRALDA GERIÁTRICA

O RELÓGIO NA parede marca sete horas. Lá fora, a escuridão se impôs, não sendo completa graças à boa iluminação dos postes de frente de minha casa. Ah, as luzes dos veículos e meia dúzia de pontos comerciais ajudam a manter a claridade artificial.

O tempo está mais ameno devido ao começo do outono. Assim, não é preciso ficar com as janelas escancaradas nem os ventiladores a toda velocidade. Ao contrário, traz a oportunidade de se aconchegar no sofá da sala, com o pijama, sem mosquito nem suor para incomodar.

Mas meu corpo reclama da temperatura como se fosse inverno bravo. E vendo as pessoas em sua maioria com roupa cavada, quase me sinto deslocada. A causa da diferença? A idade é a única explicação que consigo achar.

Depois de completar mais de oitenta anos, ficamos como fora do ninho. Sentimos um calor acima da média, ou um frio fora do comum.

Ao pegar o pente na gaveta da pia, vejo meu rosto no espelho. Por mais que tente me conformar, a idade avançada se traduz em deformação. Nem mais há aquele lado preferido no qual me imaginava mais atraente.

O banho foi tranquilo. Saio para a sala. E um motivo não explicado me arrasta de volta ao banheiro. Ia pegar algo.

De repente, a queda violenta. A meia e o chão molhado, explicação provável para o tombo. Acontece tudo tão rápido. Percebi que estava caindo, mas foi em vão a tentativa de me agarrar em qualquer coisa.

Permaneci caída.

Pensei na morte, tão intensa era a dor que senti. A incapacidade de me mover, quanto menos de me pôr de pé, me enchia de desespero.

Tempo abissal passei no chão do banheiro. Horas depois, minha filha, ao chegar do trabalho, tomaria um susto.

Ouço o grito dela vindo da porta do banheiro. Não podendo virar a cabeça, adivinho a fisionomia carregada de horror em seu rosto. Eu, por anos o motor da família, agora curvada pela debilidade fruto da idade avançada.

Sem contar com força suficiente para me erguer, quanto menos dar os primeiros socorros, ela chamou o meu filho caçula, que é médico. Rodamos a cidade na ambulância. O trânsito menos tumultuado, visto que passava das vinte e duas horas.

Num certo momento, as dores corporais se igualam a de ver os filhos sofrerem por meu estado deplorável. Senti as forças me faltarem.

Apaguei.

Voltei a mim após três dias, na sala de terapia intensiva. Da minha boca, pouco ou nenhum gaguejo saía. Sorte que meus olhos conseguiram passar um pouco de alívio aos filhos.

O saldo da queda foi o fêmur quebrado, lado esquerdo do rosto com hematomas, braços machucados e ausência da capacidade de comunicação.

A cirurgia fora necessária, feita menos de vinte quatro horas depois do acidente.

O pior foi a imposição da fralda geriátrica.

Eu, mulher que sempre fui independente, zelosa pela casa, pelos filhos, pelo marido, quando vivo, e agora estava sujeita ao transtorno de regredir à condição de bebê. A repentina falta de controle sobre meu corpo me abatia.

Comer? Só se alguém me der na boca.

O pior de tudo é manter a lucidez.

Fico revoltada. Palavras saindo de minha boca sem nexo. Queria ter perdido a presença de espírito, ser abatida pela amnésia. A única forma de comunicação são os balbucios, as lágrimas e os gritos agudos. A audição continua intacta.

Se eu vou melhorar? Não sei. Quanto mais se depender de eu entender o que o médico diz. Nem quando eu ouvia cem por cento, poderia ter certeza do que ele falava, imagina neste estado.

Hora do lanche da tarde. A enfermeira entra empurrando o carrinho com a bandeja com pão molhado no café com leite. Uma mão caridosa leva o alimento para minha boca.

FUMANTE

"QUE ABSURDO. Que coisa do outro mundo. Logo eu pensar assim." É que de repente me abateu um nojo, uma repugnância que a cada dia fica mais difícil suportar.

O que está acontecendo comigo para ter nojo do cigarro, eu que sou uma fumante compulsiva? Que estranho.

Meses antes de completar 19 anos, comecei a fumar. Ainda que tenha dado algumas tragadas na adolescência, foi depois que entrei na faculdade que se tornou um hábito.

Talvez se não tivesse feito parte daquela república, encontrasse pouco estímulo para encontrar no cigarro uma experiência comum. Lembro-me que ficávamos até altas horas da madrugada, eu e minha amiga, na varanda, no quintal da república, a fumar enquanto proseávamos à toa ou focadas nalgum material acadêmico, pois frequentávamos o mesmo curso.

O fato é que está cada vez mais complicado aceitar a sujeira alheia. O copo descartável sujo de café com cinzas depositado em cima da mesa ou da pia do banheiro.

Será que estou começando a deixar de gostar do cigarro?

Pior que não. Na minha privacidade, adoro tragar, soltar fumaça.

Espero impaciente para que uma reunião acabe para eu correr para um cafezinho e pitar um. Eu espero o intervalo como uma criança primária ansiosa antes do recreio.

Na medida em que a reunião se estende, a tensão aumenta, os lábios se oprimem, o pulmão se aporrinha com o puro oxigênio, as narinas esbravejam por nicotina, os olhos reclamam da irritação de não ver diante de si o formato do cigarro e os dedos tremem por sentirem-se vazios.

De manhã, porque é de manhã, o cigarro cai otimamente bem.

Na hora do almoço, logo que o estômago forra-se com comida, a nicotina tempera o bolo alimentar.

À tardinha, o cigarro com café me desperta do sono.

E antes de dormir, o cigarro relaxa o corpo.

Então por que este nojo despertado recentemente? Ele aparece, sobretudo, quando vejo outra pessoa fumando.

Eu, no gozo do trago, nada sinto de repulsivo. Apenas prazer. E a tosse seca, o peito encatarrado, os dentes amarelados? É pedágio que pago para trafegar na estrada do meu prazer.

O outro, sim, me perturba quando acende o cigarro. A fumaça que solta parece mais fedida. O hálito mais horrendo. Os dentes mais estragados. A postura mais cafona.

Nunca a máxima sartreana de que o *'inferno são os outros'* fica tão patente quando me deparo com pessoas de sorriso amarelado, papeando comigo, o bafo fétido provocando náusea.

Ah, que irritação quando me sento no sanitário e percebo cinzas de cigarros espalhadas pelo chão. Minha roupa sujando, o papel higiênico contaminado. Que imundície.

E como cúmulo do absurdo vem o copo descartável sujo de café deixado nas mesas da repartição. Raros são os fumantes asseados, que não emporcalham com sua fumaça e cinzas e bafos o ambiente.

Se eu não fumasse, com certeza arrumaria briga com quem fuma. É outra coisa que não entendo. Não sei como os não-fumantes suportam passivamente o desrespeito que os fumantes causam.

Estou enojada? Talvez seja uma fase.

Fumo há décadas. É a primeira vez que sinto incômodo. Nem as campanhas antitabagistas – com crianças mortas ou o garoto propaganda de empresa de cigarro definhando no hospital, por causa de câncer de pulmão –, me causaram o menor remorso. Para diminuir o impacto daquelas imagens negativas, eu sempre dizia que todos nós vamos morrer um dia.

Mas a sujeira, a fumaça, o nojo vendo outra pessoa fumar, me deixa irada. Têm uns tão sujos e desprovidos de bom-senso.

Por que estou falando assim? Eu sou fumante.

Deveria estar defendendo meu time.

Na verdade, sempre o fiz.

E agora, essa insanidade. Será tensão pré-menopausa? Maturidade? Mudança de interesse? Quem sabe.

GARÇON

PEGUEI CARONA que me trouxe da faculdade para o centro. No carro, uns três, além de mim. Ouço a conversa de duas estudantes de arquitetura, que estão sentadas no banco de trás ao meu lado. É de fato um pouco espremido, contanto que elas carregam não somente os cadernos como a maioria ou a mochila como eu. Enfiado conosco estão duas maletas com alça A3 e suas mochilas, que acredito levem, entre outras coisas, mais materiais para aula prática de desenho.

Se eu estou reclamando? Jamais. O fato de serem mulheres agrada muito. E agradeço a oportunidade dar carona, que abate no custo do transporte. Para se ter uma ideia, se pego carona a semana inteira, sobra dinheiro para fazer uma pequena compra na feira ou supermercado e abastecer a despensa.

E também porque estou acostumado à situação de maior desconforto. Imagina das vezes que vou atrás com dois ou três marmanjões suados. Aquilo sim é dose.

Desço do carro poucos metros antes do ponto de ônibus. Atravesso a Avenida das Nações Unidas, visto que o caminho para meu trabalho fica do outro lado.

À entrada do restaurante, as mãos ocupadas com os livros, me esforço para cumprimentar o pessoal.

Corro para o *quartinho*. Tô atrasado.

A aula de anatomia me pegou. E nem dava para sair mais cedo, eu estou meio enroscado na disciplina. Preciso melhorar as notas.

Estou me aplicando ao máximo. Primeiro, para o conteúdo entrar na cachola; segundo, para eu exibir uma postura de maior compromisso com a aula. Mostrar interesse pelas atividades na realização de pesquisa conta ponto com a mestra. Nem pense me deixar mais numa dependência, professora. Eu preciso fechar este semestre melhor, se não corro o risco de não concluir o curso de Fisioterapia em quatro anos.

Gasto pouco tempo na troca de roupa. Quando a disciplina é no laboratório ou sala de aula, vou vestido de calça, sapatos e meias pretas. Quando chego ao restaurante, apenas troco a camiseta pela camisa branca e coloco a gravata.

"Ei, boa vida", disse o *maître* rindo assim que me aproximo do caixa, "leva o prato da mesa 28".

E lá fui eu. A fome me roendo o estômago. Hoje foi atípico. Antes de começar a trabalhar, eu sempre janto. No dia que chego mais tarde, contudo, o horário de janta coletiva já se encerrou e a turma está no maior alvoroço. Claro que eu como depois. Basta escapar para o interior da cozinha, e com cara de pidão, conseguir meu prato com o cozinheiro zombador.

Que absurdo! Na hora que fui cortar o *bife a cavalo* em cima da mesa 28, o treco escapou e foi parar no chão. O maître corre. Pede desculpa ao assíduo casal de clientes. E providencia outro prato na cozinha.

"Que mancada!", me adverte.

"Talvez por que não jantei", respondo.

"Tá, então vá jantar".

Sigo para a cozinha. Sei que este episódio consumirá a semana toda como lenha para zoarem comigo.

Ela chega, e com ela desperta minha paixão adormecida.

A gerente.

Parece romance. Eu daria tudo para depositar um beijo em seu rosto. Não faço às vezes de patinho feio. Sou despojado. Até trocamos ideias. Sinto, porém, que ela me trata como um subalterno, que minha paixão é unilateral.

Sou grato por ela existir, e estar aqui *perto* de mim. Por causa dela eu experimento essa sensação gostosa. À noite, na minha república solitária de fim de semana, quando estou estudando, penso nela, em seu rosto, no seu modo de desfilar quando anda, no jeitinho de falar. Faz-me companhia sua imagem bailando em minha mente.

Vamos torcer que a gorjeta hoje seja mais gorda.

Preciso pagar a apostila de Fisiologia III, além de comprar um tênis decente para as aulas de educação física da quinta-feira de manhã. Eu vou trampar com vontade, e espero que os clientes e suas gorjetas me façam sorrir.

GUARDETE

CERTOS HÁBITOS adquiridos em serviço nos deixam constrangidos quando acontece de a gente repeti-los em outras situações. Aí vem o vexame. Como guardete de uma empresa, tenho, entre minhas tarefas, a de revistar as bolsas das mulheres que adentram na firma.

Seja em que momento for, da saída ou da entrada da firma, cada funcionária que atravessa a portaria terá que abrir a bolsa, expor seus pertences, de modo que eu possa checar o conteúdo. Constatado que está regular, só assim será dada permissão para seguir seu caminho.

A cara de pouco contentamento é notória em algumas pessoas. Na maioria, no entanto, noto que procuram facilitar a situação através de comentários sobre o tempo, sobre o que esperam do fim de semana que se aproxima, do que curtiram do domingo que passou.

A maioria, assim, entende que estou para cumprir meramente o procedimento, muitas vezes mantido, por causa dos prejuízos patrimoniais gerados na época que a empresa não investia neste tipo de segurança.

Não é a profissão que eu pedi a Deus. Nada de dizer, no fim do expediente: oh, que prazer que me deu ter vasculhado as bolsas, bolsos, apalpado os corpos, na caça de algo suspeito.

Mas é meu ganha-pão, e, apesar da falta de reconhecimento, gosto do que faço e procuro não ser uma funcionária relapsa. Vou cumprindo à risca o que meus superiores imediatos me solicitam para o melhor andamento do serviço.

Se o reconhecimento é raro das pessoas que sirvo, pior é quando levamos uma bronca de parte da chefia por uma suposta – ou real – falha. Não raro, depois de meia dúzia de broncas, o funcionário ser chamado ao departamento de pessoal na sede da empresa, para ter que assinar a rescisão do contrato de trabalho, após ouvir a justificativa de que não se encaixa no perfil da equipe.

Basta um comunicado da gerência patrimonial alegando o sumiço de um objeto, para a bronca ser implacável.

O clima nessa área de atuação oscila de acordo com notícias que relevem *desaparecimento* de objetos na empresa. Os guardas, por terem levado bronca da chefia, ficam mais severos na revista. Os funcionários observando esta severidade, por vezes, rebelam-se, com direito até baixaria por parte dos mais exaltados.

Antes de ser guardete, eu tinha uma aversão pela figura do segurança. Achava-o uma estátua. Ali parado, as horas passando, as pessoas agindo. Chuva, sol, nuvens, e ele como uma múmia. Assim era nos bancos, nos postos de saúde, à frente da portaria de empresas. Eu ficava irrequieta.

O que me aliviava era o desejo de jamais ser um deles.

Nunca diga: 'que desta água não beberei', aprendi a lição.

Engravidei, larguei o ensino médio. Virei esposa, dona de casa e mãe.

Trabalhara antes, mas apenas para comprar coisas para mim.

Meu marido, ah, pasme, um guarda. Nem vou dizer como conheci um guarda, muito menos como fui casar com ele. O que me importa é que eu o amo e o admiro. Talvez por isso, prestei prova e vim a ser guardete na empresa onde ele trabalhara.

Do que eu estava falando no início desta sessão nostálgica?

Ah, sim, me lembrei. Do vexame de certos hábitos fora de contexto.

O hábito de revistar as bolsas das funcionárias no meu serviço me deixou sem graça no supermercado quando estava de folga.

Lá estava eu, fazendo compras de mês para minha família. A fila morosa. Nisso uma mulher abre a bolsa para pegar o talão de cheques. E eu enfiando minha cara. Quase minha mão acompanha a curiosidade e entra na bolsa...

Tive sorte de perceber o inconveniente e brecar meu impulso.

Buscando safar-me do mal-entendido, pedi desculpas e disse que era hábito do serviço de guardete. Claro, as caras de *dúvidas* não foram poucas. Desconfiavam que inventei aquela história para fugir do flagrante inconveniente.

Paguei minha conta e segui para casa. Embora quisesse me enfiar no primeiro buraco que aparecesse, a vergonha diminuía à medida que me afastava do local.

HOMEM COMO ANTIGAMENTE

A UM CANTO, as vassouras alojadas e os baldes de plástico com água escura. Tiveram que se desdobrar para limparem salas, banheiros, corredores. Até as plantas, após aguadas, exalavam melhor aroma.

Para boa parte dos funcionários que apreciava a limpeza dava gosto ver o antes e depois. No corredor que dava acesso para as principais salas de trabalho, notava o asseio no piso, que tivera direito a cera para dar brilho após o habitual passar pano molhado para abaixar a poeira.

Ainda que fossem poucos os exemplares, aranhas que tivessem tido a má sorte de escolher aquelas paredes para alojar suas teias, teriam sido retiradas a golpe de pano seco. Os quadros que enfeitavam as paredes também receberam lustra-móvel nas molduras de madeira nobre.

Fatigadas, as três amigas, na copa, proseiam futilidades. Amanhã é dia da independência. Amam o país, mas estão longe dos ideais de civismo neste terreno. Ir ao desfile militar? Nem pensar. O programa de feriado no máximo contará com um churrasco ou lasanha para almoço com a família.

A parada militar alimentou a prosa.

Uma recordou o tempo que desfilava pela escola primária.

"Aquele tempo", dizia a loira de olhos azuis, "era bom. Hoje em dia as escolas não valorizam as datas importantes. Quanto aos alunos? Pior ainda. Se a escola não dá o exemplo, mostrando o caminho correto, como cobrar postura patriota dos pequenos."

"É tempo moderno", rebate sorridente a negra, a mais nova das três.

A terceira faxineira, morena, cabelo negro escorrido e longo, a mais gordinha, não fica atrás: "Tenho pena de minha filha. O que vai sobrar para ela? E para meus netos?"

Seguindo a lógica da frivolidade, a conversa de repente parece mais séria.

Está sob análise a conduta dos homens.

A loira de olhos azuis e de cara amassada pela árdua vida reclama da conduta do genro. Moço pouco ambicioso, muito dependente.

"É assim que eles estão hoje", emendou a loira, "exploram como podem as mulheres. As vítimas preferenciais são as de meia idade, com casinha no nome. O malandro se achega e quando se dá conta está ele no sofá, comendo e bebendo. Uns deixam de trabalhar. Comigo não, jacaré".

"Você tem toda a razão. Minha amiga é que está passando um sufoco com o *namorido*", a negra acrescenta.

"Eles acham que é só fazer *isso*", e fez um gesto obsceno, "para concluir que já fizeram sua parte na relação e justificar a exploração da pobre coitada".

"Eu sou sozinha, e comigo não", defende-se a morena, "posso muito bem viver sem *amor*. O que não aceito é ser explorada. Se quiser somar comigo, ótimo. Ter que lavar cueca de marmanjo e aguentar marido grosseiro? Nunca. No fundo eu tenho pena daquelas que para manter o marido, fazem de tudo, até perder a dignidade".

As amigas continuavam a prosa, convictas nas manifestações de repúdio à exploração da mulher por um homem que a usa, por medo de ficar sozinha.

"Os homens de antigamente eram de verdade, homens com H maiúsculo", dizia a loira. Pagavam as contas do mês, mantinham a casa. Qualquer problema na casa, como reforma ou conserto, era com eles. Nada de esperar que a gente tomasse a iniciativa. Iam à luta. Enfrentavam jornada de dez horas ou mais de trabalho, e quando chegavam a casa ainda davam conta do recado.

A risadinha foi automática da mais maliciosa.

"Falavam grosso e batiam na mesa,", continuou sem deixar-se interromper, "mas em compensação nada deixavam faltar em casa, nada de chamar marido de aluguel para trocar um botijão de gás ou trocar telhas quebradas. A gente se sentia segura ao lado de um homem daqueles. E os filhos sabiam respeitar a mãe, do contrário, teriam que se ter com o pai quando este chegasse do trabalho. Aqueles eram homens de verdade."

"Eram sim", as demais concordaram em uma única voz.

JORNAL DE DOMINGO

GASTO A GRANA no jornal? E para quê? Para vasculhar os classificados à procura de carro, de imóvel. Mas para que se jamais comprei algo dos classificados.

A interrogação sobre o jornal começa leve, enquanto pego a chaleira debaixo da pia, abro a torneira e espero a água cair. Quando o conteúdo atinge a linha esperada, fecho a torneira, e passo direto para o fogão. Giro o botão enquanto coloco a chaleira no local, e só depois acendo a boca.

A mão direita abre a porta do armário acima de minha cabeça, enquanto a esquerda apanha a garrafa. Abro-a e, depois de despejar o café de ontem, lavo com a água da torneira. Coloco três colheres de pó no coador de papel.

Passado o café e arrumada a mesa com xícaras e demais louças, estou pronto para ir para a padaria. No caminho, com mais insistência, volta a interrogação sobre o dito jornal.

Meu comportamento com o jornal se assemelha a pessoa que assiste comercial de TV de carro do ano e que serve tão somente para atiçar o apetite. Mas na hora da compra de um carro, ela passa numa concessionária a esmo e leva o veículo de cinco anos de uso.

Ou quando vejo os comerciais de cerveja na praia, que mostram amigos na farra, numa boa. E depois da água na boca, eu procuro meu destilado, coloco gelo e saboreio goles para matar a sede, na segurança do meu lar.

Nada de reclamar. Adoro meu carro e curto o vinho gelado.

Faltando mais de três anos para quitar o veículo, me sinto à vontade para passear os olhos pelo caderno de automóveis. Ver as inúmeras marcas, ano, condições de pagamento – sempre tentadoras – e o modelo.

Nunca telefonei para conferir se as promoções eram verdadeiras, embora por várias vezes tenha feito um círculo no anúncio com caneta vermelha para, quem sabe, na semana que entrava eu tivesse coragem de perguntar.

Imóveis é um caso à parte.

A começar pelos apartamentos. Quantos eu visitei? Perdi a conta.

Desde os mais simples aos mais sofisticados.

Do lado dos mais simples, o de um dormitório, sendo o mais simplório, enfiado num dos vários blocos de apartamentos em um tumultuado condomínio, onde vemos um porteiro mascando chiclete, com camisa e cara amassadas, pedir que esperemos porque ele está às voltas com um probleminha no encanamento. De outro lado, os mais sofisticados que, antes e durante o atendimento, nós nos sentimos como rei com direito a cafezinho, assento numa confortável cadeira, poltrona e ser chamado de senhor.

Que me importa estacionar meu Santana 93? Não sinto qualquer vergonha em subir as escadas da obra de maneira com pose tão aprumada como um presidente da República que caminha na rampa do Palácio do Planalto.

Logo que saio do luxuoso prédio me sinto deprimido. O primeiro mal-estar é por causa de o valor estar bem acima de minhas posses. O salário de sargento do Exército me frustra.

Passo a semana com os catálogos do apartamento na pasta, depois num ato de rendição lanço-os no luxo do lixo.

Minha esposa tem seu quinhão de culpa no hábito de eu comprar o jornal de domingo.

É o caderno de novelas seu predileto. E para eu não cair no lugar comum dos machistas, ela sabe diversificar a leitura. Passeia os olhos nos classificados dos automóveis. As notícias de terrorista, de político, de sequestro nunca me chamaram a atenção, mas volta e meia ela comenta sobre algumas dessas manchetes.

Há muito abandonei o hábito de desperdiçar meu minguado dinheiro para ler a mesma miséria que a TV exibe todos os dias nos noticiários matutinos e noturnos. Era só no domingo.

Hoje, no entanto, não compro jornal nem no domingo. Vai me fazer falta a grana. E pra que deveria continuar comprando? Só para me causar aborrecimento.

Entro na padaria. Seis pães franceses e um saco de pães doces com creme.

Ah, lá está a banca. Quem foi o miserável que meteu a banca de jornal em frente da padaria. É como uma tentadora armadilha. A força de ímã me arrasta.

Resmungo para o jornaleiro: *"quanto está o Vale mesmo?"*

JORNALISTA ÉTICO

SOU HERÓI de que ou de quem? Estou desempregado, eis o resultado. À minha frente, vejo imensas filas de candidatos à procura por vaga, recolocação profissional.

É uma verdadeira insanidade buscar emprego na área. Quantos currículos enviados? Quantas entrevistas feitas? Quantas respostas de que *"estaremos guardando seus dados e numa oportunidade futura entraremos em contato"*? Várias.

A cada negativa mais a autoestima baixa. Sinto a falta da energia tão necessária para continuar percorrendo os caminhos com sorriso no rosto e confiança para que a primeira impressão na entrevista não anule as chances de se interessarem por mim.

De certo que tem gente que consegue a façanha de nunca ter chegado a se desesperar. Ainda que a experiência de ter circulado por vários empregos e formado equipe em várias redações devesse ter ensinado a ele manter o atual emprego com unhas e dentes. Basta dar na telha de procurar lugar que esteja dentro do que espera para mandar tudo para o alto. Como resultado, sempre consegue emprego. Esse camarada é uma exceção na profissão.

No meu caso nunca foi assim. Sempre tive que suar a camisa para entrar e temer sair.

E as contas que não dão trégua. Minha parceira, por enquanto, está na dela, solidária. Chegará o momento no qual abrirá a boca.

Reclamará: "o que você tinha de se opor a uma simples notícia? que a publicassem".

Ela apenas esquece que eu assinaria a matéria. O jornal tomaria a frente de minha defesa, em nome da liberdade de imprensa. Liberdade de imprensa de forma pouco ética?

Fui tapado, ingênuo por me opor a assinar uma matéria inverídica? Por que agir daquela maneira? Teria sido consequência natural do pensamento que me abraçou desde o movimento estudantil e das ideias dos livros que li?

Foi minha maneira de fazer um tributo aos ancestrais que apanharam e morreram lutando contra a mentira e manipulações? Pode ser. Afinal, numa ditadura militar, civil, empresarial ou trabalhista, o opressor não poupa meios para se insinuar e buscar aniquilar quem considera inimigo.

Mas eu tinha que pagar o mico de ir contra?

Estaria a imprensa hoje usando da mesma arbitrariedade ao manipular fatos para inventar *verdades*? E se assim for, sei que não é a regra, mas exceções. Contudo, as exceções são igualmente doloridas.

Há diretores de redação idôneos, que se pautam pelo princípio da verdade, e não pelo furo de reportagem em detrimento da dignidade humana. Como em qualquer ramo, porém, existem aqueles que querem mais, que desejam passar na frente dos outros, ainda que usem de pouco ou nenhum escrúpulo.

"E que nos interessa que seja ou não verdade. Nós seguimos o sistema. Acusamos e que o inocente, se for inocente, prove que nada deve. O que precisamos é chamar a atenção para nosso jornal e vender", disse meu superior.

E o mal que se produz para a vítima e seus familiares face à opinião dos vizinhos, dos colegas de trabalho? E a perseguição que seus filhos sofreram na escola? A retratação pode um dia vir, mas o estrago já foi feito. É como se o médico em vez de passar um remédio, resolvesse extrair um órgão apenas para ganhar mais com a cirurgia.

Estou aliviado.

Um ganha-pão tem que ser ético, mesmo no jornalismo. Tudo bem que os ditadores nos jogaram nos porões anos atrás, mas daí seguirmos os mesmos passos mesquinhos nesse momento que a imprensa tem poder seria absurdo.

Professo um jornalismo ético, e pronto.

Se não sou ético, como posso cobrar ética do médico, do professor, do padeiro, do vigia, da creche na qual deixo minhas crianças, do servidor público, do governo?

Não se tem o direito de cobrar respeito se não o damos.

Óbvio, um ou outro funcionário pode ser corrupto, tolera-se. O que é repugnante é que o ofício seja sinônimo de corrupção. Cabe vigiar uns aos outros para que possamos viver bem.

Ser ético não é ser bonzinho. É ser coerente. É não passar nossa existência na podridão.

Jornalismo é informação, não manipulação.

KASSABEAR

"SÃO PAULO, minha querida São Paulo", o sexagenário suspira.

Dentro do ônibus que segue, teve sorte de conseguir o lugar de idoso, e ali se alojou. A visão repousara um pouco no cobrador e num passageiro que reclamava de que no cartão devia ter saldo por seus cálculos e que não sabe o que aconteceu.

O cobrador devia estar de bom humor naquele dia, pois, além de não brincar ou emitir frase zombeteira, pediu que o passageiro aguardasse na parte da frente, e quando chegou o ponto deste, explicou a situação ao motorista, o qual também abriu a porta numa boa.

O idoso fala que o cobrador estava de bom humor, por que por menos já presenciara bate-boca violento.

"Mas todos nós temos um dia que levantamos com o ovo virado" – pensou o idoso – ainda que o serviço requeira controle emocional, ninguém tem sangue de barata.

É morador da zona Leste. Reside numa casinha acolhedora, no largo do Belém. Segue sentado no assento preferencial para sua faixa etária.

Vai visitar um amigo na Luz. Entrou no ônibus na Avenida Celso Garcia.

"Esta sujeira toda é de enjoar", inquieta-se.

Ainda que tentasse ter o aparente controle emocional do cobrador, está aí uma situação que jamais deixaria de se indignar: a sujeira que via nas ruas e avenidas.

As recordações da época em que ele tinha vinte anos vêm à tona, sacudindo a memória agressivamente, como um rodamoinho inesperado.

Lembrou-se, num saudosismo animado, o tempo em que o trajeto era o ponto *chique*. As senhoras desfilando, os rapazes bem arrumados. Mesmo os malandros exibiam esmero na vestimenta.

As mazelas sociais existiam. Mendigos, pobreza, nada é invenção dos tempos modernos. No entanto, nada que se compare à abjeta visão de agora. Ruídos que agridem os ouvidos e prédios pichados pela negligência das autoridades em consonância à barbárie dos vândalos.

Mendigos aos montes, estirados que nem lagartos nas poucas áreas verdes, debaixo de viadutos ou à deriva pelas ruas. Uma mendiga idosa, em cadeira de rodas, jogada num canto fétido, como se os paulistanos tivessem orgulho de exibi-la como o cartão postal de uma cidade opulenta, mas que pouca ou nenhuma atenção dispensa aos prejudicados pela miséria.

Foi agredido por assaltante em plena luz do dia por duas vezes. Na primeira vez, ficou indignado, não pelo assalto, mas pela inércia da nova safra de paulistanos que o vira agredido sem mexer um músculo em sua defesa.

Em seu tempo, quando estava em plena forma, tal atitude seria absurda. Sempre se orgulhara da coragem e solidariedade do povo paulistano. Agora via uma corja de medrosos. Quando jovem, que morresse em combate a um ladrão. Jamais deixaria um velho ou mulher serem ofendidos.

Aos trinta, um canivete perfurou o corpo, e sua coragem não morreu por causa do sangramento.

Desiludira-se com os políticos. "Todos não passam de uma súcia", concluía. No máximo lambiam os pés dos Jardins, dos Alphaville e o povo trabalhador ficava com a sujeira das ruas e com os assaltantes em seu calcanhar.

"Aí, me surpreendi", desabafa com o amigo septuagenário, "um tal de Gilberto Kassab entrou para pôr ordem na bagunça. A primeira vitória foi contra a poluição visual", ele defendeu o prefeito.

O amigo, ressabiado, cutucou, "será que vai limpar mesmo a cidade? Será que não é fogo de palha?".

"Olha, realmente não sei. O que sei é que mostrou para a cidade de São Paulo que a limpeza não é inimiga dos paulistanos. Àquele que se acostuma à sujeira é difícil aceitar a ideia de limpeza, como o é para o mendigo que há semanas não toma banho e escova dentes. Logo que se acostumarem à limpeza, estes se perguntarão: como pudemos viver na sujeira por tanto tempo?"

Torcia para kassabear os prédios e ruas do centro, eliminando as pichações.

LAVANDO BANHEIRO ALHEIO

FUI TOMADA pela emoção, que invadiu minhas veias, provocando aquele eriçar de pelos dos braços, aquela sensação de o sangue correndo com mais velocidade e o rubor inflamando as faces.

Fiquei trêmula, balançada pelo desabafo.

A situação me aconteceu outras vezes.

E cada vez que lanço mão desse recurso me vejo motivada pela ideia de chamar atenção de meus alunos para a importância de se dedicarem aos estudos.

Para ser franca, a motivação surge de repente. Por ser repetida, pode parecer calculada. Mas é o contrário. Aparece no calor do momento, de modo automático.

Irritei-me com a resposta negativa quanto ao futuro de entrarem na faculdade que um aluno usou. "Ah, a sua família bancou tudo". Neguei. Disse que aos 28 anos era empregada doméstica, e que a partir daquela data, um dia decidi estudar e não parei mais.

Depois da aula, ao volante, fico pensando no impacto de minhas palavras. Tomara que sirvam para ajudá-los a se encaminharem na profissão.

E refletindo sobre minha própria caminhada, uma admiração me envolve.

Entendo por que eles acham faculdade coisa para *gente rica*. De certa forma, eu também pensava assim. Houve o tempo que eu própria aleguei como motivo de estar ausente da escola a ajuda que dispensava à minha mãe e meus irmãos menores, dizia que se tivesse nascido numa família de posses não estaria atrasada na escola.

Em parte, era verdade. Só em parte. E é isso que procuro com os exemplos que dou em sala de aula: mostrar que cada aluno pode usar como desculpa para não tentar evoluir socialmente a origem humilde da família.

Voltando ao dilema que tive quando jovem, a acomodação pesou igualmente.

Tenho 46 anos.

Na minha época, já havia supletivo, inclusive público. O desânimo me brecava toda vez que pensava em ir à noite para a escola após um dia exaustivo de trabalho.

Tinha dois filhos quando notei o desejo de acompanhá-los nas atividades escolares.

Como poderia ajudá-los se eu estava na 6ª série do Ensino Fundamental aos 28 anos? Além disso, eu que cobrava deles o empenho nos estudos, o que eu diria quando estivessem adolescentes e percebessem minha ausência de determinação?

Queria dar-lhes orgulho de ter uma mãe formada.

Durante a faxina que eu fazia numa mansão do Aquarius nas quintas-feiras à tarde, é que me veio um quê de indignação. Não por estar lavando o banheiro alheio, porém, por estar ali mais por falta de estudo do que pela minha inclinação pessoal.

Pensei comigo que apenas um papel, um diploma, me separava de exercer a função mais de acordo com a dita inclinação.

Então, decidi caçar este diploma.

O diploma vem atrelado ao conhecimento que se espera conferir autonomia e maior discernimento em relação aos acontecimentos ao nosso redor. Querendo ter esse conhecimento, coloquei para mim mesma a meta de não comprar o diploma, mas conquistá-lo por provas e comparecimentos na sala de aula.

Matriculei-me na escola.

Aos 28 anos, a rotina, a disposição física, a acomodação de se estar casada, acaba pesando antes de qualquer ação que tomamos. Venci a pesada resistência que é deixar o lar depois de um dia árduo de trabalho, com as crianças chorando, a reclamar minha atenção. E também com menos tempo para dormir: ao chegar da escola por volta das 23h30, o cansaço no dia seguinte seria inevitável.

Hoje, leciono história. O ganho é similar ao que eu auferia como empregada doméstica. Ainda com desvantagem de ter que ouvir do governador que somos malcasadas quando reivindicamos aumento de salário. Tratados assim pelo Governo, não admira que o Brasil esteja mal no ranking mundial quando o assunto é Educação.

Como professora eu incentivo alunos da periferia a jamais abandonarem o sonho de uma vida digna, raramente alcançada sem adequado nível de instrução.

MAIS DO QUE SIMPLES PALHAÇADA

PERNAS PARA o ar, ele estava deitado na cama, com o olhar vago perdido nas paredes ou teto do quarto. Em vez da tinta verde clara das paredes, da lâmpada, do guarda-roupa da década de setenta, o jovem via imagens de pessoas e situações ocorridas dias atrás.

Fazia um bom tempo que não ficava assim largadão. Sem ter compromisso que exigisse sair correndo pelas ruas, que cobrasse a pontualidade. A calma e despreocupação com o horário favoreceram que tivesse disposição para mergulhar nalgumas recordações.

Lembrou-se do primeiro e segundo anos de faculdade. E como evitar a expressão de desalento em ter tido péssimo resultado na maioria das disciplinas daqueles quatro semestres?

Carregaria dependências que atrapalharia toda sua trajetória acadêmica. Além de impedir que se formasse no prazo esperado, podia também eliminar qualquer possibilidade de ser aprovado, caso concorresse a um projeto de pesquisa com direito a bolsa, como é o caso de pesquisa bancada com recursos do CNPq.

Embora fosse tido como cuca fresca, caso quisesse buscar um culpado, a quem acusaria?

Ao professor de semiótica, com seus conceitos de pós-modernidade que davam nó na cabeça de calouro? Aos professores da antropologia, sociologia, filosofia que em nada primavam pela clareza? Com suas proposições, os mestres jogavam água na fé cega que o jovem tinha na família, na sociedade e no trabalho até a época do vestibular.

Ou a culpa teria sido mesmo dos colegas que o arrastavam para os barzinhos de Pinheiros a gastar intermináveis noitadas regadas a bebidas alcoólicas? Ou dele próprio, que se deixou fisgar pela fascinação da vida desregrada? Como resultado, a ressaca do dia seguinte a bloquear seu cérebro diante das obrigações acadêmicas.

Naquele tempo, a única regra era manter-se na faculdade, lutar ferozmente contra a ressaca e o desânimo. Devia estar em sala de aula, ainda que fosse com os óculos escuros escondendo a vermelhidão dos olhos, ainda que os bocejos incômodos perturbassem a concentração da turma e a dele próprio.

Pensou que regredia. Logo agora que faltava pouco para colar grau. Não! Tinha que resistir, como fizera ao término do segundo ano do curso de jornalismo. Deixou de ir para barzinhos, de jogar conversa fora com o pessoal da Atlética.

Tudo por que uma menina apareceu na sua vida. Com ela, um convite de estágio na rede de TV local. Ele curtiu. O estágio era remunerado. Nunca havia trabalhado. Não era rico, mas era visto como tal por ter o pai bancando as despesas.

O celular toca. Preguiçosamente, ele atende.

"Aí, cara, já estamos chegando..." Queria desmarcar. Falar que estava cansado. O próprio cansaço, contudo, o desanimou de tentar convencer os amigos.

Uma hora mais tarde estava no teatro da faculdade. O coral de meninos da FEBEM iria se apresentar. Ele, ali, contra vontade.

Se não valesse nota para fechar a disciplina nem teria pisado no auditório.

O ano era 2005.

Algo se apoderou dele. Seria a animação da orquestra que tocara Heitor Villa Lobos? A música *Airton Senna*? A bandeira do Brasil? Podia ter sido tudo isso e mais um pouco.

Aqueles meninos, ele os imaginou em suas vidas *infracionais* e, agora, cantando... Para subir ao palco se dedicaram. Ele mesmo havia desistido do coral da faculdade. Mostravam que podiam deixar de serem infratores se a sociedade lhes desse a devida atenção, não somente oportunidades presumidas, mas a devida atenção. Rompeu-lhe lágrimas ao ver mães não poderem abraçar os filhos por causa das algemas.

A imagem o acompanhou por dias, semanas. Tempos depois estava na Fundação, apresentando-se para os adolescentes. Vestia-se como palhaço da Idade Média, fantasia que usara numa apresentação teatral na adolescência. Havia decorado um texto de autoestima. Aplaudido, misturou-se com os jovens, e desmistificara tantos equívocos...

Bastou colar grau em jornalismo, decidiu ganhar o pão no palco. Shows para a vida.

A cara pintada, os trejeitos e piadas deveriam ser mais que simples palhaçadas. Deveriam sacudir sua desesperança e das pessoas que porventura o assistissem.

MALAS PRONTAS

AO LONGO dos anos de serviços e estudos na Marinha, adquirem-se hábitos, destaque para bater continência, formalidade esta alimentada pela crença no apreço e respeito militar. Assim, como um reflexo, basta um superior se aproximar para que eu faça a continência, na maioria das vezes sequer notando a expressão que a pessoa carrega no rosto.

Foi o que aconteceu. Não percebi o rosto do capitão de fragatas Sr. Dirceu Tamandaré da Silva, meu instrutor de maquinaria. Se tivesse encontrado seus olhos, poderia ver as inquietações, o pensar sobre o que o futuro reserva.

Havíamos passado dias em alto mar. Há poucas horas conseguimos finalmente colocar os pés em terra firme. Era uma manhã ensolarada de janeiro. O acre cheiro das águas que banham a Baía de Guanabara entrava nas minhas narinas fazendo recordar o aroma característico da região portuária.

Foram quatro anos na Escola Naval, sem intimidade. Temos tantas atribuições, conteúdos a digerir, exercícios físicos que nos deixam exaustos, que raramente damos atenção ao incômodo que os civis insistem em encontrar na hierarquia militar. No meu caso, tampouco fiquei ressentido pela falta de intimidade com o oficialato.

Faltavam duas semanas para a colação de grau.

Haveria, pensei eu, autoridades importantes para entregar a espada para o cadete que representará a turma de novos oficiais da Marinha. Quando podia, eu sempre assistia a cerimônia dos anos anteriores, já imaginando como seria minha vez, com meus pais e parentes.

A trajetória de estudos é longa. Quantas noites em claro, tormentos mil, medo de mau desempenho acadêmico, de mau desempenho nas provas de aptidão física? Não consigo contar. Mas para cada superação, eu dava o suspiro de alívio.

Contando o Colégio Naval, foram sete anos na pele de estudante da Marinha do Brasil.

Nos locais que os soldados, cabos, sargentos circulam em maioria, eu sentia o que era ser invejado. Para eles, eu era o riquinho, o cheio de mordomias. Para eles, eu era o que a maioria dos jovens de Ipanema e Copacabana é para os garotos de Bangu e Realengo.

Apesar de a autoestima inflar, sei que tudo que conquistei foi com muito esforço.

Foi um ano de idas e vindas de Bangu a Cascadura, para o cursinho Pré-Militar Tamandaré. Levava marmita. Acordava cedo. Muita cotovelada no ônibus ou trem. Fins de semana e feriado, os colegas da rua azarando na praia, festas e eu enfiado nos livros. Eles babando nas garotas e eu nos nauseabundos exercícios de Física e Química.

No dia que ouvi a frase marcante, o senhor Dirceu me despertou da contemplação diante da paisagem em alto mar, antes do pôr do sol. Víamos a orla carioca.

Menos de uma hora de conversa vaga, e ele segredou: "A única certeza da vida é que a morte vem nos buscar. Bom que estejamos com as malas prontas".

Quem sabe a frase saiu sem qualquer pretensão, apenas a de estar pronto para partir desta vida a qualquer hora. Seria a necessidade de zelar pelas atitudes, para que na hora de prestar contas a Deus ter a consciência mais limpa possível.

No entanto, para mim, soou impactante o comentário. Servirá para eu evitar qualquer ambição que me mergulhe em fútil rotina, em débil corrida para o mesquinho prazer. Devo estar atento a tudo: ao status, ao carro novo, à casa grande, inclusive, à cegueira religiosa ou ideológica para não desviar-me do propósito de crescimento pessoal.

É prudente não adiar o que você pode fazer de bom para uma pessoa hoje, acreditando que terá tempo, uma vez que o amanhã poderá não chegar. Tudo cessa no instante que o trem da morte chega. Ai só nos resta pegar a mala, com boas ações e culpas, e entrarmos nele, seguindo viagem sabe lá para onde.

Em 1994, contava os dias para chegar a hora de eu partir da Escola Naval.

E hoje é o dia.

Daqui a pouco estarei à frente do Sr. Presidente da República Federativa do Brasil. O protocolo e a pompa marcarão presença na formatura dos cadetes da Escola Naval. Jurarei a bandeira. Erguerei minha espada. Serei oficial da Marinha. Sonho antigo. O terreno lá na Tijuca que há três anos venho pagando, quitarei. O ditado do Capitão Dirceu me acompanhará um pouco a contragosto nesse momento que deveria ser exclusivo de felicidade.

MOTORISTA

ONTEM FIQUEI sabendo que um colega da empresa havia morrido. Vinha trabalhando com afinco, tinha planos de reformar a casa. E dava gosto ouvi-lo prosear sobre os detalhes envolvendo acabamento e preço do metro quadrado de azulejos.

O acidente pegou a todos de surpresa na garagem, visto que a situação deveria ser rotineira, uma viagem comum. O trajeto, de tanto percorrido, conhecíamos de cor e salteado. Porém, parece que ele perdeu o controle diante de algum imprevisto.

Há quem diga que um cachorro surgiu de repente, perambulando. O motorista tentou desviar do animal e levou a pior. Porém, é esperado que um acidente como esse provoque comentários confusos. E inventar ou omitir informações sendo atitudes previsíveis, mesmo que a pessoa não tenha a intenção de agir de má fé.

O que se sabe ao certo é que logo após uma curva, pronto, deu de cara com outro veículo. Batida frontal. Chegou vivo ao hospital. Mas não resistiu aos ferimentos.

Colega de longa data. Ele tinha lá suas esquisitices. A que mais me chamava atenção era ter a mania de andar com luvas, ainda que o tempo estivesse o maior calor. Segundo ele, era para evitar os germes.

A forma como falava a palavra *germes* fazia com que os camaradas dessem risadas, inclusive eu. Mas era boa gente, um verdadeiro companheiro.

Ora, não é fácil ver um camarada que estava conosco reclamando do salário, curtindo o fim de semana à beira da churrasqueira, preparando o *filé miau*, ou provocando e sendo provocado pelos amigos no serviço e que de repente a gente fica sabendo que a morte veio lhe buscar.

Não dá para ficar indiferente.

Choque desse tipo pode explicar essa encucação de minha parte, esse medo da morte? Um pouco.

Complica mais se o medo atrapalhar o ofício. Que outra explicação para um cara que sempre gostou de dirigir como eu, passar a ter receio da estrada?

Antes, uma estrada representava liberdade. E se as viagens para fora da capital paulista eram longas e cansativas, eu tinha a impressão de estar no paraíso ao trafegar pela Washington Luís, Marechal Rondon, Castelo Branco.

O vento lambendo o rosto. A paisagem ornada pela agricultura. Fazendas de cana de açúcar, laranjeiras, madeireiras, eucaliptos. A pecuária pontuando com gados, de equinos a bovinos, pastando na vastidão verde. Tudo contribuía para que eu aceitasse uma intimação para viajar durante cinco ou seis horas ininterruptas com a energia comparada a da criança que vai se divertir no parque.

Hospedar-se em pousada, hotel ou pernoitar em postos na estrada enriquecia a viagem, mas o que me importava era reunir forças para a jornada na rodovia no dia seguinte.

A encucação apareceu e teima em me deixar cabreiro desde o acidente com o colega.

Não que eu nunca tivesse tido medo ou pesadelos ao volante. Uma ultrapassagem brusca, um carro que de surpresa surge do ponto cego, um caminhão lá na frente, a curva fechada, neblina que cega. Houve vezes que até urinei nas calças pelo susto. Só que eu levava numa boa.

Mas agora é diferente. Um medo sem explicação. Parece que vejo minha morte a cada curva, a cada caminhão-cegonha à frente.

Mudar de profissão? Até tentei.

Nas duas que me lancei não deu certo. "Para quem teve a estrada como local de trabalho, é difícil se confinar entre *quatro paredes*." Desabafei com um ou outro colega, mas se eles são camaradas, há horas que suas chacotas com a aflição alheia me irritam.

Procurar a psicóloga da empresa? Fico com o pé atrás. E se ela me afastar por licença médica? Logo agora que faltam oito anos para me aposentar. Fico quieto.

Uns colegas me disseram que uma cachaça é remédio certeiro quando essa perturbação surgir.

Beber e dirigir? Longe de mim. Não quero causar um acidente que me mate ou mate outros. Que ideia meus filhos teriam de mim, logo eu que cobro: se beber não dirija.

NÃO SOU ASSIM

QUERIA SER normal, mais parecido com as pessoas que encontro pela rua. Ter aspecto bom, tipo que não provoca medo ou pena. E fisionomia mais agradável aos olhares. Trocando em miúdos, uma cara atraente.

Quando eu chegasse à roda de conversa, as pessoas me olhassem com naturalidade. Que me criticasse, mas sem se arrepender por remorsos que a pessoa sente quando imagina que me ofendeu por eu merecer compaixão, por eu estar em situação muito desvantajosa. Que eu me sentisse entre iguais, que minha fisionomia não brecasse piadas ou comentários comuns entre amigos que escolhem relaxar juntos no churrasco de domingo.

Que bem danado me faria não possuir esta corcunda. De quebra podia melhorar o peitoral, garantindo o visual másculo. O pescoço deveria ser mais esticado, ereto, não quebrado para o lado direito. O nariz não precisava ser de galã de novela, vai, porém, bem que podia ter um desenho mais delgado, longilíneo, diferente deste horroroso buraco.

E as pernas? Que fossem iguais, isto é, mais simétricas.

Quanto à altura não sei se uma mudança faria diferença. Tom Cruise e Getúlio Vargas, baixinhos, são exemplos de homens que fizeram sucesso apesar da estatura abaixo da média, né?

Desde cedo, aprendi a fazer troça da própria miséria. Residiria aí a essência do nirvana? Se não agisse assim, a vida pareceria um inferno.

Na adolescência, que tormento.

À época dos treze aos dezesseis anos, quando se procura autoafirmação, quando o adolescente se sente feio, deslocado, desengonçado, imagina eu. Tinha o espelho e colegas babacas para me zoar. A situação era tão crítica, que quando me chamavam de Corcunda de Notre Dame, eu saia no lucro.

Quando fiz 20 anos, juro que achei que recorreria à zona para conhecer uma mulher, tamanho era a repulsa que eu pensava provocar nas meninas.

Tinha ótimas e sinceras amigas. Mas quando alguém chegava a brincar com a menina que estivesse passando mais tempo ao meu lado ao dizer *"Eu acho que você vai namorar o Corcunda"*, pronto, era motivo para ela diminuir o *contato*.

Raramente elas recusavam com palavras tal possibilidade. Para quê? Bastava eu ouvir que "ele um dia achará alguém especial" para concluir que a minha paquera jamais seria recíproca. Era uma maneira educada de ela me pôr para escanteio.

Pintou uma mulher, linda de espírito. Gostou do meu papo? Sentiu pena? Será que quis lutar contra os preconceitos? Me ama de verdade?

Nem quero saber. Com ela me livrei do celibato e tive um pimpolho, que é a razão de minha vida.

E no trabalho? Bem, agora está tranquilo. A lei para pessoas com necessidades especiais ajudou bastante. Do contrário, de que maneira eu conseguiria entrar como auditor na Receita Federal? Tudo bem que, por não ser muito popular com as garotas nem o bambambã nas rodas de amigos, eu tive que me refugiar nos estudos.

Quando na faculdade de matemática o professor que lecionava estatística disse que eu tinha mais facilidade com certos exercícios do que ele, realmente serviu para eu redobrar minha dedicação. Se escapismo ou não, a matemática se tornou minha forte aliada.

Não sou assim. É a única coisa que posso dizer em minha defesa frente a minha fotografia. Eu não sou como me vejo no espelho, tão feio, tão abominável.

Tem dia que eu levanto animado. A aurora me convidando a sonhar. Cheio de disposição, pego minha melhor roupa, a pasta, as chaves do carro. Tudo indicando uma pessoa normal, que se ama.

Quem joga água fria na minha autoestima são os malditos espelhos. Não o de casa, pois de tanto eu procurar, achei um ângulo mais confortável. Os da rua, do trabalho, esses são carrascos, desumanos. Mostram-me a imagem nua e crua.

E daí pra mergulhar no desânimo é um pulo. Quem sabe um dia eu amadureça? Vai ser difícil. Eu preciso parar de cismar que todas as pessoas me olham com pena, com asco, com a expressão velada de ai-que-dó ou de aquele-sim-deve-sofrer.

NEM SEQUER UMA VEZ

FINGIR INDIFERENÇA ao receber o que consideramos ofensa é complicado. A perplexidade toma conta e surge o sentimento opressor diante do mal-estar. Ainda que se procure diminuir a situação, dizer que foi um mal-entendido, sem querer ou que a pessoa está fora de si, tudo para driblar o incômodo desejo de revidar, o sentimento permanece por horas ou dias a martelar a cabeça.

Como não reagimos na hora, há margem para nossa mente justificar os sentimentos que nos tragam a sensação de prejuízo moral. Por fim, acabamos enroscados numa teia que aponta para nós mesmos como o único culpado, que podíamos ter mudado o curso da história se tivéssemos agido rápido ou se fossemos mais sagazes para evitar gerar a situação inadequada.

Pior se de quebra ganhamos uma terrível dor de cabeça por não termos respondido a altura do agravo sentido. É o que acontece aos menos reflexivos, as pessoas que estão em transição, querendo deixar de ser pavio curto na tentativa de dominar as emoções.

Meu drama começa há dois meses, numa sexta-feira.

Estava prestes a encerrar mais um dia de trabalho. O expediente, numa agência da Receita Federal, havia sido tranquilo ao longo da semana, sem maiores dificuldades. Os cálculos e procedimentos oficiais haviam sido encerrados com sucesso.

Como a equipe estava em situação mais descontraída, a prosa seguia para pontos mais corriqueiros.

Embora eu seja um sujeito que prefira gastar o tempo mais com leitura do que transitar em comentários pessoais, venho procurando evitar o rótulo nada confortável de antissocial.

De repente, uma senhora pergunta se eu perdoaria uma mulher que me traiu? Respondo que sim. Ela insiste noutra pergunta: quantas vezes eu teria a capacidade de perdoar? De modo bem natural, digo que se eu a amasse perdoaria 999 vezes.

Pronto, as piadas tomaram conta do ambiente.

De minha parte, fiquei sem graça.

Mas compreendi. Eu era o bobo da vez.

Um pouco por minha culpa. Diante de certas pessoas, o recomendado é ser hipócrita ou extremamente reservado. Se você tem ideia x e ela y, concorde no momento ou silencie, para evitar confronto. Afinal, na tua privacidade, você será o que você pensa e não o que ela quer.

Seria de esperar que a história se encerrasse naquele dia.

Mas não foi o que aconteceu.

Toda vez que esta senhora acha oportunidade, vem com a brincadeira sem graça de que na próxima encarnarão casará comigo. Basta ter uma brecha, se sentir vazia em sua existência ou perturbada pela rotina, e desenterra o assunto que para pessoas normais deveria ter sido concluído.

Minha paciência cessou à medida que vi que ela insistia na brincadeira para achar motivo de humilhar-me. Do contrário, por que uma pessoa adulta e de educação superior se portaria como demente? Ou será que eu é que estou sendo ingênuo em acreditar que apenas um diploma superior e a idade avançada sejam sinônimos de discernimento e evolução mental?

Gostaria de ser mais rude. De dizer que eu provavelmente nunca me casaria com ela, nem na próxima nem em nenhuma outra existência. Que ela não faz meu tipo. E se há mulheres que eu perdoaria 999 vezes com certeza ela estaria fora deste grupo. Sequer lhe perdoaria uma vez.

Esta resposta, contudo, me tornaria inimigo mortal de qualquer alma feminina.

Se eu fosse rude a situação seria mais fácil. Só que não sou.

Em hipótese alguma quero ofendê-la.

Não porque eu tema que ela me dardeje com um ódio voraz, que ela ou o grupo de mulheres com quem eu trabalho me torne alvo de vingança ou repúdio coletivo.

Vou me mantendo na minha por acreditar que todo ser humano merece respeito e consideração, mesmo aqueles que não parecem ter *desconfiômetro*.

Mas essa encheção de saco é dose aguentar calado.

Tomara que eu não ceda à tentação, que arrume um meio adequado para dizer o que penso, brecá-la, sem ofendê-la em seu amor-próprio.

NO SEMÁFORO

NA SEXTA-FEIRA à tarde ensolarada, as frestas do muro, que dão para a avenida, permitem que a luz que vem da rua percorra o corredor do primeiro andar da escola de Ensino Fundamental, incidindo sobre o piso antiderrapante.

Devido à cor amarela das paredes e ao piso claro, a luz do sol acaba sendo tão intensa que irrita a visão, das 13h às 16h nas tardes quentes de verão.

Nestes dias quentes, os professores das salas 10, 11, 13 e 14, preferem fechar as portas e se limitarem ao ar que entra das janelas laterais que dão para o muro da escola do que enfrentar a luminosidade. Por volta das 17 horas, a situação volta a ser tolerável, tendo o sol diminuído a sua incidência.

Dentro das salas de aula, uma loucura à parte. Com número de crianças excedendo a trinta e cinco, seria esperada a algazarra, a agitação a cada troca de professor e o caos quando um ou outro aluno mais irrequieto teima em aprontar, desconsiderando o compromisso de fazer silêncio e aplicar-se a suas atividades escolares.

Atitudes corriqueiras como pegar a borracha ou lápis de cima da mesa de um colega e sair correndo, forçando com que o aluno que se sinta lesado parta alvoroçado atrás de seu pertence seria uma situação administrável, caso ficasse restrito a duas pessoas. Mas quando a professora controla uma dupla agitada, pipoca outras em curto espaço de tempo.

Se antes do começo da exposição do conteúdo essas intervenções já esgotavam, imagina quando tiver que administrar a leitura do livro e exigir a interpretação do texto por seus alunos.

Na sala do 6° ano D, eu, aluno franzino, assisto os berreiros e prefiro ficar mais no meu canto, observando o mundo ao redor.

A professora fala que se a turma ficar quieta ela promete que para de escrever no quadro. A bagunça continua. Por culpa mais dos meninos, que ficam correndo pela sala, pegando borracha, lápis, canetinhas da mesa das meninas. E aí elas vão atrás deles, berrando. Apesar dos barulhos, esbarrões, até brigas, eu prefiro a escola.

Tenho 11 anos. Todo mundo não vê o momento de chegar sexta-feira, último dia de aula na semana. Mas eu fico triste.

A tristeza é um pouco pela falta dos colegas, da professora de Português, da merendeira, que são legais comigo. No jardim da escola, no corredor, a gente se sente em casa.

Em casa? Minha casa me deixa triste. Não porque é simples. São meus pais. Papai e mamãe bebem. Ele bebe mais que ela, e aí vem a gritaria, as brigas, os choros, xingos, palavrões. Mamãe grita também, e depois chora. Vendo seu choro, eu e minha irmã menorzinha sofremos.

No portão da escola, está ele, meu pai. Veste calção e camiseta. Nos pés, chinelos. A cara inchada de cachaça. Eu gosto dele, mas não gosto do fedor do cigarro e da bebida... Digo adeus para as amiguinhas.

Pego na mão dele. É meu pai, gosto muito dele.

Seguimos direto para um cruzamento. Ali está minha mãe e irmãzinha, que ainda não vai para a escola, pois tem cinco anos. Quando me vê chegando, corre em nossa direção. Papai grita: "fica aí, não atravessa. É perigoso." Ainda bem que ela obedece e para. Os carros passam voando.

Dobrando a esquina, está mamãe. Salgadinhos, balas, doces, biscoitos numa caixa que segura na mão esquerda, enquanto que a mão direita pega o dinheiro do motorista apressado para receber o troco.

Eu não sei o que está acontecendo comigo. Comecei a ter vergonha deles, meus pais. Não por estarem trabalhando, mas pelos cigarros que fumam e pela cara de cachaça.

Ontem, eu estava ajudando e vi um moço lá do ônibus me olhar. Fiquei triste com seu olhar, ele parecia ter pena de mim.

Bem tarde da noite, andamos um bom pedaço para casa. Descansar para no fim de semana trabalhar muito. Mamãe diz que é para tirar o atraso da semana, quando tenho que ir para escola.

Eu gosto da mamãe, do pai, mas gostaria de viver com a professora de português ou com a merendeira...

NOITE NO SESC

NO BOLSO, além do documento de identidade, trazia uns trocados suficientes para bancar a entrada no clube e comprar refrigerante para diminuir a desidratação que terá por dançar no mínimo duas horas. O entretenimento que buscava devia, portanto, estar de acordo com a situação financeira de que dispõe na condição de trabalhador assalariado e estudante.

Semana que vem recebe o salário. Cada quinto dia útil do mês chega o holerite e o envelope contendo o salário descontado os impostos e o adiantamento do dia 20. O que ganha como funcionário ajuda, mas nunca o suficiente para chegar ao mês seguinte com dinheiro. Do salário mínimo, tirando o valor do transporte e o custo com os estudos, sobra pouco.

Embora seja regrado com dinheiro e não goste de pedir, hoje, teve que pegar emprestado o dinheiro do ingresso com a mãe. Afinal, ficar sem ir à danceteria seria ruim. Quando isso acontece, parece que não teve fim de semana. É ótimo encontrar a turma e ouvir novidades. Apenas abre mão desse programa, se houver um aniversário ou se a galera arrumar um balé na escola na sexta-feira à noite.

A noite escolhida é a do sábado. Nela, no geral, é quando shows de banda famosa acontecem. Recentemente, passaram a abrir também aos domingos, mas no caso dele é melhor no sábado, por que na segunda-feira não corre o risco de estar cansado para levantar cedo.

O penteado tipo moicano na cabeça desola a mãe e faz rir a avó. A calça jeans vai rasgada de propósito, contrastando com o colarinho fechado até o pescoço da camisa de manga longa. A forma de se vestir é inspirada nos vocalistas de suas bandas de rock favoritas.

Perfumado e com os dentes escovados segue ele o caminho.

No percurso para o ponto de ônibus, óbvio que chamará atenção. É um bairro popular, mais tolerante com as diferenças. Porém, todo o jovem tem dom nato para chamar atenção, e o comerciário de 20 anos não ficaria atrás.

A semana inteira na casa de ração, servindo a clientela joseense. No fim de semana, dá-se o direito de ser servido no baile promovido pelo SESC. As músicas da estação e a companhia de colegas da escola o animam.

Salta do ônibus na Avenida José Longo. Segue rumo ao Parque Santos Dumont. A fila que avista em frente do SESC é de desanimar qualquer outro, menos a ele. Mesmo sendo um dos últimos, decorridos segundos, atrás dele chega alguém que puxa papo. Enquanto fala, ele vê os carros que passam por ali. Mais jovens descem e buscam o lugar na fila. Outros carros trazem nos alto-falantes músicas eletrizantes para o comerciário.

O tempo voa, quando vê, ele está no guichê pedindo o bilhete.

Se o som do lado de fora é animador, imagina lá dentro.

Em 1989, a danceteria do SESC mostra uma faceta inusitada. Consegue agregar várias tribos. A classe média e alta da Capital do Avião aceita dividir espaço com a periferia. Que fique bem entendido: *periferia* que curta o estilo de música que balança a estrutura do SESC.

À porta do clube, o comerciário ouve o som do *Duran Duran*.

Entra.

A casa cheia. As tribos, apesar de liberais, demarcam territórios. O comerciário é desses raros exemplos que tem seu acesso permitido a todas as tribos, claro, não sem a cara feia deste ou daquele partidário mais conservador.

Num momento o veremos no meio de três meninas que acabaram de chegar da Irlanda, albergadas na casa de uma colega no bairro Esplanada. Noutro instante, proseia na turma de uns rapazes do Colonial, que figura como o bairro mais temido da cidade.

Deixando o papo de lado, foi arrastado pelo som da música *Que País É Este* e lá no meio da quadra chama atenção pelo estilo de dança. Não que sua forma de dançar seja inusitada, é que espelha prazer genuíno nos movimentos agitados e contagia os colegas a seguir o ritmo.

Na segunda-feira, tomará o ônibus lotado, com a marmita a dividir espaço com os cadernos na mochila.

À tardinha, sairá correndo para estar na vila Nair às 19h, horário que começa a aula na EE Euclides Bueno Miragaia. Está animado neste ano com a esperança de concluir o colegial. Terá condições de prestar vestibular? O jovem sacode a cabeça, como dizendo que amanhã pensa nisso. Hoje à noite é para dançar, dançar e dançar...

O BÊBADO

EMBALOS DE sábado à noite. Cada pessoa ao seu jeito vai buscando maneira de se divertir. As opções de diversão estão em função do tempo despendido, do número de relações sociais e do que a pessoa classifica como atividade divertida.

Para uma pessoa, passar numa lanchonete para comer o hambúrguer acompanhado de uma bebida, trocar meia hora de papo, seria suficiente para animar o caminho de volta para casa, ao ter alcançado o que considera diversão.

No caso de outra pessoa, para se considerar satisfeita neste terreno seria necessário se dedicar horas em meio dos amigos numa festa de aniversário, casamento ou bar. Esta gosta da agitação própria de ambiente com número de pessoas suficiente para em cada roda de conversa achar assunto tão animado quanto diferenciado.

Para a maioria, no entanto, resume-se às idas aos restaurantes, a uma pizza, a uma lasanha. Tomar uma bebidinha para abrir o apetite.

Outro fator que pesa na noitada é a quantidade de álcool ingerido.

Nas rodinhas de solteiros, o álcool expande o assunto, dá asas à imaginação, solta a língua.

A mãe e pai de família refrescam a garganta com a cerveja, vinho, antes ou durante o prato principal, e, forrado o estômago, se levantam e seguem carregando as crias para casa. Após o lazer garantido, é hora de recolher-se.

Pena que para o bêbado a situação seja outra. O álcool figura não como complemento, mas como única forma de se achar no mundo tortuoso em que o vício lhe prende.

Lá vai ele para o bar.

A ideia inicial é rir com os amigos. Mas chega a hora que a risada desagrada, e os amigos vão se embora, para suas casas, seus amores.

Ainda tenta prender um remanescente a seu lado. "Então, sabe daquela vez que nós..." ou "Já? Espera mais uma... Agora é a saideira" tipos de frases que visam manter viva a chama da prosa o maior tempo possível.

De repente, o companheiro tira a grana da carteira e fala.

"É a parte que me cabe".

Às vezes o bêbado pede a conta e encerra; noutras, limita-se a dizer *tudo bem, deixa aí*.

Logo, em cima da mesa, se o garçom ainda não tenha retirado o excesso, ele verá três ou quatro copos vazios, duas travessas pequenas que antes estavam com salame e queijo em cubo.

Privado de companhias, ele se volta para si.

O bar, restaurante ou boteco fica diferente.

Ele está sozinho. As pessoas desconhecidas circulam, chegando ou saindo do bar. Ele ali, plantado.

Chora e ri com as eventuais músicas que tocam num alto-falante distante, que não havia notado quando em companhia dos camaradas. Devido à solidão, o som que antes emitia música de fundo, sufocada pelas vozes dos colegas, agora martela seus ouvidos.

Nesse exato momento, acontecerá situação esquisita. Daquele instante em diante, ainda que se esforce, não conseguirá se lembrar, no dia seguinte, do que ele disse, pensou ou fez, com quem proseou, os perigos e prazeres que passou.

Seria o apagão alcoólico? Duvidava que fosse verdade, até no dia que lhe aconteceu. Pensava que era um jeito de a pessoa arrumar desculpa para o vexame que fez.

Inconsciente, seguirá ele por ruas. Por pouco não será atropelado por carros, bicicletas. A sorte de sua parte e o asco que sua figura provoca nos passantes o livrará de assalto e de possível perversidade de bandidos de plantão.

Ainda na rua, veremos um corpo magro, ziguezagueando, por vezes tombando no asfalto, erguendo-se com dificuldade. Os tombos que eram raros quando ainda jovem, depois dos quarenta serão frequentes. Os machucados, os hematomas, além de mais doloridos, levarão mais tempo para cicatrizar.

O corpo chegará a casa, mas a consciência estará em outro plano.

Se no início, bebia buscando a alegria, agora o faz para fugir do sentimento de nulidade que o álcool provocou em sua vida.

O JARDINEIRO

"VAI ENTENDER esses jovens" – ia pensando o homem à medida que caminhava pelas ruas de Ribeirão Preto rumo a seu serviço. – Lutam com afinco para alcançar o que querem, aquilo que acreditam ser a grande meta de suas vidas. Correm de um lado para outro, não medindo esforços.

Toda energia que têm parece ser unicamente depositada nesta ou naquela atividade, eliminando ou tentando ignorar na medida do possível toda situação que desvie a atenção do propósito maior.

O corpo juvenil e a cabeça ainda não pesada pelas preocupações de ser pai ou mãe de família permitem que sobre energia para saltar a cada obstáculo que aparece.

Uma agitação incômoda empurrando para frente. Vendo apenas a meta desejada.

Um jovem que segue por esse caminho, é difícil passar despercebido. E muitas vezes enchem de orgulho aos pais caso os objetivos perseguidos sejam valorizados socialmente.

E quando, finalmente, entram pela porta tão sonhada, de repente o gás diminui. Por quê?

Parece que quanto mais sobem mais o desespero os enlaça, amordaçando a alegria que deveria reinar pelo simples fato de ter atingido o que queriam.

Ficam insatisfeitos.

Quais os rastros da insatisfação? Vejo nos passos apressados, na boca que traga cigarros, nos olhos de ressaca do álcool da tarde anterior, ou da noite trabalhada adiantando expediente. Tornam-se ótimos críticos e perdem a capacidade de se colocar no lugar do outro.

Quando eles estão nos carros, quase nos atropelam, os pedestres. Quando a pé, passos acelerados, celular no ouvido, cabeça no escritório, embora o corpo na calçada. Vem o encontrão que por pouco não nos derruba.

Que desespero os dois primeiros dias antes e depois de receberem o holerite. Antes, por esperar que as contas batam, que irão receber o salário certinho. Depois, devido aos descontos, aos sonhos de consumo mais uma vez adiados e aos juros bancários acrescidos das contas mensais...

Alguém me ouvindo pode pensar que sou o mais sensato, que fica perplexo com tamanha capacidade das pessoas de se enroscarem em dificuldades e de se atormentarem. Como se eu não fosse uma delas. Pouco tem a ver com a condição sexagenária. O sofrimento abraça a todos, sem distinção. Quantos amigos meus consumidos pela bebida? Vários.

O que acontece é que me agrada a oportunidade de estar vivo. Fazer o que gosto. Cuidar de jardins, das plantas. O que ganho, vivo com dignidade.

Não me vejo acima do que sou. Nem a ambição de ser grande jamais me apoquentou. Mesmo porque os que estão lá em cima parecem tão atormentados, com o eterno medo de cair.

Por anos, vivi na roça.

Aos quarenta, cheguei à cidade.

Primeiro, foram os dois filhos que me deram alegria. Agora, os netos que me animam os domingos e feriados, quando os pais os levam lá em casa.

Dos gostos antigos, que bom ouvir minha moda de viola às cinco da manhã quando levanto. Sinto como um sultão com esses simples detalhes, como o de beber o cafezinho fumegante que minha esposa faz durante anos.

Nas conversas com os mais novos, procuro falar um pouco da necessidade de agradecer pelo que se tem. Se você tem saúde, um teto, pão na mesa e alguém para dividir a casa, digo a eles, erga as mãos para o céu.

Muitos torcem o nariz. O que um velho magro, que come na marmita, mora na periferia, pode ensinar a eles? Querem mais, mais. Em cada olhar, é fácil notar a ambição de ser o novo rico, ou ao menos ter condições de não serem privados do que acreditam ser o mínimo.

Não sou contra a ambição. É como o próprio ar que respiramos. O que não se pode é exagerar nem adoecer por ela.

Seria este o objetivo da vida: a gente ficar insatisfeitos por causa de não ter condições de consumir acima de nossa renda? Seria possível deixar de ser escravizado por status e necessidade de exibir conquistas. Será que a gente um dia poderá valorizar mais o que somos do que o que temos? Acho que estou meio bobo. Vou voltar ao trabalho.

O MUNDO NO ESCURO

NO PONTO de ônibus, espero. A contar pelas vozes, agora somos em meia dúzia. Embora quando saio de casa eu saiba de antemão por volta de que horário passará o ônibus que preciso, ainda dependo de quem se prontifique a me informar quando o coletivo está se aproximando.

Assim, nem que eu quisesse ficar mudo, impassível, poderia. É necessário puxar conversa logo que chego ao ponto. Procuro fisgar uma pessoa que esteja num bom dia a ponto de ajudar o próximo sem interesse, a não ser o de se sentir bem com a ação.

Uma voz *"quer uma ajuda"* me conduz até aos degraus do coletivo.

Nem sei como, mas estou perito em acertar o passo, e não mais bater a canela na ponta laminada do primeiro degrau. Ouço um zumzumzum de pernas e juntas estralando. Outra voz *"senta aqui"* me aloja num banco. Suponho que seja o da primeira fileira em função dos poucos passos que dei.

Geralmente aceito a oferta de assento. Desenvolvi um faro para saber se trata de mulher gestante, com criança no colo ou pessoas mais necessitadas que eu. Nesses casos, fico em pé, ainda que sob protestos. Nesse momento me sinto bem, pelo simples inverter de papéis, de ajudado me torno benfeitor.

Hoje, está fazendo um ano da contratação.

Um ano atrás, ele estava meio ressabiado, deslocado, ainda que seja do tipo extrovertido. Agora, parece confundir sua personalidade com a da ONG. Sabe as manhas. Esquiva-se das possíveis surpresas dolorosas, e aproveita as agradáveis. Ora paizão, ora terror dos novatos. Ora amigo, ora colecionador de desafeto entre os veteranos. Segue tendo a certeza de que está no caminho certo.

Aí vai um pouco de mim. Quatro anos atrás, o fatídico acidente na parte da manhã na fábrica. Era quinta-feira.

No domingo levantei, melhor, despertei dos remédios. Tive o primeiro choque. O mundo estava no escuro. E procurei abrir os olhos, e a luz não aparecia. Senti medo. Um calafrio na espinha. Gritei.

Drogaram-me de novo.

Mais calmo, quase conformado, duas semanas depois estava sentado na cadeira de rodas descendo a rampa. Livre do hospital, mas aprisionado à escuridão pavorosa.

Em casa, somente as vozes me davam certeza que eu estava com minha família. Tudo o mais não existia. Que saudade chegar a casa, correr ao banheiro e despejar a água no sanitário. Tive que ser conduzido por meus irmãos.

Nunca fui o operário padrão, com direito a foto estampada como funcionário do mês, para a alegria dos chefes, ódio dos colegas e mico de si mesmo. Mas, sempre curti trabalhar.

Tomar ônibus lotado, às sete da manhã, espremido, com pisão no pé, era a parte chata.

Quando alegre, eu vibrava pelo Timão; e quando nervoso, xingava o presidente.

Sibilava pras garotas que atiçavam meu instinto. Gentil com quem me era gentil.

Ah, tinha as peladas de fim de semana, e se me deixassem no gol, o pau comia. No mínimo, meio campo ou zagueiro.

Não que a cegueira tenha afastado meus amigos. Eles vêm me visitar. Até me levaram pro futebol.

O problema é que a coisa não virava. Nada era como antes. Eu ali paradão. Como vibrar com uma jogada, se eu não a via? Como concordar que uma mulher é linda se não a noto? Estando cego, como jogar com eles? A condição de coitadinho do grupo me encheu e dei um tempo. Deixei de ir para o futebol.

Hoje, me sinto melhor. Claro, se pudesse voltar no tempo, fugiria do acidente. Teria tido maior prudência. Pena que tem acontecimentos na vida que não se tem como reverter. É aceitar a atual condição e buscar alternativas.

Encostado pelo INSS, não frequento mais a fábrica. Aos poucos fui me adequando à minha nova situação e passei a ver as vantagens. Com o salário garantindo e tempo livre, passei a me dedicar à antiga paixão pelo violão. Fiz cursos e me aprimorei.

Recebi convite e aceitei ser professor de violão para crianças em creches e escolas de periferia. Essa atividade tem preenchido a minha existência. Ninguém gosta de ser inútil.

O VENTO QUE BATE AI, BATE AQUI

A FRASE soou meio vulgar. Ia buscando avaliar a situação como se eu estivesse de fora, como fosse uma expectadora. Claro, quando não acontecia o sentimento vir à tona e debulhar-me em lágrimas ou em sentimento de culpa.

Desde que pusera os pés no restaurante, no entanto, eu não consigo deixar de pensar no assunto. Havia prometido dá um tempo. Estava conseguindo, até eu cismar em ligar para ele.

Acredito que um casal discutindo é terreno fértil para baixaria. Fiz de tudo para me controlar, mas escapou. Sabe o momento que não se consegue manter uma postura adulta, conciliatória?

Ao telefone, ouço a voz confusa dele, tentando me acalmar. Por mais que ele tente, sai capenga a ladainha. Causa do conflito? Teria disfarçado na agenda do celular o número da "amiguinha" como sendo o João? Alega que por eu ter apagado o nome dela, quis evitar o bate-boca e por essa razão camuflou a *amiguinha* num nome masculino.

Exagerei? Pode ser. Sei que todos nós temos direito a ter uma amiga. Mas que diabo de amiguinha é essa que precisa deixar recado com voz insinuante?

O problema é que está virando hábito. Quando vejo, estou fuçando o celular dele a cata de novas informações. Perdi a confiança? Vai ver seja isto.

Descobri a senha do celular e do e-mail dele. Que culpa eu tenho se toda vez que acesso lá acabo vendo coisa que dá lenha para discussões? Triste realidade a nossa. Quando não estamos fazendo amor, estamos brigando. A mágoa fatigante de brigas começa a diminuir a busca pelo prazer.

Ele é meu amor. Fiz e faço loucuras. Ultimamente, percebo como recompensa por meu sentimento uma insistência em contrariar-me de sua parte. Quem me levou a alugar a casa? Quem me levou a sair da casa dos meus pais? Quem me levou a aprender a cozinhar? Quem me levou ao papel de dona de casa? Ele.

Eu fiz e faço minha parte para investir na relação. E ele continua como se estivesse solteiro. Seja pela posição que ocupa no emprego seja por ser cara de pau, o assédio de mulheres o incentiva a agir como eu imagino que faça.

Na noite de Natal foi dureza. Ele em casa, mas com uma cara como se tivesse um peso enorme a carregar. Tudo por que estava fora de seu convívio natural, os amigos de serviço, as assanhadas que pegam no pé dele lá no Rio.

Sei que ele é mulherengo, que está no seu sangue. Pensei que, quando deixássemos de ser só namorados, ele daria um basta. Pelo visto me enganei.

Tô querendo sair de Petrópolis e fixar residência definitiva no Rio, só para ter certeza de seus passos.

A ligação vai indo. Tenho vontade de chorar com as desculpas esfarrapadas. O meu prato está esfriando. O restaurante segue com o tumulto da hora do almoço. Como companhia, tenho um amigo. Se eu dou corda a sua amizade sei que ele quer ir mais adiante. Cara legal. Mas por enquanto estou com a cabeça e coração no meu namorado, namorido...

"Então, vou desligar", digo, "Toma cuidado gatinho..." ameaço, "O vento que bate aí, bate aqui", faço uma ameaça mais forte. Desligamos.

Tenho pena de mim. Levar um caso no qual se sabe traída, mas que espera pegar na cama para ter a desculpa de terminar é dose. O que deveria contar é se ele me respeita agora, se me trata com carinho, se está do meu lado, se me assume, se a quantidade de lágrimas de frustração não supera a do amor... Pegar na cama é apenas a gota d'água para o que já estava ruim. Que estivesse na cama com mil mulheres, mas que eu me sentisse amada e respeitada por ele, é o que valeria.

O cara na minha frente almoça. Noto nele o encantamento que sente por mim. Pena que não penso em lhe corresponder. Meu coração é de outro, parece brega, mas é o que sinto. Seria legal se me aceitasse como amiga, se não forçasse compromisso.

Eu o acompanho. Almoçamos. Andamos pelo shopping.

É provável que ele serviu de apoio para a frase de desabafo que emplaquei ao celular. Saímos do restaurante. Ele me compra flores e bombom. Diz que é para sua *amiga*. E segue sem mais palavras. Nem precisava.

OUVINDO A MÃE AO TELEFONE

A RELAÇÃO com minha mãe não é uma das mais recomendáveis. E está muito longe de ser aquela que eu gostaria que fosse. Nunca foi, que me lembro.

A convivência entre a gente sempre tortuosa, acidentada. Vinha envolvida em queixas sobre queixas.

Para não parecer ingrato de minha parte, de nossa convivência, lembro-me de uma única vez que ela me chamou num canto para conversar e explicar os motivos pelos quais tomava uma ação e que fazia aquilo para o nosso bem, meu e de meus irmãos. Eu tinha uns 11 anos.

Nada para criar um trauma, porém, de certo modo impede que hoje sejamos confidentes.

Na minha adolescência, ela cismava com tanta coisa e se queixava de modo tão irritadiço, deixando o clima hostil ou pesado em casa. Eu chegava a ter inveja quando via meus colegas serem afagados por suas mães, em demonstração de carinho, sem contar as cenas nos comerciais da televisão.

Em casa, o tempo que minha mãe passava conosco parecia se resumir em reclamações, queixas, desapontamentos.

Nunca chegou a dizer que se arrependia de ter tido filho, mas se falasse pouca diferença faria no conjunto de suas atitudes.

De tanto chamar minha atenção pelo que eu acreditava fosse ninharia, de tanto parecer incômoda com minha presença, que em vez de eu ficar feliz quando estava próximo o horário de ela voltar do trabalho, era sacudido por um temor sufocante.

De tanto falar que me daria para uma tia para quem eu me mostrava solícito, teve uma vez que fugi para a casa da tia.

E quando a vi chorando, lá na escola, porque na escola eu não deixaria de ir ainda que estivesse fora de casa, eu fiquei sem graça. Descobri que a amava muito.

Salvo exceções, percebo que há parentes que guardamos boa recordação por simplesmente ser pai, mãe, tio, avó, filhos, mas que quando estamos com eles, esperamos ansiosos para a conversa acabar e darmos o fora.

É triste um sentimento assim, de querer manter distância.

Eu daria tudo para saber como levar uma conversar sadia com minha mãe.

Da minha parte, creio que me esforço.

Nos comentários que ela faz, a situação parece sempre ir de mal a pior. Perdeu o emprego mais uma vez. O marido está se afastando, ausente, deixando de ser o que era quando se conheceram. Um dos filhos não liga para ela. Queria reformar a casa. Queria mudar de endereço novamente. Uma das noras está fazendo a cabeça do filho para não levar em conta o que ela diz.

Tem dia que pego o telefone e prometo que a ouvirei incondicionalmente, não esquentarei e serei um bom confidente. Passados os primeiros cinco minutos, vai me dando um incômodo. Quando noto, estou ansioso para desligar o telefone.

Nem os meus alunos de 6º ano me deixam tão esgotado. Talvez por que em sala de aula sabemos que é trabalho e que, ao contrário do que deveria significar a figura do professor, hoje respeito é raro.

Em casa, com os familiares cobramos mais, somos mais exigentes. Por que ser tão exigente? Talvez por saber que é com eles que dividimos nossos melhores e piores momentos.

E quando essas referências reclamam demasiadamente e nos causam sofrimento ao simples abrir a boca? Ficamos chateados, como se a falta unicamente fosse nossa.

Terapia para nos conhecer melhor? Sim, até que eu arriscaria, caso meu orçamento não fosse tão apertado. Claro, não esperaria milagre das palavras de um terapeuta. Acredito que a situação de orientador nos ajudaria a tocar em questões espinhosas. Ele nos guiaria. Mas a solução sempre ficaria a cargo de nossa vontade.

Há leituras maravilhosas. Vou me apropriar de uma delas na busca de tornar o contato com minha mãe menos tedioso. Posso também passar a me interessar pelos acontecimentos de seu dia a dia, deixando-a contar a história a seu modo.

Ora, eu a amo apesar da chatice que é ouvir suas lamúrias ao telefone ou pessoalmente. Preciso achar um meio de transpor esta minha dificuldade.

PADRE DESBOCADO

FOI UM CHOQUE ouvir tantos palavrões. Se fosse da boca de colegas de farra, vá lá. Fica difícil encarar numa boa, no entanto, um religioso gritar vai-tomar-naquele-lugar. Se para mim, cuca fresca, o repertório do padre balançou, imagina o estrago para as devotas senhoras.

Lembro-me da primeira vez que subiu ao palco em meio à plateia de uma missa de domingo. Havia novidade. Mudança de padre. O mais velho foi direcionado para a capital, provavelmente onde terminaria os anos de sacerdócio na cidade onde nasceu, cresceu e concluiu o seminário.

O novo tudo contrastava com o anterior. Não só pela idade e pele mais morena. Era a inquietação nos gestos e no andar que dava o tom da diferença.

As primeiras palavras ditas com o microfone em punho deixavam clara sua nacionalidade através do sotaque peruano.

A cara fechada. Seu estilo estaria longe de padre convencional.

Estava visitando ou em Missão? Sei lá.

O fato é que residiria por duas a três semanas na paróquia do bairro.

Eu, aluno de fonoaudiologia, raramente deixo de vir no fim de semana para Batatais. Solitário, corro para a missa dominical das oito da manhã. O costume vem desde que me conheço por gente. Aos doze anos, já ia à missa sem familiar. Aos 23 anos, havia conhecido muitos padres. Uns inovadores e tantos outros conservadores.

O padre peruano é diferente.

"Se você quer ser chamado de cristão, pode ficar aí com a bunda colada no banco ou ajoelhado, e depois da missa ir para casa e ver televisão, falar mal dos outros e afundar-se numa vida estúpida como um *hijo de una puta*."

Ainda que em espanhol, o palavrão não deixaria de chocar parte da plateia. Mas as fisionomias espantadas em nada diminuíam o ímpeto do sacerdote para chamar a atenção daquela comunidade para o que ele considerava como a essência cristã.

"Agora, se você quer ser cristão de verdade deve usar a oração não como fim, porém como meio. Um meio para uma vida melhor, para evitar discórdia, difamação. Para cultivar a boa vontade. Não me venha dizer que depois de confessar as intenções ou atos pecaminosos vai te fazer estar bem com Deus. O Pai quer ação. Aja conforme a lei divina: e pare de nos infernizar a vida com assuntos tolos no confessionário. O ouvido do padre não é vaso sanitário".

Nem eu teria capacidade para reproduzir todas as falas, sequer os palavrões. As devotas assombradas. As crianças rindo. Os jovens sem entender. O circo armado.

Tenho vida agitada. Ainda assim é fácil supor o nó que a missa peruana causou na cabeça das pessoas, trazendo para a cidade agitação maior do que eu estava acostumado.

Nem a vinda do Bush ao Brasil seria páreo.

Na terça-feira, minha avó me ligou dizendo que o padre ofendeu muita gente durante a missa das dezoito horas. Se ele não poupou a grande massa no domingo, por que seria complacente com a meia dúzia que vai à igreja durante os dias da semana? Pensei.

Teria chegado carta criticando a postura do padre por parte de uns mais incomodados. E pedindo seu afastamento. Nesse momento, até os nacionalistas vociferam: "Fora Peruano!"

O fim chegou. O peruano teria que retornar para seu país.

Logo a comunidade ficou sabendo que a estadia era transitória, duraria até que a capital enviasse o novo padre titular.

A boca pequena dizia que a indicação do peruano foi feita pelo ex-padre que atuou durante anos naquela igreja. O septuagenário, através do padre peruano, desejava sacudir o que compreendia como paralisia naquela comunidade religiosa.

"Apesar de eu não concordar com os palavrões, ele é um verdadeiro missionário", teria dito o sacerdote ao ouvir, por telefone, às queixas de seus antigos diáconos. O sacerdote reconhecia que à sua maneira o padre desbocado queria agregar aos fiéis as ideias de Cristo.

O que eu notei é que boa parte dos que lhe criticaram durante quase um mês de estadia, hoje batem palma e choram.

Prova que o jeito rústico, desbocado, e bravo que o fazia inflamar a missa não ofuscou a mensagem significativa para nossas vidas que ele buscou transmitir.

PATRICINHA

TEM PALAVRAS que soam rudes. Patricinha, quando no sentido de mimada, é uma delas. É rótulo que dança na cabeça de muita gente, embora mesmo os indiferentes ou politicamente corretos às vezes se pegam rindo quando ouvem a expressão. – O desabafo a ajudava relaxar. – Porém, não sei por que sinto que a boca que a despeja deve ser de pessoa despeitada, com-dor-de-cotovelo ou maldosa. Rótulos servem reduzir cada ser humano à ninharia.

A moça deixa o pensamento seguir o curso natural da inquietação.

Após descer do seu carro no estacionamento do shopping e atravessar a porta automática, caminha pela área térrea tomada, no começo, pelas dependências de um supermercado. Vencida a área do supermercado, o corredor oferece em ambos os lados várias lojas pequenas. Vê a lotérica, o caixa para pagar o estacionamento e a loja de brinquedos.

Segue em frente, rumo às escadas rolantes. As imagens das lojas não interferem no ritmo de seus questionamentos.

Fútil igualmente serve como substituto da palavra patricinha, - a mente apontou.

"Sou eu fútil?" – ela verbalizou a palavra *fútil* com tanta ênfase que viu a pessoa que caminhava ao seu lado mirá-la com expressão de estranhamento. Resolveu acelerar o passo. Podia pensar, mas não tão alto, quanto mais gritar palavras que pudessem atrair atenção desnecessária. Não queria ser alvo de curiosidade ao ser considerada esquisita.

Que me recordo, dizia ela para si, comecei a gostar de me arrumar para sair, ainda que somente do quarto de dormir para sala de estar, aos 14 anos. Minha mãe e tias datam o meu comportamento, esquisitice para uns e capricho para outros, por volta dos cinco ou seis anos. Mas a idade da razão, quando tomei conhecimento dos meus feitos e do impacto que eles causavam nas pessoas, foi a partir da minha décima quarta primavera.

Das três irmãs, me chamavam a mais feminina.

A mais velha tinha atitude machona. Opa! Se ela me pega falando assim é capaz de sair briga. Não, ela não é masculina. Sua postura séria, prática, pode ser por conta de ser engenheira civil e ter que estar no comando de vários homens. Nada impedindo que seja fotografada em vestidos de gala, com direito a fotos publicadas em colunas sociais em Bragança Paulista.

A caçula é despojada, estilo bicho grilo; no entanto, toma banho e é asseada.

Justamente eu calhei de ser a patricinha. Gente há que me chama Barbie, pelo meu longo cabelo louro.

Nem tudo são flores. Sendo bem magra, na escola corria o apelido de magricela, pau de vira tripa. No início me chateava. Depois desencanei.

Desde a escola primária fui de prestar atenção nos pequenos detalhes como a vestimenta e meus pertences. Gastava energia combinando a cor da lancheira com a fita que prendia meu cabelo, o sapato com a pulseira. Lápis, canetas e cadernos frufrus, como diziam os garotos.

O assédio dos rapazes bem cedo me perseguiu. Confesso que fez e faz bem à minha vaidade. O ego agradece ser desejada, e nem posso imaginar o que será quando a idade chegar e eu ficar para escanteio na preferência masculina. Tomara que até lá esteja madura para suportar o baque.

Como há várias modalidades esportivas, há também a de patricinha.

Não sou compulsiva pelo consumo. Meu guarda-roupa é mais estável que certos relacionamentos amorosos. Ainda que esteja longe de ser uma adepta ao minimalismo, quem me conhece há mais de três anos sabe que melhorei bastante no quesito acumular por capricho.

Mas não abro mão de comprar todo ano duas ou três peças da estação, como vestidos para o verão e par de botas para o inverno.

O que gosto é do salto plataforma, a blusa cavada, a calça jeans realçando o bumbum. No inverno, adoro as roupas estilo Campos do Jordão. O verão com shortinho, saias, bermudas jeans. Na primavera, os vestidos para noite. Ah, me satisfaz os espelhos que me brindam com um corpo agradável.

Gastar um bom tempo combinando as peças, passar horas no salão de beleza, praticar esporte para manter o condicionamento físico e, sobretudo, ser meio avoada e mais interessada no prazer imediato, sim, esta sou eu. Talvez um dia eu mude de estilo.

Ano que vem faço 30 anos...

PRESTES MAIA

COMENTÁRIO SOBRE a cidade natal costuma ser assunto delicado, caso envolva crítica. A crítica será mal recebida se desprezar o apego que a pessoa tem. É fácil, no entanto, notar sentimentos dúbios. Depende somente de quem faz a crítica: se o nativo ou forasteiro.

De nossa parte, somos os primeiros a criticar a existência de terrenos baldios, de bolsões de lixo, de crianças e adultos ciganos, de moradores de rua a mendigar na saída de padarias e restaurantes. Também incomoda o aspecto de abandono de prédios ou praças públicas.

Embora a intensidade do incômodo varie de morador para morador, é certo de que poucos toleram habitar uma vizinhança feia ou suja. Quando podem mudar, fazem com as próprias mãos. Quando não, apelam para a prefeitura.

Porém, se somos mais ou menos hábeis em criticar a cidade natal, o simples ouvir a mesma crítica na boca de forasteiro ou visitante desperta indignação. Como se nossa privacidade fosse invadida, como se nossa origem fosse avacalhada. Nos pomos na defensiva, sendo poucos os que levam numa boa esta situação.

Eu interiorano, recém-chegado à capital paulista, caí na besteira de comentar sobre a feiura, a miséria, a sujeira que eu ia observando no caminho de ida e volta do trabalho ou quando a necessidade me fazia transitar pelas ruas ou avenidas do centro da cidade.

A começar pelo excesso de pombos no passeio público. Ainda que seja apenas a natureza querendo seu espaço na parte que o homem concretrou, a convivência desses animais traz a possibilidade de doenças. Ainda tinha a barulheira do trânsito, o tumulto nas ruas.

Não sou insensível. Sei que é natural considerar sagrada, ou no mínimo, com sentimento filial, a terra que nos viu pular quando meninos, trocar as primeiras beijocas, jogar bola, ralar o joelho ou cortar a planta do pé. É esperado que tenhamos o orgulho de onde viemos ou estamos. É nosso ponto de referência.

Quem, contudo, não é da cidade deve evitar polemizar. Ou, pelo menos, esquivar-se de iniciar a crítica.

Caso a conversa esteja rolando e o *nativo* diga que *a cidade peca nisso, que falta aquilo*, nós podemos fazer coro, se as deficiências saltarem aos olhos. Jamais, porém, devemos dar o pontapé inicial. É correr sério risco de ser mal interpretado.

Sou enfermeiro no Instituto do Coração. Morando em Taubaté, pego o fretado na Estação da Luz. Das vindas esporádicas para São Paulo, a paisagem já me desgostava.

Pensei que fosse impressão que evapora na medida em que passamos a morar ou frequentar mais vezes o local. Ledo engano.

A cada dia que vejo a sujeira, o horror que são as pichações nas paredes, os casebres, cortiços ou lojas alquebradas pelo tempo, sem reforma, enegrecidas pela poluição, ou falta de pintura, meus olhos lacrimejam.

O que produz a aparente indiferença dos moradores? Seria o amor pela história em ruínas do local? Ou a acomodação de quem alega não ter tempo para arregaçar as mangas e cuidar do lugar onde vive?

A Avenida Prestes Maia é a que me chama mais atenção. Talvez por ser ali que tomo meu fretado.

Tendo que esperar mais de trinta minutos o ônibus chegar, a visão acha pouca alternativa paisagística. Noto dois enormes edifícios à frente. Um abandonado. O maior estando ocupado por dezenas de cortiços.

O prédio fora invadido por favelados e recém-chegados à cidade. As condições externas dão uma dica da miséria interior.

Pelos cartazes afixados no prédio, parece haver enorme disputa judicial para desalojá-los. Pedem ajuda até ao presidente do país e ao prefeito para solucionar a questão.

Espero que o governo forneça casas para os habitantes. Não de graça. Mas com condições possíveis de quitação. Receber de graça é assistencialismo infrutífero. Nunca se dará valor ao que se ganhou sem esforço. Longe de mim, contudo, apoiar a sem-vergonhice que o setor imobiliário especulativo pratica.

Casa, trabalho, escola para os filhos e atendimento de saúde são serviços essenciais que o governo zeloso por seu povo deve oferecer.

QUE ALÍVIO

NO DISCRETO bistrô, com cabelos desalinhados e barba de três dias, o homem saboreia o vinho. À mesa, ele está diante do prato servido há mais de meia hora, que, pelo visto, o saciara. Durante as vinte quatro horas do dia, é a única refeição quente que se obrigou a fazer.

Devido à correria da hora do almoço, ainda que esteja em Paris, não raro lança mão do hábito americano do sanduíche, segundo ele, maneira rápida de repor a energia e acalmar o estômago.

Raramente pede suco ou água para acompanhar a refeição, muito menos vinho. Hoje havia saído da rotina. Há tempos abandonou o estilo boêmio, estando na fase mais monástica de sua existência.

Na bolsa alojada na cadeira ao lado, conta com o equipamento de trabalho. Apanhou-o. Levanta-se. Anda em direção à saída do estabelecimento. Ao passar pela mesa do casal sessentão, pôde ouvir sussurros românticos. Chutaria o palpite de que são aposentados brasileiros que vieram realizar a fantasia nascida no tempo de estudantes e tão adiada devido às obrigações com filhos e o emprego.

Na caminhada até seu quarto de hotel a cabeça se agita, o homem começou a refletir sobre os últimos acontecimentos.

Noite fatídica aquela. Passagem que quero esquecer na minha carreira. A morte da princesa Diana foi um divisor de águas.

Antes dela, a opinião pública era mais tranquila. Chamavam-nos de sensacionalistas, que não valíamos nada. Os rótulos pejorativos vindos principalmente da irritação da pessoa fotografada. Mas de uma forma ou de outra seguíamos fazendo ouvidos mouros. Afinal, as revistas de fofocas vendem a rodo e alguém tem de fazer o trabalho *sujo*.

Antes da tragédia eu já tinha saído do Brasil, de posse de minha câmera, para clicar em solo europeu.

Minha carreira, confesso, teria poucas chances de decolar se eu não tivesse tido êxito em flagrar figuras importantes com amantes saindo do motel.

Depois de as fotos circularem nos Estados Unidos, me chamaram para integrar, na França, o que pejorativamente se conhece como *paparazzi*.

À noite do acidente, não que eu queira tirar o meu da reta, mas eu não estava na perseguição à princesa. Estava de serviço, sim, mas fuçando outras paisagens. Meu foco era um ministro suspeito de manter um caso com a secretária.

Claro que se eu fosse escalado para correr atrás da princesa, meu contrato me obrigaria e a ambição também.

Em cima do criado mudo, ao lado da cama onde eu descansava, estavam as fotos da secretária e do ministro saindo de um motel. Eu tinha o controle remoto na mão direita e na esquerda, uma Budweiser geladinha. Já era madrugada, quando o noticiário me chamou a atenção. "A princesa Diana se acidentara...". Pela localização, uns três quarteirões de meu muquifo.

Nem perdi tempo. Peguei minha câmera e corri pro local. Chegando lá, que loucura. Estava lotado. Mas isto foi de menos. Um grupo investira contra mim. Chamavam-me de assassino. E eu fiquei mais perdido que cachorro que cai do caminhão de mudança.

Corri novamente, agora pro meu apê, para salvar minha pele.

Em casa, protegido e ouvindo a CNN, percebi o que havia acontecido. A princesa falecera. O povo culpava os paparazzi. Fiquei na defensiva de início. Depois entendi que a fúria tinha razão. Se eu, sendo um deles, aceitava que os paparazzi tinham culpa, imagina o povo. Que inferno não seria para os fotógrafos dali para diante.

Nem nós levávamos tanta fé que o povo amava a princesa daquele jeito. Pensávamos que dali a uns dias tudo se acalmaria. Nada. Todos com uma câmera na mão passaram a ser o inimigo público número 1. Pela primeira vez os paparazzi sentiram na pele o mesmo que suas vítimas quando as perseguem implacavelmente.

Por um passe de mágica, veio a notícia de que o culpado seria o motorista que estava bêbado. Que alívio. Santa providência! Poderíamos finalmente andar na rua e continuarmos perseguindo a privacidade alheia.

RECICLÁVEIS

LEVANTEI COM mau humor. Se quando acontece de eu ser atacada pelo mau-humor nem eu mesma me tolero, imagina como deve ser difícil para quem tem que estar ao meu lado.

A briga com meu filho caçula, ontem à noite me deixou desanimada. E não é a primeira vez. Seu comportamento abusado está se tornando constante. Talvez por estar virando homenzinho.

Notei pequena mudança por volta dos 11 anos. Mas, aos 13 anos, a falta de respeito se tornou irritante. Sou eu que estou perdendo a paciência ou ele que mudou da água para o vinho?

O garoto acha que tem o direito de dizer o que eu devo ou não fazer. Eu que sempre carreguei sozinha as despesas da casa. O pai há dez anos que não dá notícia.

Prefiro assim. Era péssima referência para o filho. Sequer se prestava ao mínimo cuidado com as necessidades da criança. Ele se irritava quando o filho chorava de dor de ouvido e por pouco não o agredia. "Eu preciso descansar para trabalhar amanhã. Faz esse menino calar a boca", queixava-se.

Passado algum tempo, inventou desculpa e sumiu, sem deixar paradeiro.

Por dez anos tenho vivido da coleta de lixo. No início, era só papelão, jornais e revistas. Vendia por peso. Aí, veio a onda dos recicláveis. Latinhas de cervejas, garrafas plásticas... Não reclamo. Melhorou a qualidade do trabalho, e a renda também.

Antes de descobrir os recicláveis, eu tinha sido faxineira, auxiliar de cozinha, trabalhado desde mansões a pequenos restaurantes. Tudo uma exploração. E incerto. Quando menos se esperava, o patrão dizia que ia reduzir despesas e cortar gente.

Tenho amigas que há muitos anos trabalham em uma única casa. São exceções. Quanto menor a qualificação mais instável é o emprego.

Entrei nos recicláveis sem muita determinação. Eu tinha preconceitos: "Se nunca fui rica, jamais mendiguei tampouco".

Cheguei pensar que tinha sorte como faxineira quando, no assento do ônibus, via pela janela pessoa empurrando carrinho ou carroça abarrotada de tralhas como garrafas térmicas, panelas danificadas, talheres retorcidos e fios de cobre a caminho de ferro velho.

Um fato, contudo, contribuiu para eu abandonar o preconceito. No bairro em que eu morava, um casal vivia exclusivamente de catar papelão. Fiquei pasma quando os vi catando *lixo* numa das minhas idas para o serviço. Casal era referência na rua, tinha casa espaçosa e quitada, carro bom, exibia renda invejável. Ambos formados em curso superior.

Pensei: por que não eu? Tive uma conversa com eles e gentis me instruíram. Desde o início, disseram que o êxito no negócio é exceção, não regra. E tem gente que perde mais que ganha. Mas foi bom, no meu caso, encontrar pessoas que deram certo.

Com o dinheiro do lixo, saí do aluguel, mobiliei minha casa, criei e mantenho meus filhos estudando, sem nada lhes faltar. O mais velho, Diogo, terminou o colegial, passou numa faculdade federal e foi estudar engenharia civil, lá na capital.

E esta surpresa. O caçula e seu recém-chegado preconceito. Sabia que havia brigado com um colega da quinta-série, o qual me chamou de gari. Na época, conversei com ele, perguntando: "E se eu fosse gari? É um trabalho digno e necessário".

Depois deste episódio, quantas vezes eu tive que ir à escola convocada pela diretora por causa de confusões dessa natureza? Perdi a conta.

A maioria era por ele socar a cara de quem chamasse sua mãe de burro de carga. Até certo modo me sentia orgulhosa por ser defendida. E aproveitava para argumentar com a direção que ela devia ajudar os seus alunos a serem mais tolerantes.

Agora no 8º ano, ele mudou. Não há mais relato de brigas. Ao contrário, vive evitando que eu ponha os pés na escola. Trocando em miúdos, passou a ter vergonha de mim.

Mas eu o entendo. Quando jovem, tive vergonha do jeito roceiro de minha mãe.

Dizer que não dói no coração de uma mãe ver o filho rejeitá-la, é dizer o impossível. Se eu não seguro a mão de meu filho Diogo quase ele acerta um soco no caçula quando falou que tinha vergonha de ser filho de uma mulher que catava lixo.

Espero que, como eu, um dia ele dê valor ao que a sua mãe fez para alimentar e cuidar de suas crias.

RELÓGIO, QUE AMOLAÇÃO

NO TERMINAL rodoviário, eu estava esperando para embarcar no ônibus. Mais quinze minutos, e estaria sentado na confortável poltrona. Na mochila que levava no ombro esquerdo, entre outras coisas estariam o livro e o chocolate. As roupas, sapatos e produto de higiene iam arrumadinhos na grande mala de rodinhas.

Quando resolvo pegar o chocolate, a mão tateou o convite de aniversário do sobrinho. Fará 12 anos na semana que vem.

Provavelmente estaria impedido de comparecer. Mas o menino sabia que eu sempre me esforçava para estar presente em datas como esta, só faltando por motivo muito sério. Estaria de serviço na base militar. E desta vez eu não poderia trocar meu posto com outro oficial.

O convite de certo modo serviu para trazer a lembrança de meus 12 anos.

Se bem me lembro – ia pensando o rapaz enquanto subia os degraus do ônibus – foi quando entrei na adolescência, primeiro aniversário, que ganhei um relógio de pulso.

À época, fiquei maravilhado. Ora, todos os adultos usavam. Estaria eu no mundo dos adultos. E o charme? Claro que vinha à mente exibir-me para as meninas. "Que horas?" perguntariam. Pose de galã, eu responderia "são 10 horas".

Na prática, reservaria o uso do relógio para ocasiões especiais, como ir à missa no domingo, nas festas de algum conhecido da família. Ocasiões estas que eu tinha o costume de trocar o costumeiro short, camiseta e chinelo por calça, camisa e tênis novos.

A data seria marcante por causa daquele aniversário. Se eu tive festa antes, não me recordo. Aquela alegria toda, a primeira festa, o relógio e, um mês depois, a bicicleta, era graças à iniciativa de meu padrasto.

Por isso sou contra o chavão *'Deus é pai, não é padrasto'*. Padrasto assim deve ser chamado de pai de criação. Meu pai mesmo, nem um abraço.

O relógio pouco tempo depois pifou. Não saberia dizer o fim que levou. E desisti de ter outro relógio numa boa. Quando a bicicleta quebrou, esperneei e lutei para ganhar outra.

Por que abandonei a ideia do relógio? Esqueci de dizer. Eu sou carioca. No Rio, fui crescendo com a advertência *não-marque-bobeira-com-relógio-anel-joia*. Quantas histórias de gente que perdeu o dedo por causa de anel sem valor, ou quase o relógio serviu para ter rasgado o pulso por causa de violência do assaltante. Medo? Talvez. Sempre procurei não ser um assaltável, por isso me privei de exibir relógio no pulso.

Quando adulto, meus pulsos estavam tranquilos. Encontrei uma namorada que gostava de presentear. Dos vários presentes, estava um relógio. Por estar em Pirassununga, a quilômetros de distância do Rio e fardado, eu decidi usar. Nem poderia ser o contrário. Uma mulher apaixonada é exigente.

Infelizmente nosso caso foi pro brejo. Num rompante desatino, lhe devolvi todos os presentes possíveis, inclusive o relógio.

Mês passado resolvi finalmente comprar um por conta própria. Estava passando por uma loja no centro. Depois de pesquisar aparelhos eletrônicos que tenho mais interesse, acabei desviando meu olhar para a relojoaria, entrei e adquiri um.

E meti no pulso. Aguentei dois dias.

Por que a empolgação acabou tão rápida? Pessoas me parando na rua, no ônibus, no aeroporto, na rodoviária, nos momentos de pressa ou de devaneio para me pedir horas. Que invasão, que desassossego.

Por exemplo, certa vez vinha eu caminhando, pensando na Renata, *aquela ingrata* como diz o refrão da música. Ela é ótima pessoa, amável, gostosa... Mas por estar acima dos trinta, possessiva pra diabo. Eu sou um tanto inconstante, admito.

"O caaaaaaaaaaaaara, que horas são?" a voz do pedestre me dá um susto. Voltei a mim. Era um chato perguntando horas. Gentilmente lhe respondi. A duas quadras à frente, tirei o relógio e o joguei no lixo, claro, reciclável.

Tive prejuízo? Ainda estou pagando as prestações do relógio. Confesso que também fui radical e infantil. Eu podia ter dado de presente a alguém.

Minha consciência, porém, me dissuadiu. Pelo simples princípio ético: não faça ao outro o que você não quer que façam a você. Não quero que me deem relógio.

RESPEITO PELO PEDESTRE: EXISTE?

O CAOS na cidade de São Paulo é questão corriqueira. Embora qualquer fila de aposentados e pensionistas possa causar espanto pelo tamanho em boa parte das cidades brasileiras, nesta em particular a extensão impressiona mais. A quantidade de gente entrando e saindo de prédios públicos, a multidão que desce e sobe pelas escadas rolantes do metrô atordoa por seu ritmo e número incessante.

Nas praças, quem visa alcançar plateia, a mínima que seja, consegue chamar a atenção para si. Quem são os exibicionistas? Alguns deles são artistas criativos privados de melhor oportunidade. Outros são desempregados que possuindo alguma proeza incomum se empenham na conquista de alguns trocados para a sobrevivência. Todos querem entreter o público, fisgando com truques ou abordagem diferenciada os curiosos.

Logo o pequeno grupo o rodeia como abelhas em torno de copos ou recipientes de refrigerante vazios. E o artista de rua pode trabalhar.

Quem é que consegue brecar o ritmo, parar e participar da plateia? Aposentados, trabalhadores autônomos, pessoas relapsas quanto ao horário de voltar para o serviço, pessoas que estão em hora de almoço. Também têm os desempregados que há dias vem caçando vaga de emprego: e que querem distrair a cabeça enquanto descansam as pernas.

Além de artistas, há praças que contam com o enxame de pombos que numa simbiose com o ambiente humano vão aproveitando a displicência dos pedestres para bicar as sobras de pão ou farelos de biscoitos, geradas pelo hábito de comer enquanto se anda.

Os motoristas de táxi, encontrados nas saídas do metrô, com o veículo em ponto estratégico, sempre prontos para anunciar seus serviços e carregar o cliente que estava à espera.

No trânsito, a confusão não seria diferente. A começar pelo excesso de veículos particulares e a qualidade duvidosa dos transportes públicos.

O metrô é uma das maravilhas do mundo. Isso quando as greves e a paralisação parcial ficam de fora. Olha que volta e meia elas acontecem. Dentro do carro, nem a música do grupo Cidade Negra tem poder de neutralizar o incômodo que o trânsito lento provoca. Daí a irritação, o mau humor.

Representante do conselho de Medicina, eu fico feliz quando me vejo convocado para as viagens no interior. Sem meu carro, ando a pé ou com motorista particular. O trânsito flui. Umas cidades interioranas, no momento de pico, com ruas, semáforos, multidão, exibem aspectos parecidos com a realidade paulistana. Mas apenas parecido. Num momento, a semelhança se apaga. As ruas limpas. Circula-se. As casas centrais pouco ou nada pichadas.

Na cidade de Bragança Paulista fiquei boquiaberto. Nada a ver com a famosa linguiça. O aspecto gastronômico é de destaque, mas nada de me deixar com o queixo caído. O que me chamara atenção, causando uma profunda impressão, é o respeito que o motorista mostra um para com o outro, e para o pedestre.

Um lugar onde se respeita o pedestre quando este passa pela faixa? Eu estaria vendo coisa? Esfreguei os olhos incrédulos. O motorista que nos levava, habituado à falta de respeito paulistano, teve dificuldade para se adaptar e por pouco não causa um acidente. O passante olhou a placa de São Paulo, e compreendeu a barbeiragem.

Uma senhora com dificuldade em atravessar a rua e que se desloca a pouca velocidade, tendo uma fila de carros a esperar-lhe a travessia? Na capital paulista, seria tentativa de suicídio.

Na cidade de Bragança, permaneci durante uma semana. Nesse meio tempo, nada vi de inconveniente no trânsito.

Obviamente há imprudências. Motoristas arrogantes, estúpidos, e que deveriam ter a carta suspensa estão por toda parte, não somente na capital paulista. Na verdade, há belas exceções de bons motoristas paulistanos. A coisa não é unicamente por causa do número de habitantes, do arsenal automobilístico. Visitei cidades interioranas de porte médio onde barbáries atrás do volante nada perdem para a metrópole.

Assim que entramos na São Paulo, senti saudades de Bragança. À frente, a Marginal do Tietê. Os motoqueiros apressados, os motoristas impacientes, o trânsito lento.

O que conta é que vou curtir minha família. E se sobrar uma vaga para o interior, eu vou agarrar. Aí, adeus pauliceia poluída e sem respeito.

REUNIÃO

ME ESTRANHEI na última reunião de trabalho. Já havia sentido esse princípio de não sei quê, tipo mal-estar, duas ou três vezes ao longo de minha carreira profissional.

É como se de repente eu pusesse em xeque a necessidade de estar confinado àquele espaço e cargo, de que se realmente quisesse, sempre haveria alternativa, bastando pesquisar e ter coragem para arriscar. Eu não precisava acabar meus dias na condição que me desagrada.

O incômodo viria do que considero posição de subordinado? Sei que vai mais além. Na prática, porém, eu teria pouco sucesso em descrever esse sentimento. Se a sensação de desconforto é marcante, a causa é nebulosa.

Quando acontecia isso, menos de meia hora depois eu sacudia a cabeça como se lutasse para me desvencilhar de um torpor, da vontade de dormir que nos perturba depois da hora do almoço. Ia para o banheiro jogar água no rosto e quando retornava, buscava achar no café a força para me despertar.

Contudo, ontem, o sentimento de incômodo se tornou mais acentuado. Semelhante ao atleta que a certa altura começou a ver sem sentido sua corrida, e teve vontade na volta de abandonar a Olimpíada, voltar para casa e se refugiar, estava eu lá indeciso.

Essa era minha posição inquietante. Queria desistir mesmo de competir.

Mas como um subordinado compete?

Embora seja natural que a figura do presidente ou do chefe da seção emane poder, no dia-a-dia toda pessoa se envolverá em disputas, ainda que seja tida como dócil. Todos têm a necessidade de reconhecimento e de aprovação diante de seus pares, o que varia é a intensidade.

Se todos têm a necessidade inata de ser valorizado, de ter voz ativa, o sujeito que se não encontra oportunidade, dia menos dia, se rebelará contra a sua posição de somente concordar com a vontade alheia para se manter longe de conflito.

Assessor numa secretaria estadual, eu tenho pouca margem para jogar tudo para o alto.

Nem é para tanto. Podia ter inventado um mal súbito e me esquivado de vir hoje.

O mal-estar não está em função da reunião. Desanimado com a rotina? Pode ser.

Que rotina? A de ser obrigado a ouvir as lamentações repetidas. Da necessidade de aparecer que os novatos têm. Da prepotência dos mais experientes. Da regra esmagando as ideias. Da retórica tendenciosa.

Quem sabe seja eu o culpado.

Fui funcionário de multinacional. O discurso pouco muda. Seja ela qual for, é a meta que interessa. E o humano mero recurso descartável. Com raríssimas exceções, as reuniões na empresa ratificam a opressão declarada ou velada do dia-a-dia.

As bocas batem. São coerentes com o que pensam.

Pode ser que alguém neste grupo de 18 pessoas já passou ou atravessa a fase que eu vivo no momento: a da conturbada falta de perspectiva. Quem sabe seja eu o único mergulhado no tédio institucional.

As bocas continuam batendo. Fazem seu melhor. Dedicadas, parecem acreditar no que professam.

Que chatice estar na minha posição: incomodado e impossibilitado de se esquivar.

É hora do café. Ótimo.

Me animo, sacudo o discurso *nada a ver* e corro para o banheiro. Esvazio a bexiga e lavo o rosto. A cara no espelho me critica: "pô! por que tolerar isso?".

No corredor, um pouco de sol banha minha cabeça. Exercito-me. Vejo-a se dirigindo ao banheiro. Nem sua presença consegue me levantar. Constato que minha situação é séria.

Daqui a dez minutos começa de novo a tortura chamada reunião. Quase todos querendo se dar bem, ganhar prestígio, impor ideias, fazer-se notar ou atazanar. Já usei este recurso. Hoje é que me senti enjoado.

Pior que nem tenho do que me queixar. Queria xingar o salário abaixo de minha expectativa de consumo, falar mal do cargo que pouco poder me dá, do escritório tão diferente do que sonhei como seria o local de um assessor.

Percebo que queixas são vazias, destituídas de consistência. Vai ver eu precise me engajar em algo que de a sensação de eu ter o controle ou de que minha opinião tem valor.

TER FILHOS II

EU DESISTI de tentar bloquear este anseio que me oprime. Por que debater-se contra a realidade? É por demasiado pesado tentar encobrir uma angústia. Provoca instabilidade emocional ao fingir ignorar os fatos por medo de se concluir os resultados. Para aliviar o peso da angústia é bom vasculhar esses mesmos fatos e ver no que podem nos ajudar em vez de nos manterem aterrorizados.

O que gerou essa angústia, logo eu que sou conhecido por ser cabeça fresca?

Tudo fruto de meia dúzia de palavras. As opiniões ouvidas foram me fazendo temer as consequências. De simples probabilidades, comecei a ver a certeza do perigo. E o medo me faz tremer diante do futuro. O que antes era somente sonho acabou encoberto por nuvens tempestuosas. Será que me alarmei à toa?

Há dois meses, eu era só alegria, satisfação. A alegria era tamanha que me fazia ora rir, ora chorar. Não era para menos. Saber que será pai, que terá a tão sonhada oportunidade de gerar um descendente é um sentimento tão pujante que parece nos arrancar do chão e flutuar.

Comemorei, pulei diante da novidade. Como não estava sinceramente esperando esta possibilidade, até estranhei que tivesse ficado tão sensibilizado com a notícia de que teria a chance de me tornar pai.

Corri para estes parentes, para aqueles conhecidos. Queria que o mundo soubesse da novidade.

Passado o momento eufórico, veio a realidade.

A minha esposa estava em sua primeira gestação e com mais de trinta e cinco anos, corria o risco de ter o filho com *síndrome de down*. Essa ideia, no início, se apresentava extremamente remota. Coração e mente sequer a consideravam. A alegria era tanta para ter um filho que se ele viesse com *down* seria indiferente. O importante é que viesse.

Com o passar do tempo, a curiosidade me levou a pesquisar a síndrome.

O medo precipitou-se sobre mim durante a primeira consulta para fazer ultrassom.

No consultório, a médica passava o aparelho sobre a barriga de minha esposa. Na tela do vídeo algo se mexendo no útero. A aflição toma conta. A consulta constata que o bebe está bem. O sexo foi impossível de detectar.

"Vou marcar a próxima consulta...," disse a médica num tom de cumplicidade quanto à aflição de sairmos dali sem a resposta que ansiava: teria ou não a criança a síndrome?

De volta para casa, o tormento duplicaria. Comecei considerar o fato de uma criança com síndrome de down. Eu sofria, não por mim, pois pai e mãe amam a cria de modo incondicional, sendo a intensidade do amor indiferente de ser o filho um super atleta ou aquele que mal possa se manter de pé.

Temia, sim, pelo sofrimento que pudesse caracterizar a vida social da criança com a visível limitação. Se a vida é cheia de dificuldades, privações para o indivíduo considerado perfeito, imagina que destino cruel aguarda aquele que vem com alguma síndrome. A de down ainda judiava, pois vinha estampada na cara.

Sacudi a cabeça e me perguntei o que é que eu estava falando?

Antes que o filho venha ao mundo, na cabeça se misturam imagens bonitas com horrendas. Estas últimas apontando para defeitos congênitos, má-formação, insuficiências orgânicas.

Este meu temor nada tem a ver com o medo de exibir o filho aleijado ou retardado para o mundo, para as pessoas. Eu padecia apenas com a possibilidade de que ele sofresse por ter nascido fora dos padrões.

Mas se for esta a minha missão então que venha, disse para mim, na tentativa de recuperar meu ritmo na condução de minha vida. Eu estarei preparado. O que me for dado eu agradecerei. Venha meu filho ou filha. Sadio ou com necessidades especiais. Eu te amarei incondicionalmente e lutaremos juntos.

Ao pensar assim, sobrou energia para meu serviço.

Amanhã irei para Recife. Como representante comercial, tenho pouco descanso, a não ser quando aproveito para tirar soneca no voo ou no leito de ônibus.

RONCADOR

TODO SANTO dia a mesma preocupação o persegue. Tem que criar estratagemas, inventar truques para evitar que o roncador se sente a seu lado. Embora sua participação possa ajudar na esquiva, a ação é penosa e o resultado visado raramente acontece.

O incômodo começa logo quando o roncador entra no ônibus e busca o assento que esteja disponível. Nem é preciso dizer que na maioria das vezes a cadeira ao lado da sua é a única vazia.

Nas primeiras vezes, o roncador bem podia sentir-se tranquilo. Notou, porém, que nos últimos tempos o roncador fica satisfeito quando encontra alternativa. Por instinto, percebemos quando não somos bem-vindos ao lado de uma pessoa ou grupo.

A julgar pelas escolhas pela poltrona da janela, quando encontra ambos os assentos livres, acredita que o corredor não seja o lugar preferido do roncador. Por que seria a janela? Se o sujeito que passa for magro e sem objetos volumosos, terá chance da não colisão. O corpanzão acaba bloqueando ou enroscando os passageiros desavisados que passam por ele. O encontrão na mochila ou maleta também em nada o agrada por simplesmente o despertar do sono que deseja tirar até chegar ao destino.

Tinha, portanto, como meta encontrar uma poltrona cujo assento vizinho já estivesse ocupado e se livrar do incômodo do roncador. Aí é que reside sua irritação. Apesar de haver assentos livres na janela, sua opção preferida, no ponto que ele pega o fretado, ele evita o da janela por temer que o passageiro roncador, o qual subirá no veículo algumas paradas de ônibus mais adiante, calhe de se sentar ao seu lado.

A primeira vez do incidente? Estava ele alegre por ter tido a felicidade de pegar o lugarzinho na janela. Seguia para Campinas, uma hora e meia de viagem. E ainda que não dormisse, relaxar já bastava. Um senhor, calvície pronunciada, bochechas inchadas, forte, adentra no ônibus e vem se esgueirando, agarrando-se nas poltronas devido ao chacoalhar do veículo. "Com licença", disse. No que o gerente de vendas prontamente respondeu: "opa, fique à vontade".

Poucos minutos, e o sujeito começa a grunhir som horrendo.

O gerente se mexia, remexia, mas nada podia contra o incômodo. O tormento que se seguiu é desnecessário esmiuçar. O que importa é saber que desde aquele dia, detestou o fretado. Todos os aspectos positivos passaram a ser nada diante dos inconvenientes: ar condicionado que detonava a garganta, os corpos fedidos, babando, rosnando, com o hálito ruim, e, pior ainda, o cheiro de desodorante vencido.

Ele, o gerente, não negava que igualmente fedia. Mas o fedor do outro é sempre pior que o nosso.

A droga do salário não aumentava. Um pouco de dinheiro a mais, e ficaria durante a semana na capital paulista, morando próximo do trabalho. Que se ferrasse o fretado. Nada de levantar às quatro da manhã. Que se lixasse a esposa se ela insistisse na teimosia em não deixar Campinas, dizendo que São Paulo é poluído, perigoso.

Para ele São Paulo era igual a Campinas ou a qualquer cidade, não fedia nem cheirava. O que conta é estar empregado e com o menor desconforto possível.

A situação o estava transformando de tal modo que a pior hora do dia não era passada no trabalho, mas no interior do ônibus. Destaque para a vinda, pois levantar cedo era de lascar.

A solução para o problema parece fugir. Complica mais ainda se depende da vontade alheia. O aumento de salário não veio. E nem viria. O que acabou acontecendo? O gerente cansou-se de ser vítima da situação. Foi à luta. Arrumou uma cidade no interior paulista chamada Cerqueira César.

Nem precisou aumento na renda. Se seu salário era irrisório para São Paulo e Campinas, na Cerqueira César viveria otimamente, um padrão de vida de classe média alta. Disse um basta para a obrigação de andar de metrô, trem lotado, fretado fedido, trânsito lento e ter medo de andar na rua em plena luz do dia. Tudo para quê? Para viver que nem rato. Sentia que merecia destino melhor para si e para sua família. No interior, teria este destino.

Pediu as contas e se mandou. "Eu quero uma cidade em que eu não seja nulo, servo de parasitas, tipo os dos Jardins, onde eu não tenha que apodrecer na periferia. Quero uma cidade onde eu seja alguém, me sinta gente", era um desabafo sem muito rancor.

SALVO PELA GRAVATA

UM SENHOR certa vez me disse que eu tinha um estilo por causa do *apuro* no traje. Confesso que fiquei lisonjeado. O dito apuro traduzia-se meramente na calça, camisa e sapatos sociais. Se há prazer na atitude, nada tem a ver em ser ou querer ser melhor dos que se vestem mais informais.

É o conforto que me guia. Sinto-me mais à vontade numa calça social, o pano é leve e as pernas não se oprimem com a aspereza do jeans. A camisa me cai melhor que a camiseta quando estou a trabalho. Diferente das horas de lazer, nos quais o calção ou o moletom são as peças preferidas.

Toda essa tortuosa explicação para justificar o uso da gravata num atendente do INSS? Pode ser. Que motivo me leva a continuar usando terno e gravata quando me tornei alvo de chacota e desdém? Embora qualquer justificativa que eu invente seria no mínimo confusa, eu preciso de um.

Para manter esta insistência de eu usar roupa diferente da turma de trabalho com certeza deve haver pontos positivos e negativos. Na repartição, o lado negativo é as pessoas me verem como fora de moda, aparentando o que não sou ou desprovido de bom senso.

Fora do local de trabalho, a situação muda. Os pontos positivos, além da comodidade, afloram.

A começar no transporte público. Por meu porte físico, fisionomia e vocabulário estar na média das pessoas que puderam frequentar faculdade de renome, colabora para que os caminhantes me confundam com um advogado, um juiz, um médico, uma autoridade qualquer que tenha como rotina o uso de vestimenta similar.

Também noto no cobrador de ônibus, no atendente de guichê do metrô, expressão cordial, de identificação. Apesar de não ser uma autoridade, um milionário, um artista, me sinto pelo menos bem respeitado quando procuro informação em qualquer órgão público, quando contrato um serviço ou compro no comércio.

Enfim, gosto de receber a deferência, o respeito, a consideração que acredito ser alvo pela maneira que me visto e me apresento. Esse tratamento diferenciado por si só me motivaria a continuar enfiado no terno e grava pouco importando as altas temperaturas do verão no Brasil.

Outra fonte de identificação veio dos filmes que eu assisti de décadas passadas, nos quais a gravata era peça obrigatória para quase todos os homens, de simples estudantes da educação básica a funcionários públicos de alta patente.

Se você está com a camisa de um time, que dureza seria passar no meio da torcida rival, ainda que fosse somente num passeio na rua. Eu me sinto assim às vezes. Para piorar cismei em usar gravata. Aos vinte anos, eu adepto dos *new wave*, já chamava a atenção para o traje controvertido. Ficar sem camisa, ainda que sob um sol escaldante carioca, nunca foi meu forte. Além do mais eu sou singular, se fosse obrigado a usar gravata, eu lutaria para ter o direito de abandoná-la.

Trocando em miúdos, como na minha função raros são as pessoas que aparecem de gravata para a hora do expediente, eu acabo destoando. Não por que seja ofensivo ou pedante. É apenas incomum. Se amanhã todos irem de gravata, a empresa sequer vai notar. Mas a cultura atual recomenda o não uso.

Por razões econômicas, sou obrigado a deixar meu poisé em casa e seguir a pé para o trabalho. Atravesso todo o santo dia o viaduto da Salim Maluf, passando sob o Tietê. Meu coração vai a mil, pois o risco de ser pego por um carro é alto. A prefeitura sequer coloca um alambrado que sirva de proteção para o pedestre. É o descaso do poder público da cidade mais rica do País.

Semana passada, o que eu temia aconteceu. Quando dei por mim, um carro me acertou e me lançou por cima da mureta. Apesar das costelas e do violento susto, a sorte estava ao meu lado. Após ser lançado, minha gravata se prendeu não sei em quê e fiquei pendurado até que uma alma decente me socorresse, puxando-me para cima. Caso contrário, o destino seria as águas do Tietê. E como eu estava desmaiado, o afogamento seria certeiro.

Lição que ficou para mim: às vezes destoar do ambiente, por querer usar gravata quando ninguém o faz, pode salvar a vida.

SER CHEFE: QUE ESPINHO

SER CHEFE? Jamais sonhei que seria tranquilo. Mas longe pensar que seria tão complicado. Na posição de chefe, quando a gente percebe, se vê diante de atitude que escapa do controle embora antes pensássemos ser a solução adequada. Tomamos uma decisão pensando que o resultado será líquido e certo, e quando vemos estamos diante de grande prejuízo.

Nossas ações, em dado momento, vão criando tais impasses que quando damos conta nos sentimos de mãos e pés atados. Sem contar quando tomamos uma decisão que tempos atrás nos pareceria drástica e absurda, para não dizer injusta.

Quando nos damos conta é tarde demais. A mão, a consciência e os atos nos levaram a um caminho contrário daquele que tomaríamos antes de estar na chefia.

Por que virei chefe?

Primeiro porque o salário compensa. Recebo cerca de oito vezes o que eu ganhava e com menor esforço quando comparo a trabalheira que era lecionar e conduzir pesquisa. Quem não quer um aumento na renda tão significativo assim?

O segundo motivo seria que vi no cargo um desafio na carreira. Sairia da condição de professora universitária de instituição de ensino particular e passaria para pôr em prática conceitos de teorias que de longa data eu transmitia em sala de aula. Na direção de uma instituição de mais de 10 mil funcionários, referência na área governamental, eu desenharia que ações seus principais atores deveriam tomar.

Em terceiro lugar, ainda que mais contido, e que eu nunca confessaria em público, vem o prazer de ser chefe, de dar ordens. Um sonho bobo de quem por mais de vinte anos só levou ordens? Pode ser.

Por isso mesmo entendo a fonte de ditados que tentam explicar o desejo de alguém ser ou manter a todo custo a chefia.

Os ditados são inúmeros na busca de explicar esta mudança de comportamento quando se vira chefe. Vão dos mais polidos aos mais grosseiros.

Entre os grosseiros, destaca-se: "*o poder sobe a cabeça*". Jamais eu iria contra esse fato. Sei que o ser humano é falho. E, por uma questão de personalidade, pode se deixar levar por posições radicais ao se sentir acuado, ferido em seu orgulho. Pode muito bem encarar a crítica com falta de respeito à sua autoridade.

Faço o possível para a equipe ter-me na melhor conta. E não para bancar a boazinha. Quero passar a ideia que me move em minhas ações: a coerência e o respeito ao outro.

Há momentos em que a natureza da função, no entanto, exige que obedeçamos a critérios mais objetivos, sob pena de a proposta que a empresa almeja ser desvirtuada.

Aí, você convoca sua equipe e pede que ela se atente para os objetivos que norteiam as ações da entidade que ela representa. Só que na equipe há pessoas. Estas, por vezes, destoam do que era esperado e estão pouco dispostas a saírem de sua *zona de conforto*. Trocando em miúdos, há pessoas que não estão preparadas para se doarem na exata medida que naquela circunstância a tarefa exige.

E o que você faz? Mantém esta pessoa na equipe, apesar de ela se conservar insensível a todas as suas sinalizações para que ela repense suas ações? Se ela fica e os objetivos ambicionados fracassam por conta dessa atitude, você corre o risco de se passar por incompetente pelo crivo da equipe que comanda e aos olhos de seu superior. O gosto do fracasso é amargo.

Tomei a decisão que me pareceu a mais sensata: retirei as pessoas que julguei pudessem pôr em risco o êxito da equipe em atingir suas metas. Espero que nas novas posições que assumirem elas tenham mais sorte.

O fato de não terem se adaptado à minha equipe em hipótese alguma as tornam profissionais incompetentes, apenas que estavam no lugar errado, no momento errado. Todos têm excelente potencial, basta termos coragem de assumi-los e contar, claro, com um empurrão de nossa chefia, afinal numa empresa, não somos um Robson Crusoé.

A rotina exige paciência da chefia: cobrar horários, projetos, coerência, compromisso... O chefe é ainda a figura paterna ou materna por excelência. É questionada, odiada, amada, idolatrada. Não reclamo. Gosto do que faço.

SUICIDA

SÃO 17H 30m. Faz dez minutos que entrei na Estação da Sé, zanzando um pouco antes de escolher para que lado me dirigir: para a linha que segue para a Barra Funda ou para Corinthians Itaquera. A estação da Sé é o marco zero também do metrô. Linhas que cortam a cidade. Ponto mais agitado do metrô da capital paulista, por causa das várias conexões.

Para cada canto que minha visão se detém impossível escapar das imagens de gente que sobe e desce as escadarias, as escadas rolantes. As filas dos guichês estão abarrotadas, ainda que na maior parte dos casos o trabalhador conta com o cartão vale-transporte reabastecido mensalmente pela empresa.

Antes da Sé, eu circulei pela República. Vaguei pelo calçadão. Entrei em algumas lojas, até conversei com vendedores. Queria passar o tempo. Quem sabe as prosas me destituíssem de meu objetivo. Ainda que determinado a tudo resolver nesse dia, quem sabe eu pudesse encontrar no caminho, por acaso, uma pessoas que fizesse a diferença por suas palavras e atitudes, que conseguisse me cativar a ponto de me animar, de eu achar que teria solução menos radical para resolver o que me perturba. Mas o destino não me trouxe essa pessoa.

Do calçadão, desci as escadarias, em vez de me deixar levar pela escada rolante. A intenção era aquecer o corpo com o esforço. Coração a mil e músculos aquecidos, teria mais coragem.

Como tinha comprado para aquela semana os doze tickets, não precisei parar no guichê. Enfiei o bilhete na máquina, o sinal verde apareceu e passei pela catraca.

Eis eu aqui tentando chegar mais próximo do vagão. Sou fuzilado com olhares de quem se incomoda por ver alguém que esteja passando na sua frente, furando fila. Mas como percebo que não sou só eu que infrinjo a regra, vou seguindo na cara de pau e me espremendo através de amontoado de peitos, narizes, bundas, sexos, sonhos, frustrações, risos, caras emburradas.

Diante das faixas brancas que dão acesso ao vagão, paro. Eu, ali, à deriva.

De repente, o desejo insano novamente a buzinar comentários esquisitos no meu ouvido. Desperta a vontade de saltar... O trem se aproxima...

Pulei...

O baque. Pedaços de meu corpo triturado pelas rodas de aço à semelhança de porções de carne moída no açougue.

Por que me matar? Por que não? Afinal, esta deusa, a morte, virá um dia me apanhar e nem adianta me esconder no armário ou me enfiar debaixo dos lençóis, como no tempo de criança, com medo dos relâmpagos e trovoadas. Ela vai me achar e levar.

E o que importaria mais essa morte, se já morri várias vezes. No emprego, tendo que lidar com os bajuladores, mexeriqueiros, os chefes arrogantes, com o horário rígido, o livro de ponto, o bater cartão, os descontos pelas faltas, com as atividades monótonas, repetitivas. No casamento, com as contas, com a receita menor que a despesa, com a carne ao lado sempre menos atraente da que desfila na rua, com as brigas, com as desavenças, com as piadas ofensivas. Na rua, com a multidão apressada, carros e buzinadas, assaltantes, maltrapilhos, miséria social.

Pular nos trilhos é um refresco diante da vida vazia de propósito.

A morte? Pra que adiar? Pra viver penando até que ela chega sem aviso e nos pega com os dentes faltando, cabelos ralos, membro arriado, a banha nos braços, barriga, pernas, o peito caído, as carnes da face dependuradas, o reumatismo, a dor de coluna, varizes, entupido de remédios?

Morri. Estarei em outro plano: sem dor, sem refeições, sem banho e escovas de dente.

Mas e meus filhos? Eu os amo. Nunca mais vou vê-los? O meu egoísmo gozando no paraíso do cosmo, enquanto lá na vida infernal eles sozinhos. Quem os protegerá? Começo a me arrepender do suicídio...

De repente, eu sinto um esbarrão. "Pô meu, acorda", um passageiro irritado, grita. Eu estava sonhando acordado. Pela primeira vez senti felicidade na estupidez paulistana. Eu estou vivo.

Voltarei para meus filhos e por eles viverei... Até que cresçam... Não vou facilitar o serviço para a deusa da morte... Como dentista, continuarei prestativo.

TATUADA

"NÃO, EU NÃO estou reclamando", disse a jovem de longos cabelos, morena, e de sobrenome italiano.

Ao lado dela, outra jovem ouvia e rebateu.

"Então o quê?", a loira mostrou-se confusa com a mudança de humor tão repentina da amiga por ter começado um assunto trivial.

"É que fico de saco cheio de ter que seguir a rotina. De obedecer ao esquema, à etiqueta".

Quem as ouvisse prosear muito provável pensasse se tratar de um tormento nascido de conflitos gerados no local de trabalho. Talvez implicância materna diante de uma escolha sua. Ou mesmo mal estar diante de fofocas entre companheiras.

Diante da indignação também se podia pensar em qualquer outra inquietante agitação do *ser jovem*, sempre querendo quebrar regras e, se não conseguindo, entregando-se a protestos.

Era uma inquietação. Contudo, um pouco às avessas.

A jovem de olhos negros, pele de pêssego e humor de limão sem açúcar reclama da obrigação de usar blusa que exiba a tatuagem impressa nas costas, na altura da cintura.

Quando nos momentos de maior irritação, a moça se pega repetindo o ditado *se arrependimento matasse* que ela costumava zombar quando ouvia da boca da querida avó nos tempos de adolescente.

Um ano atrás, o ânimo era completamente diferente. Queria fazer bonito no verão. O desejo era ousar. Se todos tinham coragem para entrar na agulha e marcar-se que nem gado, se mesmo a amiga mais simplória aderiu à moda de colocar no couro uma tatuagem, por que ela ficaria de fora?

Estava decidida. Ia enfrentar seus medos. Teria uma tatuagem e que o desenho tivesse tudo a ver com o biquíni que ganhara. Não só com o biquíni. A tatuagem deveria ser tipo aquelas que caem bem com o shortinho, a calça de cós baixo, canga, que combinem com blusas cavadas ou ajustadas.

Era clara a vontade de seguir a moda. O objetivo é que pudesse estar sempre visível a tatuagem.

A tatuagem seria uma linda borboleta. Discreta, sem muito apelo, mas que daria água na boca dos machos e inveja nas fêmeas. Inveja saudável, pensava a moça, motivada em repetir estilo que viu numa garota que caminhava no calçadão em Búzios.

Feita a tatuagem, aproveitou o verão. Ficou com dois carinhas por prazer e com um terceiro, meio a contragosto, cujo asco somente foi aliviado pela vodca gelada que bebera a noite inteira ao lado do rapaz.

Como estava de férias, aproveitou o que pôde.

Começaria a trabalhar na ONG em fins de janeiro como terapeuta ocupacional. Havia trabalhado, mas nunca com carteira assinada. Agora era diferente, estava acima dos 25 anos. Queria ser respeitada.

Como nada tinha de vulgar, começou a ter saudades do tempo que não usava tatuagem, quando estava livre da obrigação de colocar blusinha cavada para exibir o desenho. Mas no local de trabalho a etiqueta recomenda traje que acabava escondendo o que ela queria mostrar.

O impasse havia sido instalado. Uma estranha obrigação psicológica pedindo que exibisse o desenho, enquanto o bom senso a repreendendo. Ajudaria se ela, pelo menos, se contentasse com as horas adequadas, como quando estivesse fora do trabalho.

De um lado, tirar a tatuagem não é como se desfazer de um piercing. Além de agressivo, o laser é caro. Mais caro do que pôr a tatuagem no lombo.

De outro, a inquietação de vestir-se de modo a exibir a tatuagem. Ela temia parecer cafona ao manter a tatuagem escondida.

O outono veio em boa hora. Nesse meio tempo, podia pensar em alternativas.

Como seria aberração, num frio, exibir a barriga de fora, a jovem aproveitaria para vestir-se no seu estilo natural: sóbrio, menos espalhafatoso.

"O mundo nos aceita como somos. Agora basta eu me aceitar primeiro", em frente ao espelho do quarto, disse para si, quando vestia o agasalho.

TENSÃO PRÉ(PÓS) SALARIAL

SOFRO DESTE mal. Pensei que meu destino seria outro. Me inquietava a lembrança de minha mãe a reclamar dos seus ganhos mensais quando eu era pequeno. Ela falava que o dinheiro era sempre curto. Ralava o mês inteiro para ganhar, e poucos dias para gastar.

No fim do mês, era tão gritante a falta que fazia o dinheiro para nossa família, que bastava meu pai receber adiantamento do salário para correr ao supermercado e garantir os gêneros de primeira necessidade.

Lá, na meninice, nos dias mais críticos, enquanto eu comia arroz e farofa de ovo, ia me nutrindo com o desejo de ter destino diferente. Eu queria estar protegido desse tipo de provação.

Quanto ao nervosismo da mãe, toda aquela gritaria e mau humor, eu achava que não seria para tanto, que era fricote, coisa de gente de mal com a vida.

Eu não entendia a razão de uma pessoa ficar tão nervosa à época do pagamento, quando deveria ser justamente o contrário, estar pulando de alegria, agradecida pela oportunidade de ganhar o suficiente para não passar fome e manter o teto.

Mal sabia eu que o que era meu estava guardado. Que a história mudaria de figura quando eu me visse na obrigação de ganhar o pão com o suor do rosto e não mais da mão beijada de mamãe.

Veria a causa da tamanha frustração que abate sobre certos trabalhadores que exibem a fisionomia de quem vai para a forca quando chegam ao local de trabalho na segunda-feira seguinte do pagamento. Morosos, buscando disfarçar o desapontamento, ao terem aberto o holerite e confirmarem descontos, ou a ausência de aumento.

O aumento é uma história à parte. O ideal na visão do trabalhador seria aquele que dobrasse o salário. Na prática, para se obter qualquer índice é uma briga. Se o trabalhador está na empresa privada, entenderá que o empregador vê no pedido a certeza de diminuição de seu lucro. Se for funcionário público, sua reivindicação será vista como indecorosa; verdadeiro boicote às metas de responsabilidade fiscal do governador.

De minha parte, eu juntei as peças e cheguei a fazer um paralelo com a TPM. Tensão Pré (ou Pós) salarial foi o que resultou da comparação.

Obviamente nem todos sofrem com a mesma intensidade. Similar à TPM, cujo sofrimento é relativo, às vezes nem existindo para certa mulher, a TPS age de forma mais implacável com algumas pessoas, dentre elas, eu.

Como se caracteriza a tensão? Nos dois dias que antecedem o pagamento, tem-se calafrio, nervosismo, medo de que as contas não sejam todas quitadas. Que o cheque especial permaneça no vermelho, caso o banco ainda não tenha barrado este *benefício*. E por fim, logo que se abre o holerite, tem-se a certeza de que o salário é irrisório para bancar as contas. E o estado de tensão prolonga-se por mais alguns dias por causa do aperto financeiro.

Admiro os *afortunados*. Aqueles que estão livres de qualquer sintoma da TPS. Possuem as contas em dia, nada devem a quem quer que seja e a despesa jamais supera a receita. Estas pessoas devem disseminar como conseguem essa façanha, para ajudar as demais.

Os sintomas da TPS são claríssimos. Nos dias antes do recebimento do salário, a tensão faz comer as unhas, os dedos tamborilam na mesa. Depois de abrir o holerite, vem o olhar marejado, o corpo cansado, a fisionomia tediosa, cabisbaixa, quando não vociferando palavrões a cada momento que se pensa na falta de alternativa.

Ainda bem que o sofrimento não é eterno. Talvez por ser brasileiro, passado o crítico período, eu consigo rir, não com falsidade, mas em conformidade com um espírito desencanado. Já me vejo agradecer ao ar que respiro, por poder caminhar por minhas próprias pernas. A esperança de um dia eu conseguir ajustar contas e deixar o supérfluo de lado ressurge.

Afinal, há famílias que vivem com menos de dois salários mínimos para sustentar os filhos. E eu reclamando, pode?

Temos a tendência a cobiçar os que estão em situação melhor. Invejando o carro do ano e desprezando o nosso surrado poisé. Esquecemos, no entanto, que este poisé seria o sonho de consumo de milhares de pessoas atrás de nós.

TER FILHOS III

ELE CONTA trinta anos. Quando olha para trás e vê os relacionamentos amorosos, que acabaram antes mesmo que percebesse que tinha começado, inevitável sentir dúvida diante do futuro. Para espantar o receio, ele costumava repetir para si que estava mais maduro.

Acredita ter aprendido a lição. A vacilar menos. A conciliar os interesses da pessoa escolhida. A missão era mostrar para a companheira que ele a valorizava, sem exageros.

Sobretudo, parou com brincadeiras que dessem a entender que ele fosse descolado, moderno além do que é tolerável na relação a dois e que somente resultavam em brigas, desconfianças. Por exemplo, passar a fazer qualquer tipo de comentário sobre outra mulher que pudesse deixar sua companheira constrangida ou enciumada.

Se o silêncio não fosse suficiente para convencer a namorada, negaria sempre.

O objetivo era não mexer com o amor-próprio feminino. Muito menos falar a bobeira de que "tinha achado a desconhecida atraente, *mas nunca tão atraente como você.*"

Bastasse a garota confirmar a suspeita de que o namorado cobiçou outra para a estabilidade ir para o espaço.

E se caso ela ainda insistisse em brigar, incentivada pelo ciúme, ele lançaria frases como *"eu já sou sortudo de ter uma preciosidade ao meu lado, por que eu arriscaria em perdê-la?"* Lutaria para desanuviar a cabeça dela.

Há seis anos vivia esta relação estável.

Considerava-se casado de verdade, exceto pela ausência da aliança, do juramento diante da autoridade eclesiástica e do papel assinado sob os olhos da autoridade judicial.

Para coroar a relação faltava um fruto, uma criança.

A criança chegaria este ano, pela persistência da mãe. Ainda que sonhasse ser pai, ele queria situação financeira melhor, emprego melhor, salário melhor antes de tomar decisão tão delicada de trazer uma criança ao mundo... Queria, no fundo, a condição de dizer que podia bancar totalmente as necessidades do filho.

A criança veio para brindar a *ligação* do casal, apesar das adversidades, das reticências, dos conselhos levianos ou de boa-fé de familiares ou amigos. "Por que não viria? Somos pais adultos formados e empregados", dizia ela para vencer as opiniões contrárias.

A criança faz um reboliço na vida. O rapaz é sacudido por uma alegria, uma satisfação que o faz rever-se. Nessa análise de si, procura deixar o *Eu* um pouco de lado, e iniciar a complicada atitude de pensar o *Nós*, atitude tanto mais sofrível quanto maior for o grau de egoísmo.

Na maternidade, chora quando vê a criança recém-nascida, miúda, indefesa, embalada nos braços maternos. Aquela mulher pálida, fraca, mãe, tão diferente da mulher que por vezes ele brigava, se irritava ou amava. Uma heroína. Trazer um filho ao mundo por causa dele.

Teria ele o mesmo desprendimento? Talvez não. Por isso ele era invadido por uma lufada de remorso e cumplicidade. Cumplicidade que ia faltando há um bom tempo. Bem, não saberia dizer se realmente existira em algum outro momento.

É pai.

Logo que soube da existência da filha, se inquietou. Alegria superior ao pentacampeonato da Seleção Brasileira toma conta dele. Telefona para parentes, amigos. Anunciava o nascimento de sua querida. Os mais próximos receberiam abraços apertados desse homem ébrio de satisfação.

Cada dia que passava querendo ser pai. Nanar a filha. Trocar as fraldas. Tomar conta. Dar a mamadeira. Ninar. Tocar no rostinho, brincar com os dedinhos. Sofrer quando a menina sofre com as cólicas. Incentivar que engatinhasse.

Choraria no hospital. A primeira vez, aos dois anos, por causa de a mãozinha ter puxado o pote de feijão quentíssimo e resultar em queimadura. Doutra vez, quando a criança levou ponto no queixinho por causa de queda do berço. Ele teve que sair da sala para não brigar com o médico, por considerar que o profissional aumentava o sofrimento da menina.

Adora ser pai, que belo antídoto para irritação com os planos malogrados. Basta ver a criatura querendo brincar, balbuciando as primeiras palavras para que ele se recompusesse e desse valor a sua vida. Sentia que tinha agora uma vida que dependia dele.

TIETE

NA SEXTA-FEIRA à noite, um show que pelo visto atingira a audiência esperada antes mesmo de serem abertos os portões do local. Na Avenida Nove de Julho carros congestionando as principais vias nos arredores. Os poucos espaços eram disputados pelos pedestres e motociclistas. Muito som vindo das buzinas dos veículos.

O Tênis Clube seria o palco para a famosa banda. A cidade é a de São José dos Campos. A banda dispensa as apresentações. A maioria das músicas toca na rádio e conta com mais de vinte anos de estrada.

O trânsito mostra que a galera está animada. Há grupos dos mais diversos. Os mais agitados, que gritam e pulam, como se fosse aquecimento para quando estiverem no meio da quadra. Os que gastam o tempo a observar os agitados ou a cochichar confidências nos ouvidos alheios.

No comum, os menores de dezesseis anos são conduzidos por pais quarentões saudosistas, muitos deles fãs declarados, quando jovens, da mesma banda.

A multidão é heterogênea. Um tanto por ser pop, outro tanto pelo carisma e força de sua musicalidade a banda arrasta gerações.

Acertou quem disse que o vocalista ajuda e muito no bom conceito da banda.

A maioria do público ainda continua sendo de jovens acima de 18 anos. Uns indo ao show mais para se enturmar e fumar. Bebuns de plantão também comparecem. Outros motivados pela azaração, buscando novo caso ou esquentar a antiga conquista.

O desejo comum, contudo, é dançar, dançar, dançar.

Tem as tietes guiadas pelo objetivo de ganhar amasso dos protagonistas do show. Tanto faz se for o baixista, guitarrista ou o técnico do som. Se for o vocalista que se renda a seus lábios, a pontuação no ranking eleva-se maravilhosamente.

A competição é cruel entre as moças que se lançam nessa categoria. Se a premiação é óbvia, as desvantagens podem causar problemas. Arrastar-se para um famoso pode gerar o trauma de ter servido somente como um objeto a ser usado. Se tiver um namorado fixo, a situação pode se complicar ainda.

Mas a moça que se aventura na condição de tiete pouco ou nenhum tempo gasta em pesar os contras da situação. Como um peixe que vê a isca, apenas se deixar levar, acreditando que é ela quem conduz.

Descendo do carro vem uma tiete. Menina de cabelos longos, loiros, escorridos e olhos castanhos escuros. Bem magra, mas que conserva a essência para estimular a libido masculina. Uns 25 anos. Rosto meigo, que oprimiria um coração romântico, fazendo o sujeito sofrer mais do que se fosse mergulhado em azeite fervendo, caso ela mostrasse indiferença em vez de amor.

Como não estamos em uma novela televisiva, o rótulo simplista de má ou boa pessoa não a veste. Busca o prazer e quer divertir-se.

O show começa. O empurra-empurra era geral. Quem escolhesse ficar próximo do palco sofreria mais esbarrões. Mas a tiete pouco se importava. Quando a sorte estava ao seu lado, um ou dois rapazes serviam de amortecedores contra os impactos da multidão.

Parando um pouco para tomar fôlego, mas nunca desistindo de seguir em frente. Não seria a primeira vez que um dos seguranças daria uma força para quebrar o bloqueio.

O vocalista estava lá na frente. Cantando.

Ela petrificada. Eram poucas as músicas do repertório que ela não sabia de cor.

Diante dele, sente-se maravilhada. Ele é tão impressionante. Transmite vibração. Ela se sente balançada. A roupagem de tiete cai. O estilo dele faz a diferença. Um colega seu lá onde ela trabalha é fã incondicional do grupo. Até então, ela achava esquisito homem considerar outro como anjo. Diante desse vocalista, ela percebe o que passa pela cabeça do colega.

O vocalista tem carisma, é empático, transmite magia, torna a vida sublime.

O show terminou. As tietes se posicionaram. Ela recuou. Pela primeira vez recuou. Tentar arrancar um beijo dele com segundas intenções, para colecionar, seria como permitir-se a uma atrocidade. Não macularia aquele *anjo*, não ela, não desta vez.

Talvez o vocalista fosse nada do que ela imaginava, mas de antemão agradece o favor que ele sem querer lhe fez. Ajudou a ela repensar-se. Só isso já valeu a pena.

A TORCEDORA No. 1

ERA PARA ser mais uma partida do meu timão. Há meses que meu namorado não me convidava para ir ao estádio, o que só fazia aumentar em mim a vontade.

Se caso um dia me envolvesse nalguma confusão de torcida organizada, não seria por falta de aviso. Minha família, inclusive meu gato, fazia questão de deixar o perigo escancarado. Na condição de chefe de torcida, ele ainda vivia criando situações para me deixar protegida.

Entre minhas amigas, umas ficavam boquiabertas quando eu contava histórias vividas por meu namorado diante de confusões que volta e meia pipocavam antes, durante ou depois de clássicos.

"Você é louca" – uma parte, se não a criticava abertamente, deixava nítida a opinião de que considerava tamanho risco se ligar a um chefe de torcida organizada.

Antes de encontrar o chefe, sempre fui fanática pelo time. Desde a adolescência recebo o apelido de torcedora roxa. Confesso que às vezes o radicalismo me faz magoar colegas.

Junto com a paixão pelo time, vem o encanto em assistir uma partida de futebol ao vivo. Entrar num estádio, participar da multidão, sofrer e se alegrar. Os fogos, as vozes que parecem sacudir a arquibancada quando o time faz um gol. Tudo me faz vibrar.

Mas no mês passado vi a bestialidade no futebol.

As vozes gritando *"corre, corre, se não te acertam"* nos empurravam para frente. Animalescos, tropeçávamos uns sobre os outros. Atrás, um cara de rosto ensanguentado. Na frente, gritaria histérica. Parecia um filme de guerra. Os carros apedrejados, tiros pro alto, mas que pareciam me atravessar.

Corri.

Meu namorado, sei lá, atrás, na minha frente, eu não conseguia ver.

Tudo fora tão rápido. Sorte minha que saí ilesa.

Em casa, a maior bronca. *"Olha, filha, não é por falta de aviso que você viveu este apuro"* diz mamãe. Meu pai meneou a cabeça, concordando, ainda que contrariado, com a fala materna. Contrariado porque é graças a ele que desenvolvi esta paixão pelo meu time. Uma paixão que por um par de vezes me expôs ao perigo, mas não tão forte como o de agora.

Nós e nossas manias. Se há o cara que curte uma prancha, acrobacias no mar, se há a garota que ama fazer trilha, acampar, eu gosto de torcer pelo time. Esta é minha mania. Perdendo, ganhando, sempre que posso, estou eu no estádio, prestigiando, vibrando, quase me dilacerando com a sublime emoção a qual só pode conhecer quem torce.

Fonoaudióloga, no meu consultório o retrato do meu time dependurado na parede substitui o diploma. Raramente deixo de combinar peça de roupa que leve o emblema do time: um dia, a mini blusa; noutro, o par de brincos; no outro, vem o relógio.

No inverno, a jaqueta com mascote nas costas. Ah, no verão, o biquíni para perturbar as torcidas adversárias na praia.

Confesso, não sou brigona. Mas, claro, numa segunda-feira, levando mais uma vitória, brinco com os que vivem me perturbando durante a semana... Nada muito incisivo. Nada de ódio, humilhação ao torcedor adversário.

Na faculdade, sofria. Chamavam-me de fanática. Comportamento de gente tapada, alienada, e que soava estranho para uma menina delicada como achavam que eu era.

Mas que posso fazer se quando entro no estádio me encho de satisfação?

Abomino a violência. Sofro quando noto as pessoas pisadas, a barbárie. Torcer por um time é quase torcer por si mesmo, por seus amigos, por seus pais, sua pátria: eu não quero vê-los agonizando, com a cabeça rachada.

Quem sabe a gente evolua, ou retroceda, pois segundo meu avô em seu tempo *não havia esta crueldade*. Estou me esquivando de ir aos clássicos. Lá, em geral, é onde rolam as piores tragédias.

Nas quartas-feiras à noite, chego do trabalho, visto a roupa de jogadora e sigo para as aulas na escola de futebol feminino. Meu corpo frágil, magro, recebe impulso especial quando vê as amigas todas uniformizadas. Jogamos sob a instrução de um técnico.

Curto muito. Beirando aos trinta, me faz um bem danado este exercício para tocar o restante da semana.

VIDA DE CASADO

NA FACULDADE, a turma está animada. Uns estudantes, recolhendo os materiais de cima das carteiras, exibem o sorriso de orelha a orelha. Outros deixam transparecer desconcentração proseando comigo, o professor linha dura. Me surpreendo ao permitir que a turma fique de rédea solta. Logo eu, temido e considerado caxias, que sequer cedo um minuto antes de a aula acabar. Não raro me envolvo na explicação da matéria faltando pouco para encerrar a última aula, do contrário, seria difícil manter os espertinhos na sala até completar carga horária.

O motivo da empolgação de professores e alunos vem das expectativas geradas pelo feriado prolongado que começa a partir de manhã, quinta-feira.

Os alunos se despendem e gritam *"um ótimo feriadão"*. Os indiferentes dizem *até segunda-feira*. Os mais comedidos se limitam a um aceno de mão que representa a carinhosa despedida. E os mal-humorados de plantão quando emitem um tchau seco é verdadeiro milagre.

Planos para um feriado longo são inúmeros. Vários formatos e tamanhos, sob medida para cada situação financeira e disposição do sujeito. Indo de churrasco a lançar-se num passeio.

A ida para o litoral, se o tempo estiver quente, é ótima opção. Como tanta gente desce para a esticada na praia, mesmo fora de temporada não se espera praia deserta.

Fugir para as montanhas e se aventurar no acampamento. Aproveitar para organizar aquela partida de futebol com colegas sempre adiada por falta de tempo.

Em meio a toda essa gente animada me vejo deslocado. Embora eu me anime com a empolgação deles, sei que meu destino será estar em casa. Claro, eu também lutaria para que o feriadão continue existindo, mesmo que dele eu somente desfrute a ausência das obrigações.

Eu sou todo incentivo. Retribuo o entusiasmo com sinceridade. Mas de minha parte não me sinto motivado.

Levantar tarde é ótimo. Interromper o ritmo de pular da cama de madrugada e mergulhar na correria para escovar dentes, lavar rosto, vestir e sair em desespero para chegar na hora certa no trabalho. Este é o lado bom do feriado.

Os espinhos é que incomodam. Dentre eles, a falta de grana.

Pior do que a falta de grana é estar casado e brigado. Com pouca grana, pensar em ir para o litoral ou para a serra mostra-se inviável. Ainda que tenhamos carro, precisa combustível, alimentação, pousada.

Os filhos são uma canseira. São os bens mais preciosos de minha vida, mas nem por isso eles deixam de pesar em momentos críticos como o feriado.

Se a relação conjugal está com problemas, provável que a situação esquente como numa sauna acima de 100°C, por causa da proximidade.

Durante a semana, a gente se esquiva, dá beijo apressado. Ela se deita, sonolenta, sem forças para reclamar. Graças ao peso do dia ter sugado sua força, ela sente falta de ânimo para discussão.

No fim de semana a situação se complica. Não tenho para onde fugir. Estou encurralado. O negócio é ceder os ouvidos às repreensões. Ficar calmo. Tem ocasião que chuto o balde e por pouco o casamento não entra na estatística dos fracassados.

Vem à tona a conta pendente, a lamúria, o você-não-me-dá-mais-atenção, o no-começo-você-soube-me-enganar, o não-sabia-que-tinha-duas-caras, o irresponsável-com-as-contas. A lista torna-se infindável.

Se atravessarmos a maré sem ofensas, ainda haverá os deveres com a casa. Lavar louça, varrer quintal, limpar banheiro, ir ao supermercado e tirar roupa de cama para lavar.

Ao meio dia, corro na rotisserie, pego como almoço uns bolinhos de bacalhau ou de frango. Faço um litro de suco de laranja. Saboreio os salgados, enquanto preparo o almoço. Ponho os pratos, copos, talheres na mesa.

A televisão exibe o programa que estou acostumado aos domingos. Animado, chamo a turma para almoçar. À tarde, quando os filhos forem tirar o cochilo ou se entreterem com jogos e filme eu aproveito para ler no fundo do quintal. E ainda que venha a parentada, não me movo do meu refúgio.

Após a leitura dominical, relaxado, estou pronto para ir passar minhas roupas para a semana e na segunda-feira lecionar história na UEP.

VOLTA ÀS AULAS

"É AMANHÃ que a moleza acaba" – o garoto sai pela porta da sala e dá de cara com o imenso quintal. Atravessa o pé de tamarindo. Hoje, decidiu que quer distância da fruta. Está empapuçado. Ontem, passou à tarde inteira com a dona Maria no preparado dos picolés de tamarindo.

Como sua tarefa era a de catar os tamarindos caídos, volta e meia saboreava uns. Já teria dado por satisfeito se tivesse se restringindo ao que comeu de manhã. Mas à tarde, dona Maria resolveu entregar ao garoto mais meia dúzia de picolés para que levasse para sua casa, sendo que dois seriam para ele. Uma maneira de agradecer a ajuda recebida.

Deixando o pé de tamarindo para trás, em vez de tomar o caminho dos pés de cana ou jacas, deixou o terreno de terra batida para seguir pelo cimentado piso lateral da grande casa. Na varanda, de lado a lado, havia inúmeras plantas que dona Maria cultivava com esmero.

Quem passasse de carro por ali, acharia diferente aquela casa. Vinha cercada por plantas e árvores. O portão de ferro enferrujado, com a placa *vende-se picolés* e a mureta que levantava suspeita do ladrão por ser tão fácil de pular.

A casa realmente se destacava por sua simplicidade e harmonia com a natureza quando comparada aos imóveis vizinhos, verdadeiros mausoléus, sufocados por muros enormes, com arames farpados ou cacos de vidros.

Sentou-se rente à mureta. De repente, lembrou-se de algo mais interessante e saiu correndo para o quintal de terra batida. Ia jogar bola de gude. Treinar sozinho.

"O carnaval já se foi" – era outra constatação que saíra da boca do garoto. Estava no domingo e antevia o retorno das atividades escolares na próxima segunda-feira.

Enquanto jogava a abúlica, entregava-se às expectativas de amanhã.

O jeito é enfrentar a escola. Vou estudar à tarde, igual no ano passado. Foi legal. A gente almoça, pega a mochila, que correria. Alvoroço no pátio. Leva um tempo para a turma formar. Muito papo, paquera, chutes, gritaria, rolando briga. A diretora aparece. Silêncio. Os que dão bobeira vão para salinha levar advertência.

Rápido, eu entro na fila. Meu tamanho me joga lá atrás. Fico na frente do Magrão, do Fernando Pescoço e do Lagarto. Eles são muito atentados. Quase vou parar na Direção por culpa deles. Sorte é quando fico lado a lado com a gata na fila das meninas. É tão bom.

Como será este ano? Que professor eu vou detestar? Ano passado foi o professor de Geografia. Gosto de Geografia. Nunca tirei notas ruins. Mas aquele professor é de doer. Sempre me chamando atenção. Tudo bem que a Marlene me perturbava e eu não conseguia deixar de prosear.

O legal é ver a lista com os nomes da nova turma afixada na parede da secretaria. Metade eu conheço. Muita gente do 8º B, minha ex-turma.

No primeiro dia de aula, nunca tem aula. O professor se apresenta, falando do conteúdo. Eu surdo. Vivo mais ligado na galera. Mas evito ficar marcado pelo professor: da primeira advertência, calo a boca e presto ou finjo prestar atenção na sua aula. Guardo energia para a hora do intervalo.

E o intervalo quando chega é maravilha. Os dois primeiros dias e os dois últimos do ano letivo são os melhores. Os primeiros porque têm cheiro de novidade: matar saudade dos camaradas, fazer alianças, ver ou se envolver numa briguinha básica. Ainda que eu seja da paz, infelizmente tem hora que para eu me garantir tenho que trocar socos. Os dois últimos dias são legais pelo início das férias. Se eu não ficar de recuperação, claro.

A compra do material escolar, junto da mama, é outra etapa da volta às aulas. Minha sorte é que a escola que frequento exige material escolar e roupa de educação física. Eu adoro passar horas na papelaria. Escondo da galera, para evitar um sarro, mas curto encadernar livros e cadernos. Me defendo dizendo que é coisa de minha mãe. Mochila nova, e estojo, lápis, borracha, apontador, livros, minidicionário.

Dias há que xingo a obrigação de ter que pisar na escola. Mas aí uma faltinha alivia. A Marlene vai fazer sucesso este ano, mas tem espaço para novas aventuras. E se me colocarem de goleiro novamente eu juro que caio fora. Se eu estivesse na zaga quem sabe a gente não teria perdido a taça escolar ano passado.

VOZ DE MULHER

COM O PASSAR dos anos vamos deixando nossa marca registrada. As pessoas vão conhecendo nosso modo de agir, e passamos a ser o que somos. Esquisita essa fala? Às vezes tropeço para achar as palavras certas, embora faça o máximo para me fazer entender. Luto para evitar mal entendidos, sabendo que é difícil em certas situações.

Voltando à questão, é difícil deixar de ser o que somos. Sabe o Zé? Qual Zé? Aquele barrigudinho. Sabe a Maria? Qual das duas? A com os dentes para frente? Sabe o João? Ahn, qual João? O magrelo de óculos. Esses estratagemas visam garantir a certeza de que você e a pessoa com quem conversa estão falando de um mesmo sujeito.

É. Acaba-se acostumando que para as pessoas distantes de nossa relação muitas vezes somos primeiramente um rótulo. A pessoa sai vitoriosa se for descrita como boba ou feia. Imagina que estrago faz o rótulo de pedófilo, cleptomaníaco, enrustido ou mentiroso.

Como ficamos marcados por nossa fisionomia, estatura, peso, opção sexual, estado civil, idade, estilo de falar e gesticular, para se manter saudável é recomendável não levar como ofensa quando se ouve o rótulo que nos desagrada. Evite ficar zangada se for rotulada de baixinha e gordinha por uma pessoa que procura te descrever. Saiba que com o passar do tempo, na medida em que ela te conhecer e vocês se tornarem próximos, você será o seu verdadeiro nome, e não mais um rótulo que te perturba. Se houver insistência no rótulo por parte dela é bem provável que seja seu desafeto, que queira te provocar.

Eu também tenho um calo que me dói. O problema é receber rótulo que me desagrada muito por pessoa que me ouve falar ao telefone pela primeira vez. Isso me enerva.

Seria de estranhar eu receber dos meus colegas de trabalho, amigos e família o rótulo de ser um cara agressivo, insensível. Antes me chamam cuca fresca, ainda que levando a vida agitada na gerência de meu próprio negócio. Sou dono de uma casa de material elétrico.

Ninguém ainda me acusou de ser estúpido no trato com o semelhante.

Mas sou de carne e osso. Por isso, de vez em quando tenho *uns cinco minutos*. E aí uma irritação com a esposa e acabo xingando. Uma brincadeira sem graça do cliente e ele sai ouvindo o que não queria. Odeio quando isto acontece. Parece que não sou eu. Definitivamente não sou do tipo que tem prazer em provocar ofensa.

Acontece que o destino me aprontou uma. Desenvolvi uma voz feminina. Bem, ninguém me disse pessoalmente. Tiro esta conclusão das infelizes vezes que ao telefone a voz desconhecida me trata por senhora. "Olha, a senhora quer anotar o número do protocolo?", da vez que liguei para cancelar um serviço de telefonia. "Ah, a senhora poderia anotar o recado", das vezes que ligam para minha esposa e eu atendo.

Nas primeiras vezes, achei inusitado. Voz de mulher, eu? Se eu fosse afetado, vai lá. Mas sou do tipo comum: pai de família, barba na cara, nariz enorme e rústico para quem não me conhece, segundo minha filha.

E o cara me confundir com mulher?

Procurei não ligar. Buscava dissipar a dúvida. Quando tinha oportunidade dizia: "bem, meu nome é". Do outro lado percebia o constrangimento: "*ah, sim, senhor.*" Repetia meu nome. Uns chegavam a pedir desculpa. Na maioria, soava um mero arranhar de garganta. O telemarketing é algo robótico, ansioso para despejar o falatório e fisgar o cliente, e às vezes pouco prestando atenção na pessoa que está do outro lado da linha.

Chegou o dia que me enchi. Culpa dos *cinco minutos* que se estenderam por mais tempo? Pode ser. Não aguentaria mais um idiota me telefonar e me chamar de senhora. Que minha voz tenha o timbre feminino para fazer confundir quem me ouve ao telefone eu aceito, a contragosto, mas aceito. O que é imperdoável é sequer perguntar meu nome. Afinal, no Brasil, salvo raríssimas exceções, o primeiro nome já dá a certeza do sexo a que pertence o indivíduo.

Não tive que esperar muito. A vítima foi um operador de telemarketing de cartão de crédito. "A senhora poderia me chamar o senhor...?" "Ei cara, está me estranhando... Não sou senhora *p.* nenhuma." Desliguei. O telefone tocou três ou quatro vezes. Não saberia dizer se me queria pedir desculpa pela confusão de gênero ou revidar minha baixaria.

Saí de mim. Nunca fiquei tão nervoso. O que aconteceu comigo? Nem eu mesmo me reconheci

ORGANIZADA

QUANDO OUÇO o maquinista anunciar ao microfone a estação Tiradentes, pronto me levanto do assento. Devido ao movimento, me agarro na barrada de ferro. Admiro aqueles que têm a habilidade de andar aparentando tranquilidade, e mesmo nalguma freada ou aumento da velocidade, o sujeito consegue manejar o corpo sem que necessário seja se lançar às barras. No máximo que eu consigo é ficar de pé encostado na barra.

Falar 'desembarque à sua direita' refrescava pouco para mim nos primeiros dias que tive que fazer do metrô o principal transporte. Antes, acostumado a andar de ônibus, tinha certeza que se entrei pela direita sairia, embora que em outra porta lá atrás, também pela direita.

Descobrir que a noção de direita e esquerda, pelo menos no metrô, é conceito relativo. A gente tem que ficar atento ao fluxo de pessoas que se preparam para descer e seguir atrás. Raramente nos damos mal, pois é comum a porta desembarque ser oposta a de embarque.

Desço na estação Armênia. Nunca sei o lado certo para descer e acabo dando uma volta enorme. Quero dizer, o local de saída para o endereço que estou me dirigindo. Na maioria das vezes, eu pego, no balcão de informações ou de um guarda do metrô, a dica para chegar ao local.

Mas tem dia que até a informação recebida deles parece tão confusa, me decido ir seguindo, perguntando a cada pedestre, até que alcanço meu objetivo.

O evento está marcado para 8h00. Estou adiantado, visto que faltam dez minutos para as sete. Quando finalmente chego à avenida que abriga o prédio do evento, fico mais relaxado. Foram tantas ruas, perguntas. E olha que daqui vejo a estação do metrô Armênia lá em cima. Já pensou tivesse eu que vagar mais longe.

Faltando mais de meia hora para a data marcada, me permito fazer uma parada para abastecer meu estômago.

Paro na birosca do *seu* Manuel. Cafezinho e uma fatia de bolo fazem meu desjejum. O lugar afugentaria mocinhas e senhoras classe média. Meu terno e gravata destoariam do ambiente? Não na cidade de São Paulo.

Rapidamente entro no prédio sede do evento. A rústica birosca cede lugar ao ambiente sofisticado. Ambos me atraem. Sou socialista, gosto de pessoas.

Estava certo que repetiria o ritual do evento anterior. Leria até o pessoal chegar. De repente duas mulheres aparecem. Uma é minha chefa, aliás, uma das minhas muitas chefas. Nem ligo. Nada contra ser gerenciado.

A outra é colega de trabalho. Cumprimentam-me e puxam conversa. A leitura foi pro brejo.

Ambas estão empenhadas na organização do evento. Estávamos numa prosa legal, descompromissada, quando o responsável pelo estabelecimento apresentou-se. Além de disponibilizar-se, ele avisa que os comes e bebes, perdão, as iguarias estão sendo entregues.

A chefa logo desceu as escadarias. Missão: averiguar posição dos recepcionistas, as entregas, as listas de convidados, e uma infinidade de detalhes que me escapariam lembrar. Ela é pura agitação. Vendo-a circular, até eu, reservado, sinto um quê de empolgação vibrar meu ser.

Horas agitadas, e por fim o momento da parada. Ela fora convidada para conduzir o debate espinhoso sobre "Extinção da CPMF e Impacto Nas Contas Públicas".

Era mediadora.

O rosto constrito denunciava inquietude. A posição de mera ouvinte a perturbava. Parecia-me que tremia. Encarava a plateia, para manter-se segura. O seu olhar encontrou o meu, como a pedir "como saio desta...". Nada de errado com ela, apenas seu espírito dinâmico, agitado, rebela-se contra a passividade, mesmo a de um mediador.

Tive tempo de admirar a mulher organizada. Nunca fui machista. Mas confesso que um não sei quê me deixa tonto quando a vejo em ação. Chamar atenção de um motorista alcoolizado antes que ele nos leve para uma cidade interiorana, solicitar revisão minuciosa de balancetes. Tão segura de si, tão assertiva. Parece saber sempre o que quer. Jamais hesita.

O que importa é que sendo contador nesta empresa durante anos, estou empolgado diante de minha nova chefa.

DESPEDIDA DE SOLTEIRO

HAVIA SAÍDO do toalete. Como tinha lavado o rosto e enxugado com papel toalha, quando a senhora da limpeza o cumprimentou no corredor, aproveitou para dizer que tinha um papelzinho grudado na altura das sobrancelhas.

"Obrigado" – respondeu ele.

Daria um pulo na recepção para acertar uns detalhes com a secretária, antes de retornar para sua sala. Assim que abriu a porta da grande sala com suas pranchetas e demais apetrechos para desenhos, computadores e cortinas, ele ouviu o telefone tocar. Correu para atender, visto que o colega está distante e focado no desenho no Corel.

"A que horas a gente se encontra lá" – pergunta a voz do colega ao telefone.

"Bem, umas oito, tá?" – o noivo dá a dica.

Desligou o celular. Pelo adiantado da hora, três da tarde, já foi arrumando o local de trabalho, ajeitando cadeira, limpando mesa, pondo os lápis e canetas e réguas e borrachas, tudo no devido lugar.

Perfeccionista? Nem tanto. O que odiava era chegar de manhã e vê bagunça do dia anterior entupindo a mesa. Antes de sair da sala, repetiu para o amigo que permanecia de frente ao computador, mas receptivo a receber as instruções do local.

"Não se preocupe, eu sei como chegar. Já fui para aquelas bandas quando teve bodas de ouro dos meus avôs" – tentava acalmar, sabendo que se faltasse ao evento desapontaria muito ao amigo.

"Ótimo. Então te vejo lá. Aqui estão os convites para você e sua namorada" – entregou os dois envelopes e disse o tchau final.

No corredor, ele dera de cara com uns companheiros que o felicitaram *que a noite seja quente*. Nem aí para o duplo sentido. O que importa é que seria a última noite de solteiro.

Do pessoal do escritório, uns não iriam por causa de outros compromissos. Outros por terem pouca intimidade. Com presença garantida, uns cinco companheiros de trabalho.

Amanhã, por volta dessa hora estaria com o anel no dedo, e embarcando numa nova fase da vida: a de casado. Para quem pensava que cruzaria os 40 solteiraço, casar aos 28 anos é no mínimo inusitado. "Com aquela gata, eu casaria até aos 18 anos", gritou certa vez na mesa de bar para a turma de noitada.

A frase não fora da boca para fora. A moça muito o atraía. Depois de bater cabeça em outras relações, encontrou uma pessoa que o acolhia, que o completava. Ao lado dela sentia que podia inclusive progredir na carreira e na vida financeira, visto que a noiva podia ter qualquer defeito menos de ser consumista e de querer satisfazer caprichos presentes em vez de investir energia e planejamento para alcançar uma condição mais segura e confortável no futuro.

Para este paisagista de Dracena, nada pode ser convencional. Tem que haver algo apimentado. Foi assim com a esposa. Achava feio o hábito de fumar numa mulher. Se bebesse, pior. O destino aprontou uma. Vai casar com uma fumante *nervosa* e que bebe sem cerimônias.

Para quem sentia nojo de cigarros é verdadeira transformação. De prático, contudo, a moça aceitou ir parando de fumar, e interromper de vez quando engravidasse. Quanto a beber ele deixaria ser guiado por ela. Acompanharia nas noitadas, sabendo que a moça não era exagerada como os amigos de copo. O casal costumava voltar para casa antes da meia noite.

Passar a despedida de solteiro no prostíbulo poderia soar convencional, advogaria muitos machos. Uma traição, uma mentira, coisa de homem. Não no caso do paisagista. A noiva sabe que ele irá para o puteiro. Como? Mulher submissa? Gritariam as feministas de plantão.

Os seis amigos estavam reunidos à porta da casa de prostituição *Entre e Saia Moído*.

Entraram. A mesa reservada. A cerveja gelada. A luz néon. No palco, as novas velhas roupas instigantes vestiam os corpos femininos malhados pela rotina de oferecer fantasia ao passo que garantia o próprio sustento.

Dos seis camaradas, um casaria amanhã. Dois já casados. Os restantes solteirões, embora tendo namoradas.

As meninas eram tão liberais quanto à noiva? Bem, cinco sabiam que os garotos estavam no puteiro. Menos a namorada do promotor, mais conservadora. Nem por isso, o rapaz deixou de arrumar um jeito para comparecer à festa e felicitar o noivo.

CHÁ DE COZINHA

COMO SERIA um evento importante, havia de pôr a mão na massa. Se a ideia do evento saiu de supetão, numa reunião de meia dúzia de colegas no trabalho, para transformar ideia em realidade, o planejamento e a execução demandariam muita energia.

Duas semanas no mínimo para encontrar o local, acertar preços e condições e emitir convites. A sorte é que se optou por telefonar e passar e-mail para as amigas em vez de rodar convites em gráfica.

A ansiedade é uma constante que perturba e anima ao mesmo tempo a pessoa que está à frente da organização do evento. Quanto mais no caso da noiva: que, além do chá de cozinha, tem a cabeça mergulhada nos preparativos do casamento.

A agitação dessas duas ocasiões combinadas suga tanta energia, deixa a pessoa demasiadamente em alerta, que é capaz de ter um ataque cardíaco se perceber que um detalhe que considera fundamental saiu errado. Por isso é comum as amigas tentarem fazer de tudo para que a noiva consiga aliviar parte da tensão represada ao participar de atividades lúdicas, e, se possível, entregando-se às gargalhadas.

Para quem é a protagonista nesse turbilhão, o descanso virá somente na noite da lua de mel. E não é sem razão que nesta noite muitas noivas apagam por completo. Após uma verdadeira batalha para chegar ao porto seguro, é merecido tirar o sono dos justos.

Que ocasião marcante é a do chá de cozinha. Estar com as amigas de longa data, com as conhecidas. Pintam até as *remanescentes*, aquelas colegas que pensávamos que nem existissem, isto é, que literalmente precisa se apresentar para que a anfitriã possa recordar em que momento de sua vida a conheceu.

Para a ocasião, cada uma trazendo iguaria para o estômago não ser penalizado com a delonga da reunião. Pois nessa ocasião os minutos, as horas voam. Os mais variados assuntos envolverão a todos de maneira tão mágica que será como despertar de um transe quando alguém anunciar que é tarde e precisa ir para casa.

A gente vai lembrando quando conheceu o par perfeito. As menores coincidências tornam-se passagens dignas de roteiro de filme. A gente se sente especial. Que um anjo bom lá em cima nos trouxe essa pessoa e ela nos conquistou.

Como uma festa de aniversário, por mais divertida e cheia de inovação, é possível adivinhar o itinerário, as falas, os cumprimentos, os risinhos, as piadas, alegrias, os choros, fofocas, lamentações, maledicências, e quando estamos quase fatigados, vêm mais choros, lamentações, piadas...

Tudo convencional, certo?

Não para a noiva do paisagista moderninho. Se ele foi passar a última noite no bordel com os amigos de copo, ela que não ficaria atrás. "As mulheres não queimaram sutiãs de bobeira nos anos 60", diriam suas amigas. Direitos iguais.

Em vez da sala acolhedora da casa ou do apartamento, com som que acalma os nervos, com chá saboroso fumegando na xícara, biscoitos, pães doces, alugou-se um salão em local público.

O clube das mulheres é uma boate. Lá, numa grande mesa redonda, quadrada ou até um palco posto no centro do salão serve de apoio para um ou dois homens, trajando short curto ou sunga, com o porte atlético, barriga de tanquinho, bíceps avantajados. Ele rebola suavemente. As mulheres se aproximam dele. Ele se agacha e recebe um beliscão nas coxas musculosas e uns trocados depositados no canto da cueca.

O modelo capricha na encenação, ao passo que as mulheres se entregam a algazarras, sorrisos e piadas, exibindo ou deixando-se levar por fantasias. Mesmo a mais tímida acaba se entregando aos apelos das colegas para se soltar. Estão animadas pelo álcool e nutridas pelo revanchismo de se saberem trocadas por meretrizes ou confundidas como objeto pelos maridos durante séculos. Encontraram escape para a ira.

A noiva do paisagista grita, urra. Aperta as coxas suadas do garotão. Bebe. O que passava pela cabeça da noiva? Entregava-se numa boa à companhia das amigas?

Quem sabe toda aquela agitação era simplesmente para a noiva deixar de pensar no que o paisagista estaria aprontando dentro do prostíbulo.

O TÍMIDO QUARENTÃO

ERA TARDE de sexta-feira. A temperatura naquele momento estava suave, comparada ao calor que tinha feito antes das 16h. Estar indo de volta para casa também contava para diminuir o calor, afinal não havia a costumeira pressa que fazia acelerar o passo para chegar ao trabalho. Não saberia muito por que, mas no retorno para o lar parecia o momento mais repousante do dia. Muitas vezes, era mais feliz no trajeto do que quando entrava em casa.

Por que considerar a sexta-feira dia especial? Haveria várias justificativas para um sujeito achar que cada sexta-feira trazia atmosfera especial. Mas no caso dele, qual seria: por não precisar trabalhar sábado? Por não ter que levantar cedo? Nem pegar o ônibus nem metrô lotado? Nem carregar marmita pro trampo? Todas as alternativas estavam certas.

E ainda tinha mais. Incluía o prazer em ficar com a família. Poder optar em pegar a bicicleta e passear pelo bairro de manhãzinha. Visitar a casa da mãe, com um dos filhos a tira colo. Ele acreditava que havia diversão com pouco dinheiro, bastava ter disposição.

Se o tempo continuasse bom, lavaria o carro. Desse fim de semana não escaparia. Esperava que o sol comparecesse, por que tinha planos também de passar cera.

A caminhada foi rápida do escritório até a estação do metrô mais próxima.

O metrô estava tranquilo, embora lotado. Ele pouco se incomodava. Havia somente três estações para descer, seguir a baldeação e tomar o ônibus.

Um quê de ânimo o motivou a pegar o jornal da pasta.

Enquanto o ônibus não chegava, aproveitou para ler a outra metade do artigo que havia iniciado na ida para o trabalho.

Dentro do ônibus a leitura seguia, após ter a sorte de encontrar assento vazio.

Calhou de sentar-se junto de uma beldade. Cansado de considerar mulher *beldade*, tentou enfiar a cara na leitura. Involuntariamente os olhos escapuliam das letras e quando via estavam nas pernas da garota. Trajando calça jeans, blusinha, tudo na maior decência.

"A droga é que é bonita", incomodou-se ele diante da fraqueza, queria poder ter indiferença suficiente para deixar de admirar quem achasse atraente.

O universo, grande conspirador, desta vez não se intrometeu no fato de ele ter puxado papo e a menina ter aceitado prosear. Mera pirraça do quarentão.

A espontaneidade dela o deixou sem graça de início. Ele que pensava que seria metida a besta, que era esnobe e que responderia friamente a qualquer aproximação para desanimar que o sujeito prosseguisse.

Nada disso. Foi bem ao contrário. Que sorriso. Que desprendimento.

Ele é jornalista e é fácil ter centena de assuntos. Pior, é repórter investigativo, qualquer pessoa, por mais tediosa que seja, sentiria prazer em ouvir dramas e tramas.

A menina, contudo, encantava de outro modo. Parecia prestar mais atenção nele que na narrativa. A maneira que interagia, a moça mostra genuína motivação para prosear.

Ele, quarentão, cético, esquivo, gostou do jeito despojado e acessível da garota.

O jornalista tinha comportamento esquivo. Timidez extremada? Mulher bonita o inquietava tanto quanto o atraia. Ele buscava fugir da proximidade. Bastava estar ao lado de uma para não se controlar. A tremedeira bulia o corpo, como se fosse garoto de 18 anos, virgem, que espera o primeiro beijo da paquera.

A garota falava. Ele a mirava.

Os cabelos alourados. As bochechas rechonchudas. O que mais o cativou foram os olhos dela. Grandes, vivazes, cheios de brilho, como para mostrar que tinha toda uma vida pela frente. Isto o perturbou um pouco, pois já beirando aos quarenta, chegava à idade em que ele próprio classificava como *passada*.

Ela estudava serviço social. Ele cometeu a gafe de confundir com ciências sociais. Ela tão tranquila lhe clareou a confusão. Estava no segundo ano, esperava ser chamada para estágio.

A garota tinha idade para ser sua filha. Dentro dele, ardia a vontade de beijar aquela boca, passar a mão naquelas coxas, acariciar aquele rosto.

Bravamente lutou para afugentar estas fantasias. Sequer proferiu cantada. Tinha horror a ser confundido como babão. O papo seguiria até ele se despedir ao ver o seu ponto de descida se aproximar.

JOGUINHO

NO ESCRITÓRIO, a mesa cinza fênix de três gavetas trazia em cima várias portarias que tomariam sua atenção naquele dia. Havia urgência no despacho do material, considerando o bilhetinho afixado na tela do computador, assinado pela diretora. Desgrudou o bilhete da tela, enquanto alojava sua bolsa Vuitton atrás da cadeira acolchoada e giratória. Antes de se sentar, foi até o arquivo de aço e apanhou a pasta azul contendo mais documentos.

Dada às proporções modestas do espaço, ela se sentia bem à vontade com a disposição dos móveis. Diante da mesa havia duas cadeiras mais um banco de madeira rente à parede.

Chegava por volta das 9 horas e ficaria no trabalho mais 8 horas. Como sua atribuição exigia, volta e meia aparecia demanda que a levava para outras repartições da empresa. Não raro passava o dia inteiro em serviço externo.

Quando chegava ao seu escritório, a maioria dos funcionários estavam em seus postos. No grande espaço, havia três divisões. A sala da diretora, sua sala e a da secretária executiva. Assim, quando sua porta estava aberta, a secretária, que controlava o PABX, anunciava uma ligação.

"Pode transferir" – pediu a assessora técnica.

Quando ela levou o telefone ao ouvido, viu que ele passava diante da grande vidraça.

Ele agia como se quisesse conquistá-la. Mas consciente da ética no local de trabalho, primava pela discrição. Evitava dar bandeira para os colegas. E se a conquista não vingasse, seria complicado tolerar piadinhas.

Para dissimular ou mesmo diminuir a atração que sentia por ela, ele insistia em lançar mão de muita risada, muita brincadeira. Ela se mostrava receptiva, mostrava camaradagem. Apesar de perceber que ele a olha de outra maneira, notava seu esforço para não avançar ou agir contra o decoro no ambiente profissional.

O rapaz de certo modo a ajudava. Como ele era extremamente popular e ela beirava a antissocial, a aproximação dos dois facilitava a convivência coletiva dela. Mas daí querer ser alvo de chacota, não.

"O que mais me atrai nele – ela considerou –, talvez seja o jeito meio avoado. Fala bonito, tem até umas palavras fora de circulação, ao menos no meu círculo de amizade. Mas nele as palavras são claras, simples e cativantes. Não é exibicionista. É até acolhedor."

Um cara tão meigo, tão compreensível. É sempre assim que eles se apresentam quando querem conquistar uma mulher. Bons, justos, inteligentes, diferentes da média, gentis – a assessora fez essa crítica como se quisesse brecar a admiração que às vezes sentia pelo rapaz.

O pensamento posou no pai do seu filho. Ele era *o cara* quando surgiu em sua vida. O conheceu na faculdade. Tinha ele firmeza no que falava. Empolgava quando ficava quieto.

O namoro rolou. Formaram-se. Quando viram estavam ligados pelo matrimônio.

Veio o pimpolho.

As discussões e a falta de entendimento surgiram no segundo ano de casados. A paixão do início tirou o time de campo, e quem a substituiu foi o rancor.

Separaram-se. Ela voltou para a casa da mãe. Ele arrumou outra. A vida segue, ambos rastejando em cima da terra, respirando, comendo, buscando a felicidade.

O filho em nada atrasou a vida dela. A criança a consola. Solitária desde então? Em parte. Numa ou noutra balada, ela tem uns amassos, beijos. Nada sério.

Como adora ser mãe, embora a avó seja quem arca com a maior parte das obrigações com a criança, nutri esperança em achar uma cara metade. Não espera par perfeito. Se trouxer fidelidade e paixão dá pra começar. Para continuar a relação amorosa, ela exigirá compromisso, irmandade, que ele se doe na relação. Ela, contudo, sofre indecisa. Saberia abrir mão da liberdade de solteira?

O rapaz na repartição é atencioso. Ele faz o joguinho. Gostou do formato do corpo dela, dos olhos vivazes, da sensualidade, do sorriso que acolhe e convida a investir. O medo de levar um fora, contudo, o faz medir palavras e gestos. Ela é a chefe. E se estiver confundindo as coisas pode ser demitido por justa causa.

"Será que o joguinho dará resultado?" – Pergunta ela.

Ainda que não dê, vale como passatempo na empresa.

AGUACEIRO

O TEMPO era demasiado curto. Recebia conselhos de amigos, colegas de trabalho e conhecidos de que sair um pouquinho mais cedo de casa reduziria o alvoroço. Por exemplo, se entrasse às 13h na escola, passasse a sair de casa vinte minutos antes. A distância a pé tomaria quando muito dez minutos.

"É muito fácil dizer isso para quem não tem filho para carregar" – ela lançava esse escudo para justificar manter a situação como estava. Pena que esse comentário nem sempre era certeiro. Havia mães e pais que tinham filhos para levar na escola antes de entrarem no serviço. Diferente dela, que conta com o privilégio de trabalhar e ter a escolinha da filha praticamente na mesma quadra em que mora, a maioria dos pais tinha que se descolar a um ou dois bairros vizinhos.

Anos mais tarde admitirá que o que a faz ignorar o conselho de ir mais cedo para o serviço é que quer ficar o mais distante da sua obrigação. Havia pegado este ano umas turmas indisciplinadas além da conta e, como se sentia pressionada, acabava parecendo que toda vez que ia trabalhar estaria sendo arrastada para o abatedouro.

Se quando o sol está sorrindo, a situação é complicada, imagina quando a chuva está caindo, como hoje.

Apressada como de costume, a mãe corre desesperada para pegar o guarda-chuva.

Na garagem, dois carros espremem ainda mais o exíguo espaço e segue ela se esgueirando entre parede e lataria, para se proteger do aguaceiro que cai do telhado.

A criança de quatro anos, arteira, pouco obediente aos apelos maternos. Quando a mãe vê, ela está debaixo da água.

Rapidamente, após um berro, a mãe a pega e leva para o interior do veículo, ligado.

Abre o portão.

Mete o pé na poça.

Dá marcha à ré.

Volta para o portão. E se enerva tentando fechar o cadeado enferrujado.

Corre para o carro.

Ufa! Mais uma marcha à ré.

Agora, nota a família do outro lado da avenida, em frente a sua casa. Estavam abrigados da chuva, esperando o temporal cessar, sob o toldo da igreja evangélica. Pelo aspecto, mãe, pai e as cinco crianças eram moradores de rua. A imagem corta o coração. Faltando cinco minutos para entrar na sala de aula, não teria a professora condições de ajudar em nada.

O que estava ao alcance era condoer-se pela miséria estampada nas sete faces.

Minutos depois, a filha, vestibulanda, chega. Abre o portão. Fecha-o. Entra. O almoço estava à mesa. Avisara que iria comer em casa.

Do outro lado da rua, permaneciam os moradores de rua. De repente, a mulher levando os cinco filhos, atravessa a movimentada avenida e vem bater na casa. Conforme combinado, o marido fica onde estava. "Pode assustar a menina", a mulher o aconselhou.

A vestibulanda ouve o chamado, mal tinha trocado de roupa. A visão da família miserável a choca. Muito mais que a madura mãe, sente-se presa à necessidade de ajudar, logo que as queixas são apresentadas: "Eles estão tomando chuva. A gente pode esperar o temporal parar?". O portão foi aberto. As crianças invadem a casa. A menina providencia, a pedido, um agasalho para a criança menor, cuja camisa está ensopada.

No interior da cozinha ou na parte coberta da garagem, a família comporta-se. São dadas bananas, pães e água para suavizar a fome implacável das crianças. Troca-se uma ou outra palavra entre mãe e a vestibulanda.

Como crianças são sempre crianças, não falta algazarra, ainda que a mulher mantenha a rédea curta. Agradece a boa alma da jovem. A chuva diminui. Partem.

À tardinha, a mãe quase tem um infarto. "O quê? Você abriu a casa para estranhos?" – foi a primeira reação.

Baixada a poeira da novidade, a professora termina por compreender a boa intenção da filha e as circunstâncias. Faria o mesmo, talvez. Pede, porém, que a menina tome cuidado. Infelizmente poderia ser um golpe e daí o perigo.

INVEJA?

"PRECISO IR devagar. Da última vez, tomei um susto danado" – dizia a senhora, quando diminuiu o passo diante da placa avisando que o piso estava escorregadio. Procurava se concentrar em cada passo, como se quisesse garantir que a sola do sapato aderisse com firmeza ao chão.

"Bom dia" – disse ela para o ascensorista logo que a porta do elevador se abriu e encontrou o sorriso do Sr. Osvaldo, sorriso este tão acolhedor que pouco atrapalhava a ausência de dois dentes do lado direito.

"Que seja um ótimo dia para nós" – diferente dos comentários sobre o tempo ou família, o ascensorista resumia o alívio geral dos funcionários depois de a empresa ter passado na semana anterior por auditoria de rotina.

Entrar na sala e dar de cara com três ou mais diretores – refletiu ela – é sinal que hoje o dia seria cheio. Não seria para menos. Estamos em dezembro, praticamente às portas de fechar o balanço de mais um ano fiscal.

Equipe do departamento reunida. Última reunião do ano. Exibir resultados do ano que finda. Eu registrando na ata os números, observações, apontamentos. No começo da carreira, eu via como atividade ingrata a de registrar reunião. Não raro, na reunião seguinte alguém se rebelava contra o que eu havia escrito.

Com os anos e com a permissão da chefia, fui desenvolvendo estratégias de me proteger contra acusações injustas. Antes de anotar, perguntava ao chefe se podia registrar o que foi dito. Inclusive tive autorização de usar gravador, para que na prova dos nove, eu não passasse por mentirosa.

Voltando para a reunião, o clima de festa é regra para o pessoal.

Eu, a exceção. Estou cansada, esgotada. Depressão pré-férias. Mês que vem embarco nos trinta dias de descanso. Cuidarei de mim, do jardim, da louça, da roupa íntima, dando conselhos para a ajudante do lar.

Filhos crescidos estão noutra: um com a família, outro fazendo curso no exterior. Eu, sozinha. O ex-marido por vezes aparece para perguntar se sinto falta de algo. Que gentil. Raro ex-marido tão prestativo. O que dói é que ele deixou o barco afundar, e nos separamos.

Carrego pastas, materiais de análise. Retroprojetor, mouse, notebook estão apostos. Orientei as disposições das cadeiras. Minutos depois, todos enfronhados na discussão. Aliás, eu sou todo ouvido, anotando.

Por que não consegui deixar de mirar a menina? Por que a insistência? Algo nela me perturba. Quando isso acontece em geral nós nem suportamos a voz da pessoa. Mas aconteceu o contrário. Quanto mais ela me inquietava, mais eu me sentia atraída para seu rosto, seu corpo, como uma mosca tonta que segue para a lâmpada acesa que a destruirá.

Ela fala, fala. Um jeito doce, um quê de infantil. Tudo indicando idade de 29 anos, e cabeça de 17. Implicância minha, ou surpreendi olhares dos respeitáveis homens da sala. Queriam-na, desejavam-na, mas guardavam a devida aparência. Será que estou vendo coisas? Apesar de homens, eram tão legais comigo e com as colegas de trabalho. Eu nunca presenciei sequer uma cantada. É coisa de cinquentona despeitada?

Eu sei o tipo de homem que me atrai. Aquele esbelto, educado, charmoso. Por vezes durante um cumprimento de bom dia seguido de beijo e abraço que dou, tenho desejos inenarráveis. Vexo-me em seguida, mas na hora sinto prazer.

O que me dói nela é a juventude, beleza. Acredito ser ela muito desejada, senão por esses homens, que muito bem guardam as conveniências, por muitos na rua, no metrô, no ônibus, na praia, nas festas.

Eu me sinto tão apagada. Rugas que dilaceram minha face. Os olhos que há muito perderam o viço. O biquíni que há duas décadas tenho vergonha de usar. Vejo-me derrotada, em ruínas.

Inveja? Não saberia dizer se sinto inveja dela. Já vivi muito. Se eu quiser, terei um homem. Mas a que preço? O preço da última chance, da falta de alternativa? Estou confusa. Quem sabe o remédio que me falta é me apaixonar, ter um companheiro, sentir-me amada. Porque quando amamos somos jovens, rijos, vivazes, ainda que com cinquenta anos.

CURVADA

MINHA FILHA vive tensa. Também com tantos afazeres a cumprir dentro de casa, antes de pegar o caminho para o trabalho, deixa sua cabeça a mil. Corre de um lado para outro que dá tontura em mim. Quando não está na cozinha preparando as refeições, vejo-a com a vassoura na mão varrendo o quintal e a casa ou deslizando o pano molhado no chão.

Tenta limpar pratos, talheres e copos logo que vão parar na pia, para não ter louça acumulada.

"A máquina de lavar apita que as roupas estão prontas para o varal. A prioridade é a roupa" – muitas vezes a ouço dizer esta frase quando passa por mim às pressas.

Na edícula alugada, espremida pela casa do proprietário à frente e os muros altos dos vizinhos, o sol no máximo banha o minúsculo quintal por duas, três horas. Embora o mormaço sufoque a gente, ainda assim é pouco tempo para enxugar as roupas.

Meu neto acordou. Menino tranquilo para sua idade. Confinado no beco estreito, envolve-se com os brinquedos e pouco trabalho dá à mãe. Ainda bem que ela o leva para tomar um ar na calçada nos fins de semana e feriados. Lá, ele pode ver carros, gente e se entreter com as pedaladas que dá no velocípede.

No quintal, eu e ele nos parecemos como presos durante o banho de sol diário.

O fim de ano se aproxima. Ainda que eu me veja tão presa nessa cadeira de rodas, tão trancafiada nesse quintal posso sentir a agitação das pessoas provocada pelas festas que se aproximam. A preparação toma tempo. São idas e vindas do shopping, açougue, supermercado, feira.

A esperança é que nutre as ações. Peru, pernil, e os tantos apetrechos de comer e beber são meros pano de fundo. O que está em jogo é a esperança de um ano melhor.

Apesar de não poder verbalizar o que sinto, meu maior desejo é que filha e neto sejam felizes.

Torço para que um dia a morte me conceda o descanso ao mesmo tempo em que fornece o alívio para ambos. Descanso que virá em boa hora. Imagine o dia que minha filha não precisar me levar ao banheiro, me dá de comer, me pôr na cadeira de rodas, trocar minha fralda geriátrica e nem tentar decifrar meus balbucios agitados nos dias em que eu estou mais revoltada com a sorte?

Deus ajudará que um dia eu deixe de ser este fardo pesado em seus esqueléticos ossos.

Para não redundar num vegetar completo, tenho capacidade de ouvir. Ouço-lhe os lamentos, as alegrias esparsas. As queixas do serviço e, sobretudo, a frustração quando nota que o irrisório salário dá a certeza do sonho da casa própria distanciar-se. Adivinho nela o desejo de ter mais espaço, de ter algo no seu nome.

Das cabeçadas, da falta de sorte quando comparada às irmãs, ela tenta manter-se no emprego mal remunerado. Espero que ela consiga superar, encontrar uma forma de valorizar-se.

Sinto tristeza por não poder ser mais a pessoa que possa lhe orientar.

Volto a me concentrar nas pessoas apressadas para as festas natalinas. E ouço o alvoroço dos vizinhos. Às vésperas de viajar, um grita palavrões porque o carro está na oficina e o mecânico demora na entrega. Outro chama de maldito o banco que se recusa a aumentar o limite do cartão de crédito. Tem aquele que detesta ter que ir trabalhar na semana natalina. Mais uns dias, e ouço a lamentação que a pessoa emite pelo carro novo que não conseguiu, pela casa que ficou sem pintura nova.

A família à nossa direita que enlouquece com o supermercado, frutas, mesas de réveillon. A família à esquerda, ansiosa em descer para o litoral.

Solto uns grunhidos. Ufa! Minha filha me leva para meu quarto. Me salva das fúteis lamúrias de vizinhos. Afinal, no litoral ou em casa, eles estão de pé, sem doença degenerativa, livres de cadeira de rodas, e o ano que entra tem tudo para ser verdadeiramente feliz. Eu curvada, pois nem consigo fazer com que minhas costas toquem o encosto da cadeira.

Mortos nas estradas, brigas no trânsito, desespero em querer ter mais e mais e mais. Será preciso ficar entrevado para valorizar a vida?

Você tem braços? Então abrace quem você ama, brinde mesmo que com água e coma rabanada. Viva, seja simples – é o que eu diria para minha filha, se eu pudesse falar.

CIÚMES

"RUIM É que começamos errado" – o pensamento o acompanhou quando saltou do ônibus e desceu onde era possível avistar o enorme toldo em formato de outdoor que a pizzaria mantinha. O ponto era valorizado justamente por causa da localidade. À beira da avenida cartão postal da cidade, o simples toldo já produzia o impacto visual lucrativo capaz de compensar os gastos de manutenção e taxas pagas à prefeitura.

O prédio da Pizzaria também não ficava atrás no quesito *agrada as vistas*. E fazia jus ao imponente nome de Casarão. Em pouco tempo se tornara tradicionalíssimo. Para conseguir mesa no fim de semana, sem fazer a reserva, a pessoa podia se considerar sortuda.

Quando dobrou a esquina e deu início a subida da ladeira, a expressão que trazia no rosto era de gosto e desgosto quanto à Pizzaria. Quanto à comida, o tratamento, a bebida, era coisa de primeira em sua opinião.

Quero poder trazer minha companheira sem precisar depender de ninguém – este era o problema. Das cinco vezes que pisou na Pizzaria, quatro foram a convite do sogro, que pagava a conta. – Me sinto bem quando posso bancar, sem ter que ficar com vergonha pelo pouco que tenho na minha carteira.

A condição de estudante universitário justificaria a penúria de quem não tinha recursos. Se garantir a refeição do dia a dia era uma luta, imagina gastar com supérfluos.

Se eu tivesse sido mais prudente – o lamento o seguia enquanto caminhava –, se eu não tivesse falado bobeira. Como eu ia adivinhar que faria tal estrago? Tudo bem, eu tenho 25 anos, já era para conhecer um pouco as mulheres, mas é a primeira vez que moro junto. Na minha defesa, falo que foram palavras ditas na hora errada.

Vínhamos descendo a ladeira sentido à Avenida das Nações. Um domingo à noite. A Pizzaria Casarão tão convidativa. Ela, no vestido longo. Eu, mamado, tinha bebido umas cervejas. Nada de dar vexame, mas tinha bebido. Uma mulher me chamou atenção pela fartura das nádegas. Calhei de comentar. Pronto. Emburrou. Embirrou, quis dar meia volta. Tive que me desdobrar para desfazer o mal-entendido.

Juro, pensei que o assunto tinha morrido. Nada. Para uma mulher o drama começa quando o homem imagina que acaba. Quantas vezes ela lembraria o incidente para nutrir a suspeita de infidelidade? Perdi as contas. Confesso que a beleza me atrai. Era somente uma olhadinha, e parou. Sinceramente, se alguém me perguntasse detalhes da mulher que acabei de ver, não saberia recordar sequer um traço.

Quanto mais explico, mais me complico? Pode ser.

Até hoje não a trai. Nem pretendo fazer. Gosto dela.

A relação, porém, cada dia fica mais insuportável.

Eu sou baladeiro. Curto ir a restaurantes, lanchonetes, bares, festas. Nesses lugares tem mulheres. E adivinha o que ocorre? Ela inventa que eu estou secando uma mulher. Eu faço de tudo para meus olhos não pararem numa pessoa. Se possível me limito a olhar paredes. Imagina, numa festa você ter que olhar para a parceira ou cravar os olhos nas paredes, do contrário dá briga.

Um pouco por isso parei de ir a festas. Estou virando pouco social, é o que dizem meus amigos. Com exceção a velório ou aniversário, difícil sair. Há um ano que não vou a uma festa.

O restaurante ainda é um escape. Mesmo ele está ameaçado.

"Está olhando tanto para a moça, gostou?" – Basta o comentário surgir para a fome cessar e eu querer ir embora. Das vezes que arrisco ficar, é aquele bate-boca. Ela dizendo que eu olhei, eu desmentindo. A tensão se intromete. Ela fica amuada. Caso ela finja indiferença, sei o que me espera dentro de casa. Vai dizer que eu não tirava os olhos de cima da "P". Sou jogado para dormir no maldito sofá da sala.

Não adianta tentar desmentir. O negócio é não dar lenha para a conversa se estender. Teve vez que nem sabendo do que se tratava, confessei culpa para que sua boca parasse de bater. Mas aí vinham as lágrimas, os soluços.

Acho que aprendi a lição. Se acaso o relacionamento acabar, e se eu tiver outra garota *fixa* prometo que jamais vou elogiar uma mulher ao lado de minha namorada. É um crime imperdoável na contabilidade feminina.

PEDÓFILO VIRTUAL

FOU-SE o tempo em que as crianças deliciavam-se com as histórias que avós contavam no começo da noite, de preferência após o jantar, quase na hora de ir dormir. A criança ficava boquiaberta – sozinha ou acompanhada dos irmãos –, ouvindo atentamente a historieta.

Tudo bem! Havia os que perdiam o sono, acordados que eram por pesadelo. No conjunto, valia a pena pela convivência familiar, pela proximidade entre gerações e pelas boas recordações que poderiam gerar na pessoa quando se visse adulta.

Hoje, a situação é bem diferente. É motivo para comemorar se houver tempo para um comentário ou outro sobre o que ocorreu no dia. Vive-se a era do tempo escasso, que bloqueia a troca de experiência e ideias entre gerações.

Se mal se tem oportunidade de ver a criança acordada quando se chega do trabalho, imagina para contar história. Muitos pais saem para trabalhar bem cedinho quando o filho está dormindo e retornam tarde da noite, com a criança em sono firme.

Similar aos adultos, a criança se vê obrigada a sair de casa tão cedo e se enfiar numa instituição. O dia será passado na creche, na escolinha. É a rotina. Sorte para aqueles que têm avós ou babás que os permitem ficar em casa nalguma parte do dia.

A menina que liga seu computador é uma criatura exilada dos pais.

Desde que se conhece por gente, divide seu tempo em permanecer na sala de aula da escolinha, ficar dentro de casa ou nos passeios na pracinha aos cuidados da babá. Ter o pai e mãe juntos, na casa, só no fim de semana, feriado. Isto quando não acontece o previsível imprevisto de um dos pais terem que se ausentar. A mãe, diretora de escola, vive às voltas para dar conta das demandas com pais, alunos, funcionários.

Na condição de cirurgião, o pai estava acostumado a ilhar-se ainda mais nas emergências do hospital.

Quando adolescente, e por ter nascido em meio aos aparatos eletrônicos, o computador viraria sua válvula de escape.

Ano passado, ganhou a câmera que se acopla ao computador para gravar e levar suas imagens para o mundo virtual.

"Quase todas minhas amigas têm" – ela alegou para convencer os pais a comprar.

O computador competia com a escola em número de horas que arrancava da menina. Com a web câmera acoplada, o computador vencerá a partida. Madrugadas serão somadas ao tempo *online*. Muitas vezes os pais nem tomarão conhecimento. O que aconteceu é que se instalou com os anos o costume de negligenciar a atenção de detalhes na rotina de uma criança que vai se tornando moça.

Dois meses de webcam, viria o problema. Um visitante estranho entra nas suas redes socais sem avisar ou pedir autorização.

No início, se apresenta como um garoto de 15 anos. Depois a menina de 13 anos nota pela fala que é um marmanjo disfarçado. O sujeito confisca as senhas MSN, Orkut...

A menina tenta se desvencilhar, o pedófilo insiste. Diz que a deixará em paz se ela mostrar *certas coisas*. Situação que uma menina mais velha, ou uma em sua idade, saberia como resolver se consultasse um adulto na família. Mas para ela, na condição de isolada, teve pouca coragem para buscar conselhos maternos.

O marmanjo diz ter *imagens assim* de suas amigas, e menciona nomes... A menina cede em troca da falsa promessa de ele a deixar sossegada.

Semanas depois, o sujeito retorna com nova chantagem. A menina deve mostrar *mais coisas*. Ele ameaça espalhar para toda a internet as imagens na qual ela exibiu os seios.

O sofrimento é notório. A quem recorrer? Que amigas entenderiam que ela mostrou os seios sobre pressão e não porque quis.

De repente, ela mergulhou no abatimento. Faltava vontade de estudar, de almoçar, de passear. Os pais se limitavam a achar que o isolamento era mania de adolescente, que esta fase ia passar... Na correria para trabalhar e ganhar mais e conseguir gastar mais, o precioso tempo tinha que ser pesado.

Torçamos para que um adulto ou professor consiga identificar o perigo e faça com que a polícia livre a menina das garras do pedófilo virtual, antes que seja tarde demais.

CAÇA-FORTUNA

DIANTE DA banca de jornal, a moça, de estatura mediana, longos cabelos castanho-claros, com os óculos presos nas orelhas, porém, suspensos nos cabelos, folheava a revista de moda.

Nós pés, a moça calçava o tênis branco que ganhou de presente do pai na última vez que foi visitá-lo no interior. A bolsa de pano com a estampa *I LOVE MARÍLIA*, vinha segura pelo braço direito. Trajava a calça jeans, a camisa xadrez com o nó feito na altura do umbigo.

Na revista que folheava, foi fácil achar a peça publicitária fruto do último trabalho feito na agência. Mesmo que ela desconfiasse que estivesse prestes a ser dispensada, quando a confirmação chegou, foi um choque.

Meio triste, depositou a revista no lugar, só percebendo neste momento o aviso NÃO FOLHEIA AS REVISTAS. Sorriu sem graça enquanto ia saindo da banca de revistas e jornais.

Não é possível que a sorte se esqueça de mim – ia ela reclamando, andando pela Avenida Paulista.

Desceu a Rua Pamplona, passando pelos endereços que conhecia de cor. Havia pelo menos três anos que a redondeza era seu endereço fixo na capital paulista. Hesitou em entrar no Mcdonalds, mas pensou no lanche natural que estava na geladeira do apartamento.

Passada a quarta quadra, num sobradinho bem judiado, se enfiou. Logo à porta, recolheu as correspondências depositadas na caixinha de madeira, e como é esperado para quem não tem dinheiro, reclamou pela segunda vez, lançando o maço de envelopes em cima da mesa.

Publicitária desempregada. Sonhos enterrados. Esperanças mortas. Fantasias abortadas.

Caminhou para a geladeira, que estaria vazia, se não fosse o lanche natural e a garrafa de água. Mas é menos pela condição de pobretona e mais devido à dieta que jurou seguir logo que rompesse o ano de 2008. Ora, essa pequena burguesa de Marília tinha o mínimo para sobreviver. O pai, coronel aposentado da Polícia Militar, lhe dava pensão para comer e morar.

No entanto, para a pessoa que tem sonhos altos, esse mínimo se assemelha a migalha.

Havia ligado o computador há meia hora.

A leitura de um e-mail acentuou a dor de cotovelo. Uma amiga arranjara um amor e iria se casar. Era um sujeito bem de vida lá de Milão.

"Que droga!" – suspirou ela.

Gostou da notícia. Afinal, era sua amiga. Se ela reclamou pela terceira vez, foi por culpa de sua autoestima que despencava.

"Até a Lígia, que era motivo de caçoada na faculdade, arranjou um bom partido" – pelo desabafo, nota-se o tamanho da mágoa da garota de 29 anos.

Está separada do segundo casamento há um ano.

Casara-se pela primeira vez aos 17 anos. O cara era um bêbado, irresponsável, que só vivia na barba ora dos pais dele ora dos pais dela.

No segundo enrosco, o cara era um universitário sonhador, líder estudantil, e muito irresponsável, sequer tinha trabalho fixo, vivia de bico, pouca diferença tinha em relação ao primeiro, com exceção de não ser mulherengo.

Estava farta de malandro. Queria um marido de verdade. Aquele que banca as contas, que mantém a casa, que tem carro e que seja o motorista da família.

"Um macho de verdade, não estes aproveitadores que andam por aí" – dizia.

Foi quando seus olhos se fixaram no artigo *casamento com gringos*. Gostou da notícia. Duas agências destacavam-se na prestação desse serviço, segundo a reportagem.

No final da leitura, acessou o site da agência.

Uma semana depois, comparecia a uma entrevista. Seis meses ela estava diante do americano cinquentão do cinturão do trigo. Tinha ele posses e mobilidade para ir e vir para qualquer canto que quisesse. Era educado e cavalheiro.

Adorou. O que são vinte e um anos de diferença? "Nada, hoje em dia" – concluiu ela.

Casada, sentia-se realizada.

Amava-o? Não como nos outros relacionamentos. Valia pela segurança e tratamento. Ele abria a porta do carro. No restaurante, só se sentava depois dela. Não olhava para as mulheres quando estava ao seu lado e mostra-se sempre disposto a ouvir.

Que mais ela desejaria? Tirara a sorte grande. Era amada e bancada.

ESQUINÃO

HOJE FOI dia bravo – o rapaz esfrega as duas mãos no rosto, como sinal de que a tarefa que consumira dias saiu tão ou mais tumultuada como esperava. Ao redor, poucas mesas ocupadas na lanchonete. Em cima de sua mesa, a garrafa de cerveja enfiada no recipiente para conservar a temperatura e evitar a aguaceira que a transpiração provoca. Tinha devorado o Bauru há um bom tempo.

Mas tenho que agradecer a experiência. Aprendi muito com a movimentação.

Nas prévias para o congresso da UNE tive uma noção de como toda a estrutura se move. Embora todos estejam na condição de universitários, fácil ver subgrupos. Na organização dos lugares no ônibus, mais gente querendo ir do que o permitido. Daí o descontentamento.

Quem seria o alvo do descontentamento? Os líderes estudantis, claro – dizia para si.

Aproveitou para olhar o casal e os dois filhos na mesa ao lado. O marido pediu a conta, enquanto a mãe limpava a boca da criança no cadeirão. O filho adolescente tinha sujado a mesa ao derrubar molho de tomate e seguia a orientação materna para pegar o guardanapo e limpar a bagunça, evitando que ele próprio pudesse acabar manchando a roupa.

"Fiz meu melhor" – o líder estudantil pesava os xingos e elogios que colheu dos interessados em participar da viagem.

Foram dois ônibus, oitenta e quatro lugares para um público potencial de cinco mil alunos – considerou o número máximo de alunos do campus. – Na prática uns trezentos deram o nome. Tinha que haver peneira. Além do mais, dos alunos interessados na viagem, menos de vinte por cento está engajado no movimento. A maioria encarava como turismo.

Qual seria a causa de tão pouco compromisso de parte dos estudantes? Talvez a culpa seja dos partidos populistas que se infiltraram no movimento estudantil.

Nos anos noventa, com raras exceções, quem assume posto de comando é a turma que pertence ou se simpatiza com PC do B e o PT. Embora sejam inimigos, polarizados em chapas concorrentes à presidência da UNE, o fato é que estão de certa maneira unidos para arrebanhar alunos para seus lados e tornar sua ideologia a dominante.

É manobra pura, que deixa tonto, enoja. Não é por ser esquerda. Se fossem PSDB e PMDB que estivessem manobrando, eu seria contra do mesmo jeito. Os universitários têm direito a um partido político. Mas daí fazer do DCE sua arena e nos tratar como marionetes, acho injusto.

Sempre sonhei com Diretório Acadêmico pluralista, apartidário e voltado à realidade universitária. Como presidente eu fui motivo de desprezo dos partidários. Chamam-me de pelego, de mauricinho, alienado. Quem é mais alienado: eles que aparecem somente em época de eleição para UNE, para se perpetuar no poder, ou nós aqui na base que estamos todos os dias envolvidos nos problemas da comunidade universitária, lutando pelo restaurante universitário, para a última turma noturna ter ônibus à espera, para a copiadora baixar o preço, para aumentar o valor da bolsa de auxílio-moradia para os carentes?

E tudo para quê? Para daqui a doze anos um trio se sentar a uma mesa do Esquinão e insinuar que eu bebia cerveja com o dinheiro das carteirinhas? Droga, não seria melhor ter só pensado em mim, como fazem boa parte dos estudantes. Pelo menos agora teria um futuro mais certo: fisgado um professor como orientador e uma bolsa da Capes, ou garantido um emprego como mérito por anos de estágio numa grande empresa. Até os partidários saem lucrando. Tenho colegas cuja candidatura para deputado estadual já está bancada.

E eu? Para que valeu ter lutado pelo social? Perdi duas vezes: sem emprego e difamado. De nada adiantará dizer que a cerveja, a moradia eu paguei trabalhando como garçom à noite e como professor de francês e espanhol entre uma ou outra hora vaga durante o curso integral. Que nada. Na contabilidade da difamação, minha realidade não conta, o que pesa é o que a oposição inventa.

Peço a saideira. Gosto do Esquinão. A galera despreocupada. A atmosfera leve. As meninas que vestem saia curta e perdem a noite inteira tentando esticar o pano. O som é eclético. Vou voltar para a república. A pilha de louça suja e a geladeira vazia me esperam. Ah, tem o romance, que há dez anos tento concluir, mas que só pego numa madrugada de insônia alcoólica.

BOCA FECHADA

À MESA, forrada com uma grande toalha quadriculada, estão pratos fundos brancos, copos variados, vinhos, sucos e refrigerantes. Duas mãos focam-se em apanhar na travessa de plástico a salada de rúcula, alface e tomate para os pratos das crianças. Três grandes travessas de alumínios exibem os pratos quentes principais: bacalhoada, moqueca de camarão e peito de frango assado.

A motivação é intensa. E não somente pelos pequenos que atravessam o espremido espaço aos esbarrões nas mesas, cadeiras e nos adultos descuidados. São onze pessoas que circulam na cozinha, corredor, quintal, mas que se amontoam para comer ali na grande mesa da sala de jantar, a qual se liga a sala de estar sem qualquer parede ou divisória. Essa proximidade das duas salas ajuda que parte dos pequenos e mais jovens vá se estendendo para os sofás e poltrona.

Tia, primos, marido, mulher, filhos, sogra, sogro. A mesa farta, tudo a ver para comemorar o feriado nacional, a Páscoa. As bocas gulosas mastigam o bom alimento que chega por fartas garfadas. Os copos são levados com mais frequência por aqueles que tomam bebida alcoólica. Os refrigerantes enchem o copo, no máximo duas vezes.

A reunião somente podendo se realizar por causa do feriadão.

O anfitrião resistiu horas a fio sem bebericar. Servia uma cervejinha para os convidados que iam chegando. Ele mesmo, esquivando-se. Aliás, o jejum alcoólico perdurara três meses. Se à mesa da Páscoa tomou um vinhozinho não foi por quebra de promessa. Para ele datas como Natal, Véspera de Ano Novo e Páscoa eram permitidas bebericar um trago. No seu caso mesmo, desde a adolescência foi incentivado a comemorar as festas de fim de ano bebericando. Obviamente, quando há bebida disponível e convite para se fartar é possível haver exageros. A primeira ressaca que se lembra tinha 15 anos.

Na prática, o que impede que se deleite com a cerveja e que se imponha o bloqueio do prazer a este biólogo é não guardar boas relações com o álcool. Pior, na maioria das vezes que se deixou envolver pelos braços macios da loira gelada, acabou dando vexame, mesmo depois de encerrado o tempo de faculdade.

Na vida adulta, é o Baco que lhe funde os miolos e o faz vomitar palavras, risos, frases, desabafos que o farão se arrepender durante uma fileira de dias. No entanto, se ninguém o repreender no dia seguinte, não haverá o evento em sua memória a alimentar o remorso.

Nos tempos que correm, ele está mais maduro, ou menos propenso a dar vexames. Tem como meta esquivar-se do álcool. Tem tido êxito digno de um atleta numa competição olímpica. "Que alegria eu sinto em não ter que me arrepender amanhã do que eu digo hoje", dizia para si sempre que declinava do convite para aceitar uma cerveja.

De volta à mesa, mais batata, mais arroz, mais bacalhau, mais cebola, oh, deliciosas cebolas eram servidas nos pratos. As fisionomias muito aprovavam o aroma e as línguas estalavam ao saborear os peixes. O biólogo, com a garrafa ao lado, bebia o prestigiado vinho Madeira a cada duas ou três garfadas.

"Quem está tomando vinho", disse a mulher.

"Eu", respondeu o marido, já com o mau-humor, azulando a face por esta pergunta tão fora de propósito para ele.

O biólogo odiava ser vigiado pela mulher, era como se tivesse virado capacho, criado, o ex-condenado que, embora tivesse se regenerado, sempre pairasse a desconfiança.

Os comentários da esposa que se seguiram, algo inocente e perfeitamente compreensível à luz de um relacionamento solto, sadio, para o marido soou como uma tremenda repreensão, destas que nos faz querer lançar o prato aos ares.

Pronto, a refeição para ele tinha acabado. Não adiantava discutir, pois a relação do casal estava desgastada, e qualquer incidente tinha a mera qualidade de trazer à tona o incômodo que habitava no interior de cada cônjuge.

Recorda-se ele de ter tido uma frase desagradável. A esposa revidou. O desassossego se instalou. Levantou-se da mesa e buscando cômodos da casa mais tranquilos.

"Droga, eu podia ficar de boca fechada", o biólogo se lamentou. Mais uma vez rosnou contra o álcool. "Sem o maldito álcool, eu consigo engolir desaforos e ser indiferente".

DESLOCAMENTO DE RETINA

À MARGEM esquerda da rodovia, vinha ele no ritmo automático, quando de repente notou o carro da frente reduzir. Forçando o olhar mais adiante, teve certeza do que lhe esperava. Inevitável o xingo.

"Droga, eu que pensei ir por dentro hoje" – arrependia-se do caminho tomado ao ver a fila que ia se formando.

Por impulso, olhou a placa à sua direita, e como havia uma pequena brecha, ainda que ele arriscasse a ter a traseira do seu veículo acertada por outro motorista, que viesse de acordo com a sinalização. Rapidamente, tomou à dianteira e atravessou a faixa que o levaria a entrar no bairro.

Demoraria uns 15 minutos o atalho, nada comparado ao que um congestionamento podia gerar em termo de tempo na Rodovia Presidente Dutra.

Passou por viaduto, se esquivou de ônibus e carros mais lentos. Logo estava novamente na rodovia, agora fora da região do congestionamento. Ouviria mais tarde que o motivo fora um acidente grave que havia ceifado a vida de uma família prensada em seu carro por um caminhão-cegonha.

O velocímetro marca 100 km/h. Carros atrás buzinam, querem passagem. Ele acelera, chega a 120 km/h. Os apressados insistem, pedem para sair da frente. Para quem não quer ficar à mercê das buzinadas, das pressões para sair do caminho, sem, no entanto, se obrigar a estar acima do limite de velocidade, bastaria ir para a pista da direita. O que está longe de ser o seu caso. É do tipo que além de não querer dar passagem, se sente afrontado quando alguém corta sua direita.

"Na rodovia Presidente Dutra – ele se justifica –, quem segue pela pista da direita não raro encontra afobados caminhões. Quantas vezes eu não vi os carros de passeio serem pressionados a saírem do caminho ou acelerarem forçados por caminhões? Os motoristas prudentes, que ficam na velocidade permitida nas placas, ah, estes sofrem."

Fazendo parte dos que gostam de atolar o pé no acelerador, de sentir o ar bater com força contra o carro e a adrenalina subir, é de se esperar que arrume justificativas para se manter acima dos cento e cinquenta por hora.

Óbvio que este dentista de trinta e poucos anos tem mãe, avó, mulher. Todos os que o amam, aconselhando-o a andar mais devagar, ter cuidado para evitar acidentes. Para o motorista, estas observações num primeiro momento soam carinhosas, mas a persistência é tomada como uma ofensa.

Que motorista gosta que duvidem de sua capacidade ao volante?

Envolvera-se em três acidentes. Teve apenas arranhões, e prejuízo financeiro. Muitas vezes emite a desculpa: "Foi culpa do outro...". E, para um motorista que desconhece a direção defensiva, ele estaria certo na acusação.

Uma freada brusca, bate na traseira de alguém e culpa as luzes de freio do condutor à frente. Acidente que seria evitado se ele estivesse no limite de velocidade permitida e mantendo a devida distância. Noutra vez, a caminhonete entra na frente sem respeitar a preferência. Podia ter freado, se estivesse a 90 km/h, velocidade recomendada nos trechos com mais tráfego.

Se a cada acidente arruma um culpado, desta vez não seria diferente. O problema seria o prejuízo, que fora muito maior.

A batida aconteceu na altura de Arujá. Na hora, só o incômodo de ter a viagem interrompida. Dali a seis meses, o pior. Notara que a visão sumia ou que embaçava com facilidade.

Foi ao oftalmologista. O diagnóstico fatal registrava o deslocamento de retina. Se não houvesse uma cirurgia urgente, perderia toda a capacidade de enxergar. Mesmo a cirurgia tinha o risco de ser um fracasso. Mas devia ser tentada como último recurso.

Implantara uma prótese.

Deu certo, mas o médico evitou iludir. "Esta prótese de silicone tem prazo de duração curto. Em breve você terá que trocar, e para tanto se submeter ao mesmo processo. Nesse caso, o risco será muito maior".

Quanto ao hábito de estar acima da velocidade permitida? Este se manteve intacto.

NO MATO

O MOTORISTA atinado com o ônibus deve vasculhar, além do aspecto mecânico, cada canto, cada poltrona, corredor, espaço para dizer que conhece as condições do veículo. É o que faço. Minha esposa inclusive usa frase maldosa tipo "conhece mais o interior do ônibus do que o meu". Nem entro no mérito de discutir. É meu ganha-pão, e no mínimo temos que ter a situação sobre controle.

No item banheiro, sou impecável. As mulheres que viajam não reclamam. Nunca ouvi comentários favoráveis, mas não se queixando, quando se trata de mulher, é um tremendo elogio. Houve um ou outro camarada que andou regando fora do vaso. Logo que eu o identifiquei, pedi para que tomasse prumo.

De modo nenhum, é uma situação confortável, ter que chamar atenção de uma pessoa para assunto tão delicado, mas se eu não tivesse tido o pulso firme certamente reclamações surgiriam e outros barbados vendo os respingos aí que abandonaria de vez o aviso que afixei mencionando os passos básicos para o anseio no toalete.

O assunto referente à limpeza naturalmente não se resume ao banheiro.

Apesar dos cigarros terem sido abolidos no interior do veículo, assim diminuído o incômodo que tive que conviver durante anos com as cinzas e pontas lançadas ao chão e nas poltronas, outros detalhes requerem vigilância. Chiclete é um deles. Evitando ser intrometido, busco maneiras de diminuir a chance de chicletes serem grudados nas beiradas das poltronas, quando não no próprio estofado.

Quando comecei a dirigir, ainda não existia o sistema de ar condicionado. Volta e meia eu ouvia alguém reclamar da janela X ou Y que estaria aberta e provocando ventania. Eu me mobilizava para convencer o sujeito a fechar. Nos dias quentes, ia eu convencer para abrir, sempre em função das queixas da maioria. O ar condicionado ainda que provoque um resfriado aqui, outra queixa ali, serviu para poupar o tempo gasto em fechar-abrir janelas.

Assaltos? Tive uns dois. E posso me considerar feliz por essa façanha. Mesmo assim é situação que não quero voltar a ter, embora saiba que é impossível prever. Enquanto um fazia a limpa nos passageiros, o outro meliante mantinha o revolver apontado em minha direção. Hoje estranho como tive tamanho sangue frio e busquei acalmar passageiros mais exaltados.

Os acidentes na estrada eu vi inúmeros. Por enquanto, a sorte está ao meu lado. No máximo, paradas para trocar pneus ou pane no motor.

Gosto de ser motorista. Adoro mais ainda ser motorista de fretado. Há espinhos. Para se ter uma ideia, temos em média 42 palpiteiros. Ora dizem que eu devia fazer isto ou aquilo. Ora pedem para andar com prudência, devagar. Ora imploram para acelerar, largar de ser tartaruga.

O que é mais implacável, no entanto, é ser açoitado por uma dor de barriga das bravas, que te força correr para o trono. Por enquanto, no fretado, ainda não me atacou. Lembro-me quando eu era de linha. Quantas mentiras eu inventava para descer do veículo à beira da pista, sumir no mato e retornar com o alívio estampado no rosto. Como era motorista de linha, pouca intimidade mantendo com os passageiros, tudo era muito rápido e, apesar de me criticarem entre dentes, nada falavam e seguíamos viagem.

Óbvio que uns acertavam ao chutar que o motorista foi fazer o número dois.

E eu nem aí.

O ideal nesse caso era parar o veículo e usar o banheiro do coletivo.

À época, sei lá, eu achava muito vergonhoso. Tinha a opinião que era o mesmo que ser linchado em praça pública. Os rostos me olhando e eu atravessando o corredor, entrando no banheiro, gritando de dor lá dentro, dando descarga, saindo e passando de novo pelo corredor. Não, isto nunca.

São os inconvenientes da profissão? Ou sou eu que acho pelo em ovo? Infelizmente tenho vergonha.

Noutra feita, voltando de Aparecida, desci no mato. Após retorno ao coletivo, fazendo uns dez minutos na estrada, passo mecanicamente a mão pelo pescoço e busco a gravata. Noto que está ausente.

Puxa! Fiquei vermelho. Será que mais alguém no ônibus notou que eu voltei sem a gravata?

HUMORISTA SEM PIADA

OS APLAUSOS foram ensurdecedores. Diante da plateia ovacionando, nós quatro, comediantes, caminhamos para a beirada do palco e vergamos cabeça e coluna em sinal do mais sincero agradecimento. À frente, vejo jovens, universitários, casais, senhores de meia idade, adultos e idosos.

Observo que uns aplaudem de modo mais efusivo. Os que passam com a expressão de análise na maior parte do espetáculo, quase que despertam de um transe quando as luzes acendem e a multidão se põe de pé, constatando que o espetáculo acabou.

Enquanto a grande cortina descia, dois dos camaradas aproveitaram a ocasião para sair à francesa. Um teria novo espetáculo, porém, mais alternativo, por conta de o evento ser realizado depois das 23 horas numa casa de shows, em meio à bebida e banda underground. Saindo daqui às 22h, daria tempo de chegar ao serviço. A outra, a mulher do grupo, iria para casa, e o companheiro a aguardava na saída do teatro, junto com a filha de cinco anos.

Dois ficaram para atender as demandas pós-espetáculo.

Passados os vinte minutos do término, vejo-me finalmente indo para o camarim. Não raro os fãs pedem autógrafos e querem tirar foto ao lado do artista. Nunca me opus. Sempre considerei esse momento extra como parte do show.

Hoje estou menos disposto.

"Chegará o dia em que todos nós broxaremos... É tão certo como a noite vem depois do dia" – me disse certa vez o cara mais zureta da turma quando eu estudava teatro.

Rebati dizendo que fazer humor para mim era como respirar, impossível viver sem. Sorriu ele. Talvez fosse me perguntar se eu tinha nascido fazendo piada, mas calou-se. Percebeu que por trás do chavão tinha muita sinceridade de minha parte.

A carreira começou. Tinha vinte e poucos anos de idade. Calhei de ser piadista.

Antes tentei fazer algo sério, tipo Shakespeare. Gostei dos clássicos, porém, meus preferidos eram os bufões, que despem cada pessoa da suposta seriedade que carrega, vislumbrando o ridículo nos papéis sociais. Esses seres têm como seus primórdios os bobos da corte, que encenavam a adulação e inveja que os súditos tinham para com o Rei. As piadas incluíam ridicularizar o rei, o que aliviava atenção entre súditos, porém, o bufão contava com a sorte para não pisar no brio do rei, do contrário, podia perder a cabeça para o carrasco.

As piadas caíam como luva. Raro as manhãs que eu não compunha três ou quatro delas. Nem a cachaça me inibia a produção. Pelo contrário, na roda de bar vinham mais e mais.

Do teatro amador veio um convite para alçar voo televisivo. Não me pergunte como nem por quê. Um dia estava como figurante num programa de televisão. Minha cara estampada em nível nacional. As piadas não eram de minha autoria. Nem por isso elas eram menos divertidas. Empolguei-me.

Para fama foi um pulo. Difícil de acreditar: ganhar um dinheirão como piadista.

Para tristeza minha, percebi que a minha destreza tinha meramente o dom de levar ao êxtase quando proporcionava ao ouvinte o desabafo frente à realidade que ele acreditava dura, injusta ou tediosa. Rir o aliviava pela tensão da falta da grana, pela corrupção ventilada na TV e jornais, pela nulidade que encarava a vida na periferia, no barraco, sem o mínimo de conforto.

Entendi que não era por mim tampouco por qualquer traço de genialidade que os gritos e frenesi em me ver eram produzidos. Nada, eu era o palhaço que servia para que eles se desabafassem frente à realidade que não conseguiam sequer controlar, muito menos mudar.

Se ali eu não estivesse, outro qualquer seria aplaudido, venerado. Em solo brasileiro, piadistas aos montes não faltarão para substituir-me.

O tortuoso raciocínio provocou desânimo no palco. Broxei, na verdade, bem antes, quando não conseguia mais encher uma lauda de piadas.

De repente, me vi o contrário do que fui durante toda a carreira. Taciturno, cabisbaixo, sem graça. Embora a acidez ou o cômico das piadas que eu proferia continuavam garantindo o bom resultado, em mim, havia sombras.

Por onde anda meu colega que teorizou a broxidez, a falta de pique. Tomamos rumos diferentes. Nunca mais o encontrei. Queria tanto perguntar se esse tédio pelo trabalho é passageiro ou definitivo.

CARTEIRO

A CIDADE convida ao passeio de bicicleta. Às sete da manhã, o sol brilha com todo o esplendor de janeiro. Sem as nuvens para ofuscar sua apoteose. O pai beija os filhos que ainda dormem: a menina que completou dois meses de vida ontem e o garotão com quase dois. Para a esposa, que estava na cozinha preparando o café espantador de sono, ele sorriu, um riso que traduzia agradecimento pela noite de amor e pela vigilante presteza para colocar a mesa do café antes que saísse para o serviço, mesmo estando ela de licença gestante.

Um pouco por conta da licença da esposa é que ele pode ir de bicicleta em vez de pegar o carro. Antes, a rotina era levar o garoto para creche, ainda sonolento, e seguirem ele e a esposa para a labuta nos Correios.

Pegou a bicicleta encostada na parede lateral da casa. Com a bolsa alojada no guidão, ele atravessou para a varanda. Estacionou. As mãos livres buscaram as chaves para abrir o cadeado do portão. Retornou para a porta, onde a esposa de pé, pegou a chave e o beijou.

O caminho para o posto dos Correios consumiria meia hora de pedalada. Nem aí para o esforço. Se quisesse, podia ter continuado deixar a bicicleta na agência, ir e vir de carro ou de ônibus. Mas para ele meia hora não matava, além de fazer bem para o bolso ao poupar o dinheiro dos transportes. Numa emergência, como levar os filhos para um compromisso, ou estar caindo chuva forte, tiraria o carro da garagem.

As pedaladas eram ótima maneira de desanuviar a cabeça. O dia inteiro estaria concentrado no trabalho, mas no trajeto de casa para o serviço aproveitava para apreciar a natureza, ver as pessoas descendo e subindo nos ônibus que paravam nos pontos.

Para sua sorte, do bairro até a agência era servido de uma ciclovia que muito ajudava. Das vezes que teve confusão, apenas garotos apressados que quase o derrubavam com suas manobras radicais. Quanto ao restante, a ciclovia era segura. A sinalização permitia que tanto o ciclista quanto o motorista avistassem o cruzamento e dessem a devida preferência.

Na agência, entrou pela lateral, desviando da van com logomarca e a cor amarela. Logo que o motorista responsável começasse o expediente, o veículo de entrega sairia para seu destino, deixando vaga a passagem.

Dos vários empregos que ele frequentou, nos Correios é onde está permanecendo por mais tempo. O fato de ser o primeiro emprego público, conseguido por concurso de provas e títulos, ainda que celetista, faz a diferença.

Nos demais, era uma exploração insana. A pessoa que no máximo exibe o ensino médio acha-se em situação ruim. Infelizmente, o ensino médio, não técnico, vale muito pouco. Não havendo uma especialidade, sobram os serviços não qualificados, os quais são geralmente mal remunerados, mal valorizados.

Foi recepcionista em hotel por vários anos. Diga-se de passagem, por vários hotéis. Uma experiência que o agradou, e que provavelmente o levaria a cursar Hotelaria, caso não tivesse tido a sorte de entrar no atual emprego.

Tudo mudou nos Correios. A valorização. Salário e benefícios dignos para um trabalhador que durante o dia roda a pé o que a média do brasileiro não percorre em um ano.

Morando com os pais, pouca intenção tinha em casar-se antes de ser carteiro. Pouco menos de um ano nos Correios, deparou-se com uma moça batalhadora e que exibia interesses comuns de futuro. Ela seria mãe de seus filhos.

O relógio marca onze horas. Já são três horas na lida. Os pés ainda não doem. O Sol aumenta a transpiração, molhando a roupa de suor.

Num bar, pede água. No banheiro, refresca o rosto com a água da torneira. Agradece ao proprietário, ao mesmo tempo em que lhe deixa a correspondência.

Segue em frente.

O horário de almoço está próximo. A meta mais uma vez será cumprida antes do prazo máximo. Tem lá suas recompensas como entregador de cartas. Nada de reclamar do emprego. Acreditando-se merecedor de melhor sorte, espera subir de posto e sair da dura jornada na rua.

Com trinta e seis anos, o peso da idade vem chegando. De prático vem investindo em ser promovido, por concurso interno, para outro posto que detone menos sua saúde.

Há três anos tirou carta de habilitação. Espera ser promovido à motorista.

PRATEADO

QUANDO SE TRATA de aparência, poucas atitudes tomadas por impulso escapam de arrependimento no curto ou longo prazo.

Aquele penteado que não se queria fazer, mas que de tanto as amigas insistirem, acabou-se aderindo para fazer bonito na noite de formatura ou baile. Ou o corte que a mãe sugeriu, e que nos dias seguintes à aparição em público, gerou incômodo, seja no cuidado diário ou na imagem captada nos espelhos que se encontram pelo caminho.

A sorte no caso da cabeleira é que a situação pode se reverter. O formato do cabelo Chanel, passados meses, retornará ao tamanho original. A tinta que provocou a cor que caiu no desgosto e trouxe irritação, logo será substituída pela cor costumeira à medida que a raiz for fornecendo novos fios.

Já no caso de uma cirurgia é mais complicado. A cirurgia plástica no nariz, antes desejada, e realizada quando emersa na maior convicção de se livrar do formato de taboca, herança não quista dos antepassados, depois do retorno do hospital, a pessoa pode se deparar com a teimosa impressão de que talvez pudesse ter ficado melhor.

"Ah, bem que podia ficar mais longilíneo, afilado, arqueado" – queixa-se a pessoa depois de comparar seu nariz com a das atrizes e modelos que a inspiraram.

Sem falar quando a pessoa acaba preferindo ter ficado com o nariz de antes.

Opinião contrária demonstra este sujeito. Está longe dele qualquer ideia de arrependimento pela ousada atitude de modificar sua fisionomia dentária.

Nascido na Recife, mora ele faz um bom tempo na cidade de São Paulo. Está perfeitamente ambientado ao clima paulistano. Conhece os principais pontos do município, tem facilidade de comunicação e está bem à vontade com a cultura ao seu redor.

A tentativa de se inserir na cultura estimulou a imitar mudanças radicais. Inspirado por punks e a tendência da tatuagem e os cabelos verdes, azuis, vermelhos e roxos que permeiam a cabeça dos jovens, o sujeito quis também aderir a uma moda. Escolheu a de trocar os dentes naturais por prateados.

O primeiro foi há dez anos. De lá para cá, uma série que atordoa quem o vê sorrir.

Adentra a repartição, na condição de motorista, trazendo a convicta imponência ao exibir os dentes cada vez mais prateados. Eu não saberia dizer se o nome de Prateado, pelo qual é conhecido na empresa, vem dos dentes prateados.

O fato é que o conheci como Prateado.

Parou perto de mim. Cumprimentou-me. É figura simpática, extremamente acolhedora. Tem assunto para todas as ocasiões. Difícil vê-lo resmungar, reclamar. Ao seu lado, nos sentimos zen. Torço para que nós paulistanos um dia evoluamos para esta condição: de sorrir pra vida, e parar de se lamentar do metrô, do camelô, do presidente, dos planos frustrados.

Confesso que quando ele apareceu com boa parte da arcada dentária modificada, extraindo dentes bons, pelos atuais prateados, me deixou em dúvida quanto a sua sanidade mental.

"É a melhor coisa que inventaram. Sem dor de dentes. O material é mais resistente que o natural" – justifica-se ele, não para mim, mas para seu conhecido de longa data.

Tudo nele transparecia a convicção invejável. Eu jamais faria essa loucura. Não só por que morro de medo de ir ao dentista. Pensar em extrair boa parte dos dentes, ainda vigorosos, sadios, para meter no lugar os tão estranhos ao sorriso de comerciais de pasta de dente. E se houvesse rejeição do organismo? E se as pessoas zombassem dele pela mesma estranheza que me causa quando vejo o Prateado rir ou falar? Não, eu estou fora dessa.

Deu tapinha no ombro de seu colega, beijou uma amiga e saiu. O andar, o cabelo grande, com rabo de cavalo, o estilo despojado, tudo indica que a confiança nele é traço singular. Eu digitava ao computador, mas a imaginação o seguia.

É tão bom tomar um caminho e não se arrepender. Pouco importa se os dentes são prateados ou os cabelos verdes. Talvez essa atitude seja por culpa da necessidade silenciada de se diferenciar em meio à massa de pedestres amorfa que rola para cima e para baixo as escadarias do metrô ou que entope as ruas ao volante do veículo, da moto ou no assento de ônibus. Talvez seja nada disso, apenas um estilo de vida.

ADMIRAÇÃO JUVENIL

NOS DIAS que correm – se é que alguma vez foi diferente – a regra é o desejo ávido por ser jovem. Nos dias de hoje, o tempo é de culto pela juventude, ao considerá-la como sinônimo de vitalidade, animação, empolgação, desprendimento e vivacidade. Levaria horas para descrever todas as vantagens que se atribui à condição de ser jovem. Os programas de TV e cinema investem nos corpos sonhados.

O estranho é que a valorização da juventude é traço forte no adulto, o mesmo que muitas vezes se queixava de si quando era jovem.

Nas televisões, revistas e meios de comunicação a indústria dá preferência a modelos com faixa etária abaixo dos 30 anos.

No verão, à beira da piscina, vestida com o biquíni e exibindo barriga esbelta, a jovem loira, morena ou negra anuncia o protetor solar ao aplicar o produto no nariz, nos ombros, nas bochechas ou testa, sempre com um sorriso que encanta.

Garotões jogam futevôlei na praia sob o sol a pino para mostrar a sandália, bermuda ou camiseta que deverá virar moda na estação. À noite, grupo de jovens com os violões e sentados na areia da praia a cantarolar ou papear.

No outono-inverno, serão às botas de cano longo ou casaco para as regiões montanhosas ou ruas das metrópoles que vestirão as belas moças de vinte anos, ao lado de rapazes que combinam em vestimenta. Mulheres-mães, senhoras ou avós quando estiverem provando as roupas terão a impressão de estarem seguindo a tendência das beldades.

O pior efeito do culto à juventude é quando a pessoa julga que está velha. Poderá desenvolver a fanatismo em se manter jovem ou sentir-se magoada quando se deparar com as propagandas. Para completar a tristeza de quem se nota distante da juventude devido à quantidade de anos vividos, virá a ideia de que estará proibido de sorrir, se divertir, e sonhar. Quando essa ideia tomar campo, é esperado que o sujeito adoeça.

Pena que a inveja que a juventude pode despertar no adulto contribui para camuflar as dificuldades e enormes problemas que se enfrenta nessa fase.

A juventude teve o seu tempo estendido. Jovem hoje cronologicamente chega aos 30 e poucos anos numa boa. Quanto ao estilo de vida, a bermuda, os esportes radicais, a calça despojada, a maneira de conversar, pode-se falar em cinquentão *adolescente*.

Se o culto da juventude está em moda, nada tem a ver com a melhora no padrão de vida de parcela significativa dos jovens. As dificuldades juvenis persistem. Desvalorização do primeiro emprego, pressão nos estudos, seguro de carro lá nas alturas e receio dos agentes financeiros para fornecer crédito.

Ser jovem, ou parecer-se, contudo, conta positivamente para uma conquista. É o que tem por certo boa parcela dos adultos que investem no seu lado 'juvenil'.

Levando-se em conta a descrição das benesses físicas, viris, estilosas de ser jovem, é de, no mínimo, estranhar admiração que a menina de dezenove anos por um homem vinte anos mais velho.

Até encontrá-lo, sua admiração era irrestrita. Todo homem maduro a interessava.

Já no primeiro ano de faculdade, um cara de vinte e um anos acima chamou sua atenção. Com ele, trocava confidências, destas que caberiam com as amigas mais chegadas ou com o namorado.

Pena que ele se formou e foi embora. Era casado.

O que a encanta no homem adulto? Ela mesma não saberia definir. Com certeza sabe o que a distancia de um: o querer ser jovem, falar como um garoto de vinte poucos e ter atitudes infantilizadas.

Gosta do homem adulto maduro. Gosta do falar firme. Curti a roupa. Não precisa estar de terno e gravata, mas gosta do estilo mais sóbrio.

Ela odeia o mulherengo, o conversa mole, o metido a charmoso, o excessivamente perfumado. Gosta do cara tranquilo, simples.

Numa palavra, se pudesse resumir, ela gosta do homem que a faça se sentir protegida, e que prodigalize atenção, carinho e respeito.

Até hoje, só encontrou estes atributos em homem mais velho. Os mais novos estão mais preocupados com seus umbigos e parecem sempre com medo de assumir algo mais sério.

AMOLADOR DE FACAS

NA QUINTA-FEIRA, a vizinhança desperta ao som do vozeirão do admirador de canções sertanejas, não as de hoje em dia, mas aquelas das décadas de 1960 e 1970, as chamadas de raiz, que quando eu era pequena ouvia no radinho de pilha de meus avós, numa pequena cidade do interior paulista.

Sua voz quebra a rotina na semana.

Na maioria das manhãs, por volta das seis e meia da manhã, ouço o chiar dos pássaros que na algazarra incessante que fazem, parecem na luta por comida, espaço ou outra necessidade qualquer. Talvez possa ser simplesmente a maneira que desenvolveram para brindar a chegada do sol.

Mas na quinta-feira, por volta das seis e meia ou sete horas, embora minha cozinha se localize bem no meio da casa, a qual termina onde começa um parque arborizado, posso notar sua aproximação, mesmo que a essa altura os sons que ele emita se misture ao do trânsito de carros, de mães que carregam seus filhos pequenos e de adolescentes que seguem para a escola pelas calçadas.

Acredito que ele comece a cantar desde que saia de sua casa, muito provável, uma habitação que em tudo combine com o aspecto modesto e rural do dono. Imagino isso porque sempre que o ouço, a canção está a plenos pulmões. Eu jamais saberia dizer em que parte da letra está. Na verdade, ainda não entendi bem a melodia. Talvez por que o que se sobressaia são o vozeirão e o jeito caipira da pronúncia.

Vou completar cinquenta e seis anos, tenho netos, e meu único marido morreu de enfarto há três anos. Isso para dizer como o tempo passou. E ainda assim tipos como esse senhor sobrevive à passagem do tempo e a mudança do cenário pitoresco que a cidade tinha há 30 anos, quando comparada ao porte médio que ostenta hoje.

No tempo que eu era jovem, havia pessoas que tinham essa mesma disposição para cantarolar de manhã, como por exemplo, o garoto que entregava o pão, montado na bicicleta e tentando se equilibrar com o enorme cesto à frente do guidão.

De volta ao dono do vozeirão, trata-se de um senhor de cabelos grisalhos, pele curtida pelo sol, que segue empurrando sua bicicleta, que na parte de traz carrega a grande caixa de madeira. Talvez por isso que ele em vez de ir pedalando, limita-se a empurrar a bicicleta.

Ainda na condição de professora de língua portuguesa, tendo a carga horária majoritariamente na parte da manhã, é fácil na quinta-feira estar de pé quando ele passa. Da janela, posso vê-lo.

Por vezes, encontro-o na rua, no meu caminho de ida à padaria. Ele ao vivo deixa a desejar em termos de acústica. Minha preferência é na hora que estou passando o café, quando acontece de sua voz me surpreender quando estou me vestindo ou despertando. Nesses momentos, volto ao tempo de meninice no sítio, onde passava as férias. O senhor que ordenhava as cabras tinha o mesmo timbre de voz.

Vem também a imagem do leiteiro que em sua carroça ou caminhonete carregava os enormes tambores de aço e que passava todas as manhãs de frente da casa dos meus pais.

Quanto ao senhor de agora, certa vez eu o encontrei na feira. No dia que não tive aula de manhã, aproveitei a ausência da empregada e fui comprar legumes... Lá, eu o notei.

Estranhei ele estar ali, pois nem passava por minha cabeça que tipo de ganha-pão seria o seu. Chutaria a de jardineiro. Ali, com a bicicleta e a grande caixa ele improvisava uma barraca na qual atendia as pessoas que procuram um amolador de facas, alicates...

Óbvio que sua melodia, o timbre, a altura de sua voz não agradam a todos.

Em certa ocasião, escutei, no momento em que ele passava cantarolando na rua, alguém gritar *"cala a boca, velho louco"*. Não pareceu se abalar. Ao contrário, seguiu como se nada tivesse ouvido.

Difícil supor o que lhe passa pela cabeça quando o ofendem por seu cantar.

Na verdade, mais difícil seria imaginar qual a motivação para cantar todo dia, ou pelo menos na quinta-feira quando eu o ouço.

Seria escapismo da dura realidade? Seria um louvor de agradecimento pela sorte de estar vivo? Vai ver apenas seu jeitão.

COMEDOR DE PAMONHA

NA HORA de sentar-se à mesa para a refeição de sábado, tenho oportunidade de ver mais detalhadamente os hábitos de meus quatro filhos, três meninos e uma menina. Durante a semana é mais difícil estar em casa na hora do almoço e partilhar desse momento sem pressa de levantar e sair correndo para chegar ao trabalho no Pet Shopping que administro lá no centro da cidade.

Não fosse por meu horário, ainda assim a correria seria esperada, visto que dois estudam na parte da tarde, entrando às 13h na escola regular. O de 15 anos raramente vem para casa ao meio dia, devido ao curso técnico integral. Como ele, o de 17 anos, que está focado no curso pré-vestibular, prefere ficar pela escola, frequentando ora a lanchonete ora o trailer, no qual eu tenho o compromisso de acertar a conta todo dia 10.

Minha esposa, apesar de o humor variar nos fins de semana, é de segunda a sexta que vive agitada, pressionada pelo horário de escola das crianças e afazeres que a casa exige. Hoje mesmo lavei a louça e fiz a salada com os produtos que comprei meia hora antes na ida que fiz ao hortifruti.

Porém, posso ver em seu semblante que não há nada melhor do que estar sem a pressão da semana. Aí ela caminha na cozinha com mais animação, prepara o frango a passarinho com batatas e seu tempero especial, arruma a mesa, enquanto proseia.

De minha parte, partilho a mesma satisfação pela tranquilidade.

Enquanto na semana mal eu tenho tempo de dar um beijo na testa e dizer bom dia para meus filhos, é no sábado, domingo, férias e feriado, que detalhes em seus comportamentos que me desagradam vêm à tona. Naturalmente graças à proximidade.

Fico vendo meus filhos. Eles são tão frescos. Não comem quiabo nem jiló, não gostam de berinjela, detestam inhame, tem a que fica tonta com o simples cheiro de peixe.

Na frente deles acontece um quê de indignação de minha parte.

Às vezes inclusive esqueço que tive minha época de fresco em relação aos dotes culinários de minha mãe. Crise de gerações? Pode ser. Ela vivia me dizendo *"se tu passasses fome comeria até pedra"*. Eu odiava quando falava assim. Hoje me seguro para não despejar o mesmo desabafo em cima de meus filhos.

O bom é que nunca me interrogaram se eu comia tudo o que me davam quando garoto. Seria forçoso admitir que, muitas vezes, eu torci o nariz para macarronada ou sopa.

Ainda no terreno dos segredos que mantenho diante deles, tem o caso interessante da pamonha. No tempo em que eu era adolescente associava o nome pamonha como pejorativo. No Rio, usávamos este adjetivo para classificar a pessoa covarde, medrosa, que tem medo de sair no braço, que não encara o sujeito que a ofende.

O adjetivo não fora inventado por mim nem por minha geração. Ouvíamos na boca dos nossos pais, avós. Sempre que não queríamos pegar pesado no palavrão, o nome pamonha vinha à mente.

Que eu me lembre minha mãe nunca pediu para que comecemos pamonha, daí eu pensar que o nome se tratava apenas de uma ofensa. Espanto maior eu tive quando em Taubaté, onde cursei Educação Física, soube que era comida. Estávamos na República, quando eu ouvi o carro com alto falante gritando *"olha a pamonha quentinha, gostosa, corram"*.

Terminada a faculdade, casei com uma veterinária, e assentamos moradia na Pindamonhangaba. Os anos passaram. Chegaram os filhos. Eu nunca que imaginava provar o prato.

Até que num dia, com minha filha a tira colo eu fui à feira na quinta-feira. Lá, vi o curau e a pamonha. Comprei ambos. Ela adorou o curau, e eu devorei a pamonha. É feita de milho. Fui criado à base dos minguais de milho, sem contar os bolos fumegantes. O sabor da pamonha foi nostalgia pura.

Ah, se eu soubesse a mais tempo que era tão familiar! Teria aproveitado mais cedo.

Veja só, eu um comedor de pamonha. Logo eu que durante anos achava cafona, brega. Que eu sentia estranhamento, que não caía bem sequer ouvir os vendedores gritando na rua. Não sei explicar, parecia algo muito distante do meu mundo.

De uns tempos para cá fico num frisson na quarta-feira à noite... No dia seguinte, na feira, comprarei a bendita pamonha. Pode?

EU NO METRÔ

PASSOU NUM pouco da hora para o filme encerrar. São cinco e pouco. Foi bom pegar a sessão de cedo para sair antes de a luz do dia ter desaparecido. Ainda que o caminho de volta seja longo, graças ao horário de verão, chegarei a casa antes de o sol se pôr.

Estou de volta à praça de alimentação.

Antes de ter entrado na sala do cinema, percorri meia dúzia de lojas, sem a intenção de gastar, somente para matar o tempo antes do começo do filme. Mesmo sabendo que esse comportamento desagrada os vendedores que vêm solícitos nos atender à porta, tem vez que não consigo evitar.

O filme foi fascinante.

Fazia tempo que não assistia história que me fizesse pensar, que tivesse sentido para mim. Quando isso acontece, costumo sair da sala de projeção como se tivesse vindo de outro planeta. Às vezes esse transe me acompanha por mais de meia hora, me fazendo indiferente ao mundo real.

Quando finalmente volto a mim, acabo agradecendo por estar no meio das pessoas comuns, que podem ter a sorte de circular de sacola na mão nos corredores do Shopping, sentar nas praças de alimentação, permanecer de pé nas lojas servindo aos clientes, ou empurrar os carrinhos que recolhem os lixos.

Mais ou menos é o que acontece comigo. Num momento gosto do novo e chego a me aventurar mentalmente. Mas dali a algum tempo acabo valorizando o que antes achava chato ou rotineiro.

Outro exemplo me vem à cabeça. Compro uma roupa. Antes de adquirir a nova peça, tudo é expectativa. O modelo, o estilo, o tecido. Passa uns dias no corpo, depois das primeiras lavadas, o pique murcha. Pior, um ano de convivência, e eu quero me desfazer. Se possível doar para os pobres, aí o remorso não enche o meu saco. Se não a doou, a roupa vai para um canto do guarda-roupa. E quando nem me lembro mais dela, isolada há um tempão, ao esbarrar-me nela, sei lá, quando arrumando o guarda-roupa, acabo por vestir e ela cai supimpa, mas por me lembrar do tempo que a comprei do que pela novidade. É o que chamo de saudosismo.

Com o metrô ocorreu algo parecido.

Sou natural de Andradina. Bem me lembro a primeira vez que andei de metrô. Que interessante. Passando por baixo da terra, ou seguindo na superfície como trem.

As pessoas, mais interessantes ainda. Enxame de cores de peles, cabelos, olhos. Os estilos mais variados. Os peões de obra, mãos calejadas pelo cimento, cal e tijolo, sentados lado a lado dos de terno e gravata nervosos com os cálculos, escravos das metas. Os que moram nos bairros nobres dividindo assento com o pessoal da periferia. Advogados, médicas, prostitutas, enfermeiros, bandidos, padres, empresários, estrangeiros, nordestinos, sulistas, mãe com criança no colo, velho procurando o assento cinza. Aleijados, sarados, raquíticos, brigões, pacifistas.

Mulheres lindas, judiadas, modelos, manicuras, empregadas domésticas, professoras, gerentes. Os estudantes esbanjando garra. Os jovens e a luminosidade nos olhos. Senhoras na melhor idade, porta-vozes do belo passado que construiu São Paulo.

Uns dessem na Consolação, Masp-Trianon. Outros em Itaquera, Santana. O metrô é que carrega esses corpos, mentes, sexos, heterogêneos em classe, homogêneos em sentimentos.

Eu admirando o gigantismo que é o metrô. Por dias fico boquiaberto e me pergunto como toda aquela engrenagem funciona.

O tempo, contudo, vai passando. O tédio me abraça. Passo a detestar os horários de pico, os empurrões, os socos. A animosidade que é entrar no metrô lotado. Sem contar quando em greve ou funcionando parcialmente. Que loucura.

Surge uma oportunidade de trabalhar no bairro em que moro. Que delícia, vou me livrar da obrigação de pegar o cansativo, maçante, violento metrô. Agora é só andar a pé, dez ou quinze minutos a pé. Curtindo a paisagem. Ótimo.

Meses mais tarde, como a roupa esquecida, aconteceu o mesmo com o metrô. Quando me reencontrei vestindo-o, depois de meses sem precisar usá-lo, não é que fiquei saudoso, que me identifiquei, curti o metrô e todas as suas chatices, só vendo vantagens.

Vai entender!

PÉS DESCALÇOS

O IDEAL SERIA que toda pessoa que eu encontrasse gerasse um sentimento bom em mim. Sem esta coisa de sentir preferência, de ficar incomodado com fisionomia, de desviar o olhar quando puder. Queria ter a capacidade de estar imune ao asco que às vezes brota quando visualizo rosto, nariz, pescoço que me desgosta.

Ainda desejaria que não existisse a ansiedade que me força a logo terminar a conversa com quem não fico à vontade, isto quando não tenho a sorte de impedir que ela aconteça.

Queria sentir-me atraído por todas as pessoas. Que não importasse idade, gênero ou atitude... Como eu queria que a pessoa que eu encontrasse a cada momento me trouxesse a sensação de bem-estar, de esperança, de estar de bem com a vida. Que eu pudesse ver o bom nela, mesmo que suas ações só espelhassem a malvadeza. Que eu pudesse gostar da única palavra de otimismo que dissesse em meio à enxurrada de frases desesperadas.

Queria ver a beleza interior escondida que esteja em todo ser humano, ainda que a carcaça me amedrontasse.

Pena que não é assim.

Ao contrário. Há criaturas que me horrorizam com a simples presença. E pouco tem a ver em ser a pessoa bonita ou não. Quantas belas fisionomias me causam amargura depois de um ou dois dedos de prosa? Quantas pessoas que pensava dignas, me decepcionam por causa de comentário grosseiro, piada sem nexo ou opinião tapada? O que poderia ser bacana no seu estilo de ver a vida mostra-se inconsistente e desperta em mim ojeriza a ponto de me prevenir a ouvir sua opinião novamente.

Torço para que um dia eu evolua para achar satisfação em estar ao lado de quem quer que seja. Que eu pare de ficar escolhendo, que me alegre com a simples presença do sujeito que dispõe de seu tempo para partilhar comigo a convivência ainda que momentânea, como durante uma ou duas horas de viagem ao dividir o assento no transporte público.

Enquanto não chega a evolução, estou preso no estágio mais mundano. Sigo o consenso que diz que há pessoas especiais, que nos atraem como um ímã, ao passo que existem aquelas que nos repelem como o mau cheiro de peixe podre.

Hoje é segunda-feira. De volta às obrigações na faculdade.

Estou prestes a enfrentar quatro horas da disciplina da tarde. De manhã, amarguei Estatística, das 7h 30 às 11h 30. Até corrigi a bateria de exercícios que consumiu, no mínimo, trinta minutos a mais do horário normal.

O almoço teria que ser rápido. Vou correr para o restaurante universitário.

No caminho de volta da refeição, eu a encontro em frente da biblioteca central. Sabe o lance da pessoa que faz a diferença? Ela é o exemplo perfeito. O assunto mais trivial em sua boca, em seu modo de comentar, parece super especial.

Nem vou dizer que ela é linda. Prefiro deixar o óbvio para lá.

Quando a vejo me sinto bem. Estuda Arquitetura, tem um jeito despreocupado. De saia ou short com camiseta, ou dentro de um moletom, o que chama a atenção são os pés descalços. No início, achei estranho, e quase segui a maledicência dos que dizem que ela quer se exibir.

Mas se exibir com o quê, perguntaria eu.

Ela é super simples, transparente. Passa para mim uma pureza acolhedora. Se eu não fosse tão tímido, se eu tivesse destreza não apenas para resolver os problemas nas aulas de Cálculos... Queria ter lábia, presença para conquistá-la. Porém, nada me chateia. Saber que ela estuda no mesmo campus, e que gosta de falar comigo, já me alegra.

De primeiro, eu fiquei fissurado nela. O tempo foi passando.

Agora percebo que basta eu poder vê-la andando de pés descalços, exibindo um sorriso que encanta, passando a ideia de que a felicidade está nas coisas simples como descalçar-se e caminhar na grama ou calçada no campus e ter amigos com quem prosear no intervalo das aulas.

Que alegria inusitada quando numa tarde, com o sol de rachar, eu a encontro por um acaso no corredor e a vejo andar sozinha, ou acompanhada dos amigos. Quando me vê, sempre tem tempo e interesse em me cumprimentar, em me acenar, tão diferente das meninas que acham que o mundo gira em torno delas.

LAVANDO DEFUNTO

TODO SONHO tem um custo. Não raro, o preço é muito, muito mais alto do que o imaginado. De início, incomodados com o custo, buscamos desistir da empreitada. Fazemos de tudo para juntar justificativas para desvalorizar a meta.

Mas uma inquietação nos sacode dia e noite, fazendo com que nosso pensamento não se desvie, insistindo em seguir. A ideia se torna fixa e importuna, chegando a comprometer o foco nas atividades diárias.

Cansados de lutar contra a força do desejo, joga-se a toalha. E partimos para a conquista.

De repente, o que era receio e temor se transforma numa energia inenarrável. Todas as forças se direcionam para tornar a fantasia em realidade.

Noutras vezes começamos pagar o valor cobrado no impulso, esperando que uma oportunidade surja para darmos o calote. Não necessariamente ficar inadimplente. A intenção é barganhar por um valor menos agressivo, sem que seja preciso abandonar a realização do projeto de vida.

Como exemplo, tem-se o dilema que abraçou esse universitário de tal modo que quando se percebeu estaria aceitando uma condição impensada.

O universitário embarcou numa viagem para os Estados Unidos, atraído pelo anúncio de emprego nada convidativo: limpar o cadáver antes de seguir para o enterro ou crematório.

Quantos anos este rapaz sonhou sair do Brasil e ir para os *States*? Que ele se lembra, desde que o grupo norueguês *Ah-ha* fazia sucesso. Precisamente, desde fins da década de 1980.

Por que os Estados Unidos? Em parte pelos filmes, seriados e clipes musicais vistos desde tenra idade. Aprendeu a se identificar e reconhecer as ruas, os bairros, o modo de vida americano como se fossem da vizinhança. Queria circular pelas ruas que crescera assistindo pela televisão. Iria ao Central Park em Nova Iorque, tomaria o metrô para o Brooklin. Andaria pelos arredores de Beverly Hills.

Terminara o colegial, iniciara a faculdade e as esperanças cada vez mais murchando. Estudava inglês com afinco, mas por não ter pais que o bancassem nem emprego fixo, longe estava das benesses de um curso de inglês fora do país.

Estudava inglês. Porém, este idioma soava sofrível para sua assimilação. O entendimento da língua era baixo, logo estaria sujeito a emprego desqualificado, apesar de cursar o segundo ano de fisioterapia, numa universidade particular, a custo de bolsa de estudo.

Nem hesitou quando a oportunidade surgiu.

Providenciou o passaporte. Apertou ali e aqui, comprou a passagem. O visto só fora possível por causa da empresa americana que o contratara.

Mês e meio depois, estava ele habituado à nova rotina. Oito horas diárias de árduo trabalho. O morto chegava num estado crítico muitas vezes. A cliente, na maioria, era de pessoas simples e de família classe média. Os corpos oriundos de classe rica não tinham melhor aspecto. No entanto, o serviço se mostrava uma dura prova de coragem.

No começo, fácil surpreender o nojo estampado no rosto do rapaz diante do defunto a ser lavado, perfumado, sem contar com os algodões que deveriam ser colocados em todos os buracos, isto é, em todos os orifícios do corpo.

A sorte é que nós humanos nos adaptamos às mais repulsivas situações. Com o universitário não seria diferente. Passado um ano no batente, ele começara a sentir orgulho de sua produção, nada a dever ao êxtase experimentado pelo mestrando que conclui a dissertação ou uma faxineira que deixa a casa brilhando ao término de mais um dia de limpeza.

Senhores, senhoras, mocinhas, crianças, rapazes esqueléticos ou másculos. Todos passando por suas mãos. O produto final? O corpo, dentro do ataúde, exibindo ar de agradecida satisfação pelo último banho, antes que a terra o devorasse ou a fornalha o transformasse em cinza.

Para os americanos vivos que o viam com desprezo, fosse por sua pele latinamente amorenada, fosse pelo péssimo inglês falado, ele pouca atenção atraía. De sua parte, tinha a certeza de que, quando muitos deles falecessem, o corpo, destituído de qualquer desprezo xenofóbico, estaria sob sua responsabilidade aplicar os últimos cuidados.

TAXA DE EMBARQUE

ANDAR DE avião é uma aventura. A qualquer momento pode surgir uma surpresa, inclusive a de o passageiro não conseguir decolar. Motivos para não decolar são inúmeros.

Os passionais como o da pessoa amada, antes brigada, que na hora que você entrega o passaporte, aparece no aeroporto, esbaforida como louca e perdida pela amplitude do espaço, consegue localizar o guichê de embarque e correndo em sua direção grita "não vá embora, pois eu te amo".

Menos provável, mas não impossível, a pessoa que desiste da estadia de um ano no exterior a trabalho ou estudo, tocada que foi pelas lágrimas do filho no colo de parentes do lado de lá do cordão de isolamento.

No rol das surpresas indesejadas ligadas a causas externas, vem os acidentes como o avião perder a rota e explodir num galpão no momento que toma impulso para decolar ou aterrissar. Como neste rol dificilmente a surpresa se limita a mero susto, é algo que contribui para tornar o transporte aéreo o mais tenso de todos, criando um verdadeiro contraponto às estatísticas que o classificam de meio mais seguro.

"É irritante o apagão aéreo. O número de aviões menor que a demanda promovida pela ganância de companhias aéreas ou negligência governamental" – gritam os passageiros que estão esperando durante horas o próximo voo ser confirmado, uma vez que o que estava marcado foi cancelado quando faltava meia hora para o embarque.

"Ainda bem que estou vivo – como esse sujeito, outros tantos sabem que é melhor pegar o voo atrasado e ter condições de chegar ao destino do que sequer decolar por causa de uma fatalidade."

E quando o problema é financeiro?

É o caso deste universitário, que no seu primeiro voo, corre o risco de não embarcar de volta para casa.

Embora a consciência ébria procure culpar a companhia aérea, o único culpado é ele próprio. A pouca experiência na utilização de transporte aéreo também colaborou no engano. Sequer prestara atenção na explicação dada pela agente de turismo em meio à empolgação e vislumbre de fechar o pacote da primeira viagem de avião e, de quebra, internacional.

O rapaz há uma semana, ainda no Brasil, pagara as despesas tranquilamente. Em sua defesa, a taxa de embarque de ida naquele momento fora mencionada por alto, mas como havia sido embutida no valor pago, pouca atenção despertou nele. O que ele não se atinara é da taxa de embarque da volta que teria que pagar no aeroporto. Para ele, toda e qualquer taxa estava embutida na passagem aérea parcelada, há um mês, em dez vezes no cheque especial.

Para alguns universitários, a falta de dinheiro é como as espinhas e cravos. Às vezes, o baixo poder aquisitivo é culpado. Noutras, deve-se mais à falta de antecipar despesas do que propriamente culpa do exíguo recurso monetário.

O universitário pousara no aeroporto de Londres. Já à tardinha, tomara o primeiro gole antes de ir dormir no albergue da juventude. Dois dias depois, pegara o trem para Paris. Lá, os bares o atraíram como a Catedral Nacional de Nossa Senhora Aparecida no Vale do Paraíba atrai os devotos.

Para seu azar ébrio, os *cafés* parisienses o aprisionaram. Rodou a cidade, adentrou na Sorbonne, flanou no Louvre. Mas sua mesquita eram os *cafés*, com mesas espalhadas na calçada, protegidas do sol ou da chuva por toldos.

Voltar para Londres, um sufoco. O dinheiro dando apenas para pagar a travessia. Dormiu no aeroporto. Primeiro por falta de grana para o albergue; segundo, o voo sairia ao meio-dia. Passou fome. Sonhando, contudo, com o lanche que seria servido no avião, conseguia manter a paciência.

E agora, não tinha grana. O que fazer? À companhia aérea pouco importava que perdesse o voo. E se perdesse o voo, aí sim, lascaria tudo. Sobrou o último recurso: mentir que havia sido roubado.

No posto consular do Brasil, um senhor maduro o suficiente para adivinhar a mentira e montar o quebra-cabeça, lhe pagou a taxa de embarque do próprio bolso, sem deixar de dizer: "seja prudente da próxima vez...". Sem graça, o jovem baixou a cabeça e aprendeu a lição.

MIJÕES DE ÚLTIMA HORA

ELA VEIO de outra divisão, não fazia quinze dias. Quando chegou, seria impossível passar despercebida por causa do seu ritmo de trabalho. Nada de ficar enrolando, conversa fiada.

Entra pela portaria, sorri para o porteiro e deixa que a bolsa seja revistada pela guardete. Em seguida, caminha com passos apressados para o banheiro de serviço e faz a troca de roupa.

Dentro do uniforme, e com o crachá visível no peito, encaminha-se para a copa.

Ao mesmo tempo em que cumprimenta as colegas que vão se achegando, dirige-se ao quarto que guarda o material de limpeza. O recinto conta com ínfimo espaço. No espelho a frente, ajeita a touca, prendendo os longos cabelos.

À sua direita, está o carrinho funcional que a empresa resolveu adquirir no ano passado.

Antes do abençoado carrinho, era exaustiva a tarefa de carregar os baldes, panos, vassouras, produtos de limpeza e tudo o mais nas mãos. Não raro, tinha que voltar ao quartinho inúmeras vezes para renovar o estoque de panos de chão limpo, pegar novo frasco de soda cáustica e detergente líquido.

"É jovem, saudável e bonita" – comentários entre mulheres da repartição. Seria muito mais bonita se tivesse os recursos certos.

Por recursos certos eu não entendi muito bem. Seria que precisava de mais acesso a produtos de beleza ou teria aquele aspecto em função da dureza de sua tarefa diária?

Revoltada com seu destino? Se acaso for, verdadeiramente ela sabe disfarçar. É tipo de pessoa que a gente gosta de ficar perto, mesmo que não encontre muito assunto.

Ela passa confiança e sempre tem um jeito meio acolhedor. E o que é melhor: não parece ter segundas intenções ou interesses quando emite um elogio.

A moça nada tinha contra o serviço de limpar banheiro, uma das muitas tarefas que constam da descrição do cargo. De manhã, faz o café, arruma a cozinha, varre as salas. Balde com água numa mão, noutra, a vassoura. Vai ela pelo corredor a saudar a turma. Diretoria, chefia e nós.

Como ficar indiferente à sua presença?

Mãe de adolescente, mulher batalhadora, que mostra uma vitalidade, uma disposição, uma simpatia, ainda que execute árduo serviço. Dá lição de vida a marmanjos como eu, intelectual, das vezes que me vejo soterrado na rotina, aborrecido por sonhos frustrados, desvalorizando o que faço ao pensar que fui injustiçado por não ter podido alçar outros voos.

Não digo que todos que executam serviços braçais são exemplos de candura. Tem gente muito amarga, resmungona, infeliz.

Sorte a minha me deparar com essa moça. A sua forma de falar, seu sorriso, as notícias que traz informalmente, tipo 'rádio corredor' me agradam. Quando o tédio me maltrata, eu corro pra cozinha. Basta olhar sua disposição, e aí a consciência grita "cara, toma vergonha. Valoriza tua existência".

Toda história marcante grava algo inusitado, do contrário não daríamos importância. Não é meramente pela vitalidade da moça da limpeza que eu, responsável pelo núcleo de informática, aos trinta anos, lembro-me desse feito.

É que lá pelas 17 horas, boa parte do pessoal encerra o expediente. Não raro, vinte ou quinze minutos antes, religiosamente, pelo menos eu e meia dúzia de barbados, corremos para o banheiro. Sabe como é. Ter que pegar metrô, aturar ônibus. O longo percurso de uma ou duas horas para chegar a casa. Para evitar a vontade de fazer xixi no meio do caminho, é que me previno.

Toda vez que deixei de ir ao banheiro, me ferrei. Já pensou ficar *apertado* no trânsito?

A moça da limpeza, no início, eu não sei por que, calhou de obstruir o recinto. Cada vez que íamos ao banheiro, estava ela lá, limpando, jogando água. Começava lá pelas 16 horas, não sei precisar. Era incômodo ficar contando os minutos para ir ao banheiro. E o medo de perder o ônibus? Uma tensão.

A sorte é que mudou. De repente, voltou a paz.

Chega a hora da correria, e que alívio ver o banheiro livre. Ela, inteligente como imagino que seja, percebeu o tumulto que causava ao limpar o banheiro à tardinha. Passou a tarefa para parte da manhã, evitando frustrar os mijões de última hora.

ENTREVISTA

O RECURSO NÃO é lá original. A garota teria certeza que a intenção seria chamar sua atenção por mais que eu caprichasse no disfarce. Mas eu tinha que inventar algo. Eu estava desesperado. Confesso que pensei em poucas alternativas, diante do caminho estreito que via.

Que alternativa restava a um cara tímido, sem muitos recursos e um tanto 'CDF' como eu para impressionar quem quer que seja?

Assim, qualquer solução que caísse no meu colo estaria de bom tamanho. Valia tudo, desde que me aproximasse dela.

Passei dias tomando coragem, ponderando os prós e contras.

"Será que você não está inventando esta entrevista para chamar a atenção da minha sobrinha?" – eu imaginava que seria a primeira pergunta da tia da Suely. No dia que fiz o convite, julguei ver esta interrogação estampada no seu rosto.

Como cheguei à tia?

Ainda conservo amizade com a prima da Suely. Ela cursando o Ensino Fundamental gosta de conversar sobre as novidades no Ensino Médio que eu frequento. Nas vezes que nos encontramos, partilho conteúdo das aulas e projetos que valem nota. Nesse clima, eu comentei por alto da entrevista para a escola.

Sorte que eu saí bem do desentendimento com Suely a ponto da sua família continuar tendo consideração por mim.

Passavam a impressão que a briga seria passageira e logo me teriam de volta junto da garota.

Mesmo a mãe da Suely aceitaria responder a entrevista, mas resolvi não envolvê-la. A garota podia tomar essa atitude como afronta e entrar em desavença com a mãe.

Nosso rompimento está ainda recente.

Que assunto eu inventaria para a entrevista?

Surgiu a relação pais e filhos.

Subi a ladeira, entrei na casa. O casal me recebeu na sala. Foi servido até um suco. Após pedir autorização para registrar as falas, liguei o gravador, comprado com o dinheiro que ganho como ajudante geral num clube da zona sul.

"A entrevista tem o propósito de comparar os relacionamentos da senhora, quando criança ou adolescente, com seus pais e o que mantém com seus filhos" – foi esta a síntese que forneci ao casal entrevistado, a saber, a tia e tio da Suely.

Digo mais, se não fosse das vezes que a Suely apareceu na sala, amuada, não querendo sequer me cumprimentar, me fazendo tremer por dentro, confesso que me esqueceria de tudo, na medida em que mergulhava na entrevista.

Foi além do que eu imaginava. A espontaneidade dos entrevistados, a desenvoltura, a emoção das lembranças, os relatos de acontecimentos marcantes na vida deles. Que dez! Me senti o tal, o próprio jornalista.

De uma simples invenção para chamar atenção da ex-namorada, acabei me deparando com o que faria parte de minha profissão que ainda sequer tinha imaginado qual seria.

Minha professora gostou do material e até me deu uma nota a mais. Volto a dizer: a entrevista não fazia parte da atividade requerida. Foi apenas um meio estratégico de eu me aproximar da minha amada Suely.

Todo aquele palco montado tinha um único fim chamar a atenção da Suely. Provar que seus familiares ainda me queriam bem. Que na verdade ela que fora infantil ao manter a atitude de indiferença, só por causa de uma briguinha, a qual ela mesma provocara.

Ela que me atirou comida de cachorro primeiro. Ela que me bateu primeiro, com sua mania de dizer que homem nenhum é páreo para ela.

Confesso que fui infantil também.

Se eu soubesse que daria nisso, eu teria apanhado quietinho, teria lavado minha roupa salpicada de angu do cachorro Xuxo. Teria suportado ser capacho, simplesmente porque a amo muito, muito, muito...

Pena que não dá para parar o tempo, consertar o copo quebrado, evitando deixar cair no chão... Ela não quer saber de mim. Já tem outro cara... A mim me resta a Timidez do Biquíni Cavadão e focar a atenção em outro assunto.

COLETOR DE LIXO DO LUXO

DESCEU DO COLETIVO lotado, o passo vinha no ritmo de quem está pouco atento à pressa das pessoas ao redor. Os raios de sol que banhavam sua visão dão a ideia de que a temperatura seria alta ao longo do dia. Os pés iam seguindo o itinerário de modo automático.

No rosto amassado pelas cobertas, tinha aparência de quem acabou de acordar. Na boca, exalava o hálito de pão com manteiga e café. O corpo magro ajuda na agilidade para transformar cada passo em quatro de um caminhante comum. Atravessa apressadamente avenidas, ruas, e faixas de pedestre. Não que seja hábito atrasar-se, mas hoje não deu para evitar.

Lá, estava a empresa.

"Corre lerdo" – o motorista bradou, e ele não teve tempo para conferir se a expressão era brincadeira ou irritação pelo atraso de cerca de meia hora.

Bateu o cartão. Vestiu a roupa em frações de segundo. Correu para alcançar o caminhão já do lado de fora. Pulou e agarrou-se ao apoio de ferro no qual costumava ir dependurado do momento que saía da garagem até o instante em que retornava.

Horas seriam consumidas na correria nas ruas, vielas e avenidas. Apanharia os sacos pesados e leves que os moradores depositaram na cesta de lixo fixada no chão ou amontoados no meio fio. Garrafas e objetos cortantes eram os temidos, pelos estragos diários que faziam nos companheiros de coleta. Mesmo os super atentos no serviço, elogiados pela cautela, vez ou outra surgiam com a mão sangrando.

A pressa fazia com que o saco rasgasse e atrás de si viesse o rastro de sujeira. Por isso, uma das metas da empresa era diminuir o número de reclamações recebidas, e a que figurava em primeiro lugar era o monte de lixo em cima da calçada e no meio da rua. O coletor sempre levava a culpa, mesmo que o saco tivesse sido mal fechado pelo morador ou rasgado por cachorros.

A área de atuação de sua equipe era na zona sul. A sede da empresa localiza-se no outro canto da cidade proporcionando um passeio de vinte minutos para alcançar o destino. Atingido o ponto, descia do caminhão. Pegava os sacos e os carregava com uma nítida expressão de prazer estampada no rosto.

Nem sempre foi assim, é bom frisar.

Houve tempo que torcera o nariz para aquele posto. Quando passou a compor a equipe de coleta seletiva do lixo é que se animou. Recolheria lixo do luxo, o lixo reciclável. Estaria livre da fedentina, do mau cheiro emanado de restos de comida, fraldas descartáveis, fezes e urina de gato ou cachorro...

Em outubro, completa uma década na Urbam.

Muita batalha, muitos sacrifícios. Não estava reclamando. Comparado aos outros colegas que continuam em subemprego, ele estava numa condição até que boa. Faz dias que encontrou um amigo da escola primária, que está na condição de motoboy.

Na maioria, estão em serviços informais.

Ao entrar na prefeitura, inevitável admitir que a vida tivera uma guinada. O feito proporcionaria uma vida digna. Convênio médico e odontológico, o vale alimentação, a creche para os filhos.

Embora o salário não desse para supérfluos, foi suficiente para comprar o terreno e erguer a casinha quando ele se decidiu constituir família e continuar vivendo no mesmo bairro que passara toda a adolescência.

Lembra-se que na época que chegou à empresa, não havia a novidade do reciclável. Com o passar do tempo, a moda pegou. A companhia investiu em campanhas para a consciência e engajamento da população.

Todos desejam conquistar o que é bom. Como a sorte vivia se esquivando dele, pensou que jamais teria oportunidade na vaga disputada. Quando viu seu nome na escala, nem acreditou. "Se você não quiser, pode falar..." – disse o chefe. – No que ele prontamente respondeu. "Quero sim..."

Quando alguém gritasse: *"oh, cheiroso"* – frase ouvida da boca de moleques ou pessoa que gostava de humilhar o coletor de lixo –, agora ele riria de satisfação.

O SUCESSO AMEDRONTA

NÃO SABERIAM dizer se o que aconteceu com eles, três integrantes de uma banda de rock nacional, é regra para todos que atingem a fama.

Quando atingiram o sucesso, que estranho, tiveram a impressão de aquilo já fazer parte de suas vidas há muito tempo.

Natural a tendência de toda pessoa se habituar ao que é bom e recusar a pensar nos tempos de privação. Será esse sentimento o responsável pela sensação de amnésia que de repente apaga as lembranças das dificuldades atravessadas não no sentido de eliminar os fatos do passado, mas o bloqueio deles para influenciar no presente?

O que poderia explicar o distanciamento que alguns artistas mantêm do público, chegando até ofendê-lo em certas ocasiões, seja por acusá-lo de invasão de privacidade, por críticas injustas que proferem ou por culparem a agenda lotada pela falta de controle emocional com a família ou situações corriqueiras, quando num passado não muito distante eram rondados pela grande angústia de sequer ter meia dúzia de gatos pingados para apreciar seus talentos?

Voltando aos três camaradas.

Nos primórdios, lá no fundo da garagem, descontraídos, descolados, pareciam nem aí para as convenções. Basta relembrar os xingos que levavam quando dos ensaios na quadra do condomínio ou no quarto às portas fechadas do apartamento.

"Que barulho... Filhos da p. Vão tocar nos quintos dos..." – berravam os mais exaltados, provavelmente por causa do descanso interrompido.

Eles nem aí. Absorvidos que estavam pelas músicas, sequer prestavam atenção ao mundo ao redor. Quando muito, encaravam os pais lhe chamando atenção por causa dos vizinhos. Um dos pais, dono de galpão comercial, aplainou a ira dos condôminos, cedendo o espaço para o trio ensaiar nos fins de semana.

A irreverência vinha nas letras, nos acordes. O grupo trazia nas costas a empreitada de fazer música de qualidade sem fricotes, sem ser apelativa, no período pós-ditadura. Fizeram o melhor dentro do possível.

A crítica caindo em cima. Eles lotando pátio de escolas, clubes ou areias no litoral brasileiro.

Da garagem, uma gravadora gostou do material na fita cassete. Meses depois estourando nas rádios. Mal acreditavam que a melodia saiu deles. A vizinhança que os humilhava, agora os endeusando. Tinha também os que não davam o braço a torcer: "hoje em dia o povo não sabe o "que é boa música".

A crítica vinha, mas no Brasil, crítica é mais para quem lê jornais, revistas. O povo gritando o nome deles quando passavam na rua.

A lua de mel com o sucesso durou tempo limitado. Pintou a crise. O assédio demasiado. Dois namoros de longa data não resistiram às investidas das fãs sedentas, nem dos instintos dos garotos. Quem sofreu mais foi o vocalista. Era fiel. Amava de verdade a namorada. Sorte que depois de tornados e furacões, se reconciliaram. Melhor, eles conseguiram ficar junto de verdade, quando o grupo rachou, a fama titubeou e quase o álcool e as drogas empurram os integrantes da banda para o fosso.

O capítulo das drogas e álcool surgiu em parte por causa do alvoroço que a fama trouxe. Por mais descolados que eram, houve um baque quando os olhares se voltaram para a música que queriam divulgar.

Engraçado. Quando no anonimato, lutando por espaço, o tempo fluía mais ou menos num ritmo seguro. Eles dedicavam dias e noites para alcançar o melhor som, a melhor técnica. Deixavam as namoradas, declinavam dos convites para beber no barzinho. Quantos sábados, domingos, feriados e férias enfurnados num cubículo perseguindo o aperfeiçoamento?

Quando o reconhecimento chegou, quando as rádios cederam, as bocas repetiam os refrãos, os rapazes se assustaram. Ficaram sem rumo. Medo da exposição de seus rostos, corpos, sonhos, falhas. Agenda lotada sobrecarregando-os física e mentalmente. Daí surgiu a fuga para as drogas.

Passado o alvoroço de duas décadas, recordam hoje o que foram. Ora, querendo mudar o que fizeram, ora apenas reviver a emoção da novidade.

O OLHAR

COMO É poderoso o olhar. Ele colore a fisionomia. Traz à superfície sentimentos ocultos. Dá vida ao diálogo. Tem o poder de incentivar a camaradagem tanto quando matar a confiança. Os despeitados com seus olhos fixos no chão, olhando com o rabo do olho. O brilho contagiante nos olhos dos tomados pela alegria. O olhar tem o poder tanto de provocar a atração à primeira vista quanto de gerar o mal-estar e a péssima impressão.

No plano mais fisiológico, descobrem-se rapidamente quem chora, ri, está zangado, irado, amando.

Em parte pela vivacidade esperada quando os olhares se cruzam, pode-se explicar o quê de surpresa quando se depara com um cego. Haverá a necessidade de encontrar outros sentidos para compensar a falta que faz encontrar os olhos vivazes do outro a guiar o primeiro contato.

Há um terreno no qual o olhar parece ditar o começo e, se não houver fim, o eterno meio. É o da paquera.

O olhar dribla circunstâncias, *status quo*, a timidez, ou não sei mais o quê que ilha a pessoa que nos arranca suspiro. Mais seguro, e muito menos frustrante do que palavras, o olhar denuncia nossos sentimentos enamorados, sem nos comprometer.

Através do olhar, podemos transmitir milhares de mensagens que somente serão captadas e traduzidas de acordo com o interesse da outra pessoa. Caso ela dê algum valor para a pessoa que a observa com "segundas intenções", com a sedenta necessidade de entrega, com o desejo da conquista, poderá dar sinal verde à iniciativa.

Do contrário, o sinal se manterá no vermelho, significando que qualquer interesse pode ser compartilhado, menos o da aproximação amorosa.

Logo se nota quando há reciprocidade na paquera. É quando a pessoa, através do olhar pontual diz *"você também não me é indiferente"*. Contudo, se a pessoa quando capta a luminosidade se esquiva, baixando os olhos, fingindo não ver, de modo gentil ou ofendido, a recusa é certeira.

Quarenta e dois anos, trabalhando no banco, economista. Recém-separado, eu queria é ficar sozinho. Sou teórico da economia. Poderia ter sido marido comum, barrigudo, mulherengo ou não, enchendo o caneco no boteco ou não, ou posando de macho em casa. Sou pacato, e por culpa da serenidade se desgastou o casamento de anos. Decidi viver sozinho e abraçar a vida monástica, celibatária, fazendo da teoria econômica um sacerdócio. Assim eu pensava até ela chegar.

A nova gerente surgiu na agência. Notei depois de três meses. Droga, desde então ela não saiu da cabeça. Quanto mais eu inventava defeitos nela, mais a simplicidade, o encanto, a sinceridade, a determinação, os lábios deliciosos me atormentavam. Olhares se cruzam, e quando acontece, fico tonto, um torpor me abraça, queria dizer tanto. Quando ela aparece na minha frente, eu fico parado *nela*. Quero aproveitar cada gingado, sorriso. Quando me diz bom dia, me ilumino. Quando não me nota, ou finge não me ver, fico deprimido... Na hora de ir embora, se encontro seus olhos e ela me sorri *uma boa noite*, vou satisfeito.

Caso se esquive ou se cala, penso amarrar minha gravata na primeira árvore que achar e me enforcar.

Admiro o *gay*, pois não se deixa escravizar pela mulher. Tem que ser muito macho para não cair de joelhos aos encantos femininos. Pena, sou fraco. Não, não sou *don juan*. Sou tipo coca-cola, só agito. Quando me separei, visualizei uma vida monástica. Do trabalho para casa. Em caso, mergulhar na leitura de Keynes, Smith...

Malvada gerente, com a maciez no caminhar, com a cara emburrada num momento ou com um sorriso abrasador noutro, apareceu para balançar minha convicção celibatária. Sei, a fantasia é minha. Talvez ela nem me note.

O que me resta é olhar, olhar, olhar... Sim, pisando em ovos. Somos empregados na mesma empresa. A discrição pode garantir o posto de trabalho.

Ainda bem que nos meus sonhos ela já me respondeu, e eu a abracei, contamos confidências; ela riu e se zangou, passeamos de mãos dadas, vencemos o falatório mesquinho e comentário maldoso. Enfim, agimos como apaixonados.

São José dos Campos, março de 2008.

SUMÁRIO

MAIS LIVROS DO AUTOR

www.ronaldoduran.com.br

vitrine cultural
Avenida Iguape, 689, Jardim Satélite
São José dos Campos – São Paulo - Brasil